L'ENCHANTEUR

L'auteur :
Stephen Carrière est écrivain et éditeur.
L'Enchanteur est son premier roman young adult.

Du même auteur :
Une vieille querelle, Albin Michel, 2004
Le Livre de Poche, 2006

Comme des héros sans guerre, Albin Michel, 2006,
Le Livre de Poche, 2007

Stephen Carrière

L'ENCHANTEUR

POCKET JEUNESSE
PKJ·

Roman publié sous la direction
de Xavier d'Almeida

Loi n° 49 956 du 16 juillet 1949 sur les publications
destinées à la jeunesse : janvier 2019

ISBN : 978-2-266-29011-1
Dépôt légal : janvier 2019

À Lucille.

1.

J'ai pris mon temps, il fallait que ça repose et j'avais des choses à vivre, pour que l'émotion cède la place aux idées claires et que des phrases s'y accrochent, mais je n'ai jamais reculé, c'était mon boulot, depuis le début, et mes amis ont été patients.

Je m'appelle Moh et je me sens enfin prêt à vous raconter notre histoire. Elle est extraordinaire, merveilleuse, avec toutes les erreurs qu'on a commises, avec la puanteur de la mort qui nous a rattrapés, avec le vide atroce que tout ça a laissé, même quand Stan a fini par le faire, son putain de miracle. De toute façon, on ne vivra jamais rien de plus fort. Et on ne sera jamais plus beaux que pendant ces quelques mois, entre la rentrée scolaire et la Fête du fleuve.

Vous aurez du mal à me croire. Ce n'est pas grave, nous, on sait que c'est vrai. Et si je suis à la hauteur, vous baisserez la garde et vous ouvrirez au mystère. *Ou traitez Puck de menteur*, comme dit le Poète.

LIVRE I

DES HÉROS

2.

Nous vivions dans une des villes les plus prospères de France. Les attentats nous avaient épargnés et nos banlieues n'étaient pas en flammes ; les bourgeois étaient très riches, les classes moyennes mettaient leurs enfants dans des écoles privées et mangeaient bio, les pauvres n'étaient pas miséreux, les miséreux ne pouvaient plus se loger en ville depuis longtemps ; de nouveaux restaurants ouvraient toutes les semaines ; on était fiers de nos universités, de nos musées, de notre Opéra, de notre stade, les touristes du monde entier venaient se promener sur les berges du fleuve. Pourtant, la ville était en train de tomber malade et nous commencions à ressentir les premiers symptômes. En ce début d'année scolaire, on était loin de se douter de la gravité de la situation. Et puis au rayon maladie, on avait déjà de quoi se tourmenter – mais je prends trop d'avance.

Nous avions quinze ans, enfin Stanislas, Daniel, David et moi. Jenny en avait seize et elle était en première. J'ai une photo parfaite de cette rentrée : on est tous dans la cour, sur notre banc, sous le chêne et on a l'air tellement contents de nous. En fait, on n'en revenait pas de s'être taillé une place sur ce petit territoire. Notre lycée, le plus grand établissement public intramuros, avait plutôt bonne réputation. On ne peut pas dire qu'il abreuvait les prépas des grandes écoles, en tout cas il était sans histoires. Avec nos pedigrees modestes, on aurait dû raser les murs, en attendant impatiemment la fin de la journée pour retrouver l'univers anonyme d'un jeu en ligne. Un petit Black rond et chauve comme un œuf, une grande fille baraquée et mutique, un feuj fragile au gabarit de fillette et moi, le rebeu malingre, boutonneux et frisé. Le casting idéal pour une campagne de pub utilisant la mixité sociale pour vendre un produit discount. Or voilà, on avait Stan et, en deux ans, il avait nettement amélioré notre statut. Notre compagnie n'était pas beaucoup plus recherchée mais on était hors d'atteinte des petits caïds et respectés pour la qualité de nos services. Stan, que tout le monde appelait l'Enchanteur, avait en effet développé un business florissant. La nature de notre activité alimentait sans fin nos propres discussions mais, pour résumer, disons que les gens venaient nous voir avec leurs problèmes et que Stan trouvait des solutions. Nos réunions de travail se tenaient sur le banc de la cour. David m'a d'ailleurs suggéré de commencer là mon récit. En y repensant aujourd'hui, c'est vrai que ce banc a été décisif dans cette aventure, parce que c'était un peu notre table ronde, parce qu'il nous a été enlevé, puis rendu, parce que sans lui, nous n'aurions pas attiré l'attention de Prieur et que sans la haine que nous vouait notre CPE, les choses auraient pris une tournure différente.

À l'aube de la trentaine, Prieur donnait l'impression d'avoir conservé toutes les tares de l'adolescence sans avoir retenu aucun de ses charmes. Il était aussi mauvais qu'un chien sauvage et nous avait dans le collimateur.

« Vous êtes bien installés ? »

Je le revois devant nous, jambes écartées, vibrant d'indignation. Stanislas avait pris son temps, avant de se pencher vers Dan.

« Toi, ça va ?

— Moi, ça va.

— Tout va bien, monsieur. Merci de vous en soucier. »

Prieur se cherchait une contenance en dévisageant avec hostilité chacun des membres de la bande. Jenny debout, bras croisés, soutenait son regard sans ciller. David fixait ses pieds en sifflotant (sauf qu'il ne savait pas siffler et produisait un chuintement geignard qui avait le don d'exaspérer tout le monde). J'étais plongé dans mon vieil exemplaire écorné du *Songe* tandis que Daniel, adossé à moi pour soulager ses vertèbres, prenait des notes dans son carnet et feignait d'ignorer la scène. Stan posa alors sagement les mains sur ses genoux et s'arma d'un sourire chaleureux qui déclencha aussitôt chez le CPE un rictus affreux, dévoilant une incisive jaunie par le tabac.

« Tu dois savoir… » Prieur pointa un doigt accusateur. « … que je ne suis pas dupe. C'est le meilleur banc de la cour ! »

Je n'avais pas pu résister : « Un banc remarquable ! »

David et Jenny avaient pouffé. Prieur ne s'était pas démonté : « Le plus large, le mieux exposé au soleil. À l'abri des regards. Et pourtant, tous les jours de l'année, à toutes les pauses, il n'est occupé que par toi et tes amis. Alors que la cour est pleine de types plus balèzes… et de filles plus populaires », avait-il ajouté à destination de Jenny.

Prieur ménagea un silence intimidant, ce qui n'empêcha pas Stan de le relancer d'un haussement de sourcils interrogatif. Le doigt du CPE rejoignit sa main pour former un poing.

« Dans la chaîne alimentaire d'un lycée, il n'y a que deux choses qui peuvent donner du pouvoir à un gamin comme toi : le racket ou le deal. »

Stanislas ne souriait plus, il hocha pensivement la tête. « C'est une accusation sérieuse. »

Prieur fit un pas en avant mais Stan se pencha, visiblement captivé par quelque chose, loin dans le dos de son agresseur.

« Monsieur ?

— Quoi ? »

Prieur se retourna. À l'autre bout de la vaste cour en L, devant les grilles vertes de l'entrée, une bagarre entre les frères Irazustra attirait déjà une foule surexcitée. Prieur n'eut d'autre choix que s'y précipiter. Daniel retira sa casquette, passa lentement une main sur son crâne chauve.

« Tu vas trop loin. Les frères Irazustra, sérieusement ?

— Je fais ce que je peux.

— Non. Tu en fais une affaire personnelle. Ça va mal finir. »

J'intervins : « Bon, on reprend les affaires ? On a le temps pour une intervention, non ? Dan ? »

Daniel soupira mais tourna les pages de son carnet, s'arrêta sur une liste de noms.

« C'est au tour de Maxence Boulouque. »

Jenny scanna la foule des lycéens, porta deux doigts à la bouche et émit un puissant sifflement en direction d'un grand échalas sous le panneau de basket. David dévisagea notre amie avec la plus grande admiration : « Mais comment tu fais ? » Jenny ne répondit pas et retint Maxence d'une paume sur le plexus.

« Attends ! »

Elle jeta un coup d'œil à l'entrée du lycée. Prieur s'évertuait encore à séparer les deux frères.

« C'est bon. »

Maxence s'avança timidement.

« Tu m'avais promis que tu t'occuperais de mon cas. »

Dan lut dans son carnet : « C'est pour une *Becky Thatcher.* »

David était excité : « Tu sais que t'as du bol, l'Enchanteur n'en fait qu'une par an, de *Becky Thatcher.* »

Stan déclara : « Bon, je mets tout en place et on commence la semaine prochaine. Ça te laisse quelques jours pour passer chez le coiffeur. »

Le visage de Maxence s'illumina.

« Merci, merci, mec.

— On est toujours OK pour la contrepartie ?

— C'est cool.

— Bien sûr, *c'est cool.* Mais ton frère, il tiendra sa parole ?

— Sur l'honneur, mec. Tu es son dieu de toute façon.

— T'avais fait quoi pour lui ? demandai-je à Stan.

— Une *Billy Elliot.* »

La sonnerie retentit. On fila rejoindre le bâtiment, sachant que personne n'oserait prendre place sur le banc en notre absence.

Je sais, c'est la classe.

3.

Une marée d'élèves refluait dans les salles. Du palier, la voix nasillarde de Prieur perça le brouhaha : « Munio et Gabino Irazustra, dépêchez-vous ! »

Les deux colosses avaient rassemblé leurs affaires et ne semblaient pas vraiment inquiets. En les croisant, Stan leur tapa discrètement sur l'épaule.

« Vous avez été parfaits. Merci. »

Les frères fendirent la foule crânement vers leur sentence tandis que Stan rejoignait la classe où Benyahi se tenait déjà raide et blême. C'était le professeur le plus nerveux du lycée. Et aussi le plus harcelé. Son bourreau, Julien Vachet, venait d'ailleurs de s'affaler sur sa chaise face à l'estrade, mains croisées derrière la nuque. Julien était la pire brute de l'école et le cadet d'Aurélien Vachet, chef de meute des Taranis dont l'emploi du temps se résumait à courir les braderies pour minets stéroïdés, à s'entraîner au *freefight* et à tabasser des Antifas, une autre tradition locale. Les deux bandes avaient récemment franchi plusieurs paliers dans la violence, transformant les manifs en champs de bataille et faisant des dizaines de victimes collatérales dans les rangs des forces de l'ordre et des services de sécurité des syndicats. Juste après *Charlie Hebdo*, les Taranis avaient mené la première expédition raciste de l'histoire de la ville, s'attaquant une même nuit à quatre épiceries tenues par des Arabes. L'épisode avait laissé un goût amer : pas de témoins, beaucoup de supporters silencieux, aucune condamnation malgré les gardes à vue.

Julien Vachet ne faisait pas partie de la bande de son frère mais, à lui seul, il représentait une source intarissable de complications pour Stan, en troublant le calme nécessaire à la conduite de ses affaires.

Benyahi tapa du poing sur son bureau à l'attention des autres élèves en train de prendre place.

« Un instant, s'il vous plaît, je dois vous transmettre un message de la mairie.

— Hé, Nordine ! balança Julien, tes papiers sont annulés, tu retournes au bled. »

Sifflements et insultes. Benyahi faisait de grands gestes pour ramener le silence.

« S'il vous plaît, s'il vous plaît… »

Le chaos était total. Julien enchaînait les vannes, il était en forme. La classe vrombissait en rythme.

« C'est à propos des meurtres de cet été. »

Le silence se fit instantanément, le sujet passionnait l'auditoire.

« Je sais que ces crimes alimentent les théories les plus folles sur internet. La police finira par arrêter le coupable…

— Un putain de *serial killer*, oui ! interrompit Luc, un redoublant.

— Tu paries combien que ton Dexter, il est fiché S et il s'appelle Mouloud ? »

Personne ne réagit à la provocation de Vachet. On était curieux de savoir ce que Benyahi voulait annoncer.

« Écoutez, on n'a pas la moindre idée de qui commet ces horreurs. Vous avez suivi le débat sur le couvre-feu. Il n'y en aura pas, mais compte tenu du fait que les victimes avaient toutes sensiblement votre âge, les autorités vous demandent de vous déplacer en groupe une fois la nuit tombée. L'hiver approche, les jours vont raccourcir. Si on est tous vigilants, ça peut faire une différence. C'est bien compris ? Bon, on revient au cours. »

Le bavardage se régla à un niveau acceptable. Benyahi se lança sur les fondements de la démocratie athénienne. Stan pouvait se replonger dans ses pensées sans crainte d'être interrogé. C'était là un accord tacite que presque tous les enseignants respectaient. Pour David, Jenny et moi, c'était une autre histoire, Stan exigeait qu'on reste à flot. Pas de cancre dans la bande, ça attire l'attention, et surtout ça fait perdre un temps précieux en colles, rattrapages et convocations des parents. La condition pour rejoindre la garde rapprochée de Stan, c'était de savoir se fondre dans la moyenne. L'exception, bien sûr, c'était Daniel. Lui, c'était un génie, un surdoué à l'ancienne, bilingue en mathématiques, et doté d'une culture générale encyclopédique. Ça faisait de lui un élève particulièrement désagréable à manier pour les professeurs. D'abord parce qu'il est déplaisant d'exercer de l'autorité sur quelqu'un de nettement plus compétent que soi. Ensuite parce qu'il était malade. Il aurait dû suivre sa scolarité au sein d'une institution spécialisée dans l'élevage de Prix Nobel, mais comme il passait autant de temps à l'hôpital que dans les salles de classe, il avait refusé de se séparer de ses amis. Non seulement son intelligence agaçait, mais la morale commandait de ne jamais le montrer. Bref, Daniel était une démangeaison qu'aucun prof n'avait le droit de gratter.

Stan était très inquiet de l'impact qu'avait eu la série de meurtres sur son meilleur ami. Daniel était un maniaque de l'exactitude et des sources, un athée virulent qui avait en horreur la moindre forme de superstition. Son culte positiviste pouvait le rendre très sarcastique, surtout avec ses parents qui puisaient dans leur foi la force d'endurer la maladie de leur fils. Mais quelque chose avait changé cet été quand Dan avait suivi, comme tout le monde, l'étrange feuilleton macabre. Certes, il avait vécu l'affaire depuis son lit d'hôpital, complètement shooté par les médicaments. Il n'empêche que, si la peur de la mort n'avait pas réussi à le réconcilier avec l'idée de Dieu, le tueur de l'été avait fissuré ses certitudes pour y instiller celle du Diable. Stanislas avait passé presque toutes ses journées au chevet de son ami cet été-là. Et il l'avait vu plus d'une fois se lancer, en transe, dans des imprécations dignes d'un film d'horreur. Depuis, à chaque évocation des meurtres, Dan donnait l'impression de s'effondrer.

Le cours de Benyahi se poursuivait dans une torpeur agréable. Stan ne fut pas surpris de découvrir un Julien attentif. Le cadet des Vachet était un cas. En début de cour, il déversait sa haine sur les Arabes, les Noirs, les Juifs, les Asiates, les gros, les moches, les fragiles… tout élève pouvait recevoir sa petite friction au papier de verre. Quand il n'était pas renvoyé, c'est la suite que Stan trouvait passionnante. La crise passée, les enseignants veillaient à ne plus croiser le regard de Julien de peur de ranimer sa rage. Dans cette bulle d'évitement, il devenait invisible, et c'était précisément là que l'inattendu survenait : il étudiait. Stan croyait aussi savoir que Julien avait été un graffeur doué avant que son père ne l'apprenne. Mais une chose distinguait Julien de la masse, un truc évident mais qui passait inaperçu puisqu'on le regardait le moins possible : sa beauté saisissante. Grand, élancé, les yeux verts, les cheveux d'un blond paille, ce type avait un physique de star.

La sonnerie annonçant la fin du cours déclencha la ruée. Une fois la salle vide, Stan se dirigea vers Benyahi qui rangeait ses affaires.

« Monsieur ? »

Benyahi tressaillit mais un sourire rassuré se peignit sur son visage lorsqu'il découvrit Stanislas.

« Qu'est-ce que je peux faire pour vous ?

— Vous m'aviez demandé de me renseigner pour Yvan, vous vous souvenez ? »

Benyahi n'avait rien demandé, c'était Stan qui avait évoqué le sujet quelques jours plus tôt ; mais il fallait que le professeur se croie à l'origine de cette sollicitude pour se sentir investi.

« C'est pire que ce que je pensais. Votre instinct était le bon. »

Le professeur n'avait aucune idée de ce dont parlait Stan. Il ne réagit pas mais il avait mordu à l'hameçon.

« Vous savez peut-être que son père dirige une entreprise de sécurité privée ? »

Le père d'Yvan dirigeait une boîte qui vendait des alarmes anticambriolage.

« Ce que j'ai appris, c'est qu'il est aussi réserviste, infanterie mécanisée. »

« Réserviste », c'était la clé du bobard. L'appartenance à une unité de blindés n'était pas inventée mais elle appartenait à un passé révolu. C'est à ce moment-là que la magie de l'Enchanteur opérait. D'abord, placer un détail marquant, de préférence soutenu par une terminologie un peu jargonneuse afin que l'imagination du sujet s'éloigne le plus possible de la problématique.

« Bon, Yvan a surpris une conversation entre ses parents… »

Création d'une possibilité de déni en plaidant la mauvaise interprétation.

« Il est question que son père soit appelé en Afrique. »

Benyahi fit une grimace compatissante, c'était bien parti.

« Ça va se décider à Noël. Yvan ne dort plus. Et le pauvre, ses tocs reviennent mais il le cache à ses parents pour ne pas ajouter à l'inquiétude de sa mère. »

Si Benyahi enquêtait, il trouverait dans le dossier d'Yvan la trace de mots d'absence pour des visites chez un orthophoniste. Ça ne valait pas un pédopsy mais c'était suffisant.

« On le laisse pas tomber, croyez-moi, on pense qu'il faut quand même qu'il en parle à sa mère. On va l'accompagner dans cette démarche. Mais il faut que ça vienne de lui.

— C'est très bien ce que vous faites, jeune homme. Je suis très ému par la maturité et la solidarité dont vous faites preuve.

— Merci, monsieur Benyahi, mais honnêtement, si vous n'étiez pas là, je ne pourrais rien faire du tout. Vous ne prendrez pas ça pour de l'impertinence, je l'espère, mais tous vos collègues ne se soucient pas autant du bien-être de leurs élèves. »

Les yeux de Benyahi brillaient à présent. Stan avait réussi à le reconnecter à son rêve premier d'enseignant providentiel. C'est pour ça qu'il avait nommé ce genre d'intervention une *John Keating*. Vint le moment de conclure.

« Je vous fais confiance pour le conseil de discipline, alors.

— Pardon ?

— Si vous voulez qu'on l'aide à trouver le courage de parler à ses parents, il ne faut pas que le conseil ait lieu. Sinon c'est le scénario qu'il voulait éviter à tout prix. Sa mère sera accablée, la situation à la maison encore plus tendue et, si ses parents se mettent à s'engueuler, alors là c'est la fin…

— La fin ?

— Ah oui. Yvan finira par se convaincre que ce départ en Afrique est un peu sa faute.

— Mais c'est absurde !

— Oui c'est absurde… et tellement humain. Mais surtout, surtout, imaginez… non… »

Il étira le silence, comme confronté à une idée atroce. La peur était censée faire oublier l'illogisme du dernier développement. Il fallait conclure sur la peur. Il ouvrit la bouche mais les mots ne voulaient pas sortir. Il jeta un regard paniqué au professeur, un regard qui voulait dire : « Vous pensez à la même chose que moi ? » Benyahi était complètement ferré.

« Quoi ?

— Non, c'est idiot, bien sûr, mais imaginez qu'il lui arrive quelque chose…

— À Yvan ?

— À son père, en Afrique. »

Et bam ! Dans la poche. Si Benyahi n'annulait pas le conseil de discipline pour retards répétés, un homme allait mourir au combat. Stan ne laissa pas une chance à la conversation de reprendre, il sortit en trombe de la classe. Ému, évidemment.

4.

C'est fou le temps qu'on passait sur des bancs quand j'y pense. On en avait colonisé un autre à une vingtaine de mètres du lycée, entre le kiosque à journaux et la station de tramway. Un emplacement stratégique, là où nos chemins se séparaient et devant lequel la majorité de nos camarades défilait à la fin des cours. Jenny en profitait pour récupérer les copies. Il y avait un peu de tout : des leçons notées au propre (toujours par des filles), des solutions d'exercices de maths, des dissertations, tout ce qui était « à faire à la maison » étant apporté en offrande à l'Enchanteur. La plupart de ces généreux donateurs ne demandaient rien en échange, ils espéraient juste se mettre Stan dans la poche pour le jour où ils auraient besoin de lui.

Après les cours, David et moi nous étions lancés dans la comparaison des modes opératoires du tueur avec ceux de célèbres *serial killers*. Le préambule de Benyahi nous avait inspirés. Paulo, le kiosquier, s'était mêlé au débat. On était fans de Paulo. C'était un vieux Portugais capable de glisser plus de grossièretés dans une phrase qu'Al Pacino dans tout *Scarface*. Il avait surtout une dent contre la mère de Dieu, j'ignore ce que la sienne lui avait fait mais celle de Jésus prenait cher. Au-delà de sa grossièreté, Paulo était un artiste en misanthropie ; mais il nous adorait. Et on le lui rendait bien. S'il nous accueillait d'un : « Putain, ça fait du bien de vous voir, les gars, j'ai croisé que des enculés aujourd'hui », on lui répondait l'air pénétré : « Pareil pour nous, une grosse journée d'enculés ». Il soupirait alors en signe de solidarité. La seule chose qui rendait le sourire à Paulo, c'était la vie privée des stars de cinéma. Le sous-sol de son pavillon était entièrement affecté à l'archivage des potins hollywoodiens.

Aujourd'hui c'était le *serial* qui nous passionnait. On peinait à le définir car tous ses crimes étaient différents dans leur exécution. En plus, il n'avait pas de « signature » qui lui aurait permis de prendre sa place au panthéon des grands prédateurs ; pas d'organes prélevés, pas de notes laissées à la police, aucune connotation sexuelle, aucun sens de la mise en scène. Néanmoins, les circonstances laissaient penser qu'on avait affaire à un seul détraqué. Quatre victimes, quatre adolescents passés trop tard, seuls, dans des endroits trop noirs et la même férocité hors du commun pour les massacrer. Comme les scènes de crime étaient des lieux publics, impossible de retrouver des traces d'ADN concluantes. Les gens, biberonnés aux séries américaines, ne comprenaient pas ce que faisait la police scientifique. C'était le *serial* le plus lisse des temps modernes. Même le nom dont l'avaient affublé les médias était nul : « le tueur d'ados ». Alors qu'on revenait aux fondamentaux (Ted Bundy, Tchikatilo, Hannibal Lecter…), et tandis que Stan s'employait à faire sourire Daniel qu'il trouvait particulièrement morose, Yvan nous rejoignit. Il était nouveau dans l'école. Stan l'avait tout de suite pris en pitié. Il faut dire que physiquement, ce garçon, c'était un peu comme une négociation qui aurait mal tourné : grand mais voûté, mince mais mou, terne mais huileux.

« Stan ?

— Ça devrait aller.

— Vraiment ?

— Vraiment. Tes parents lisent la presse ?

— Quoi ?

— Je te demande s'il y a des journaux qui traînent chez toi. De vrais journaux, avec de l'information dedans et pas beaucoup d'images. »

Sur le visage d'Yvan, l'incompréhension était explicite.

« C'est pas grave. Tu vas aller au CDI, il y a une pile de vieux quotidiens, tu fouilles pour trouver des sujets sur les conflits en Afrique. Durant les prochains cours de Benyahi, tu gardes toujours ouvert sous ton coude une page où on parle de guerre.

— Ah, d'accord. Et je pleure en faisant semblant de les lire ?

— Surtout pas. Tu prends l'air absent, ça tu sais faire.

— C'est tout ?

— C'est tout, il suffit que Benyahi repère le truc.

— Et ça va marcher ? Ils vont annuler le conseil ?

— Tu ne dis rien à tes parents. Et surtout, tu n'oublies pas les règles : tu ne parles pas de ce que j'ai fait pour toi, ni aujourd'hui, ni demain, ni l'année prochaine. Tu ne te vantes pas, tu ne te confies pas. Si un jour tu me trahis, tu ne pourras plus jamais me demander une faveur, ni toi ni aucun de tes amis. C'est compris ?

— Oui.

— Allez, file maintenant et ne traîne plus autour de nous dans les semaines à venir, on a Prieur sur le dos. »

Yvan réajusta son sac sur l'épaule et mit en branle sa grande carcasse. Avant qu'il ne disparaisse, Daniel ajouta :

« Hé ! Yvan ?

— Oui ?

— Tu t'achètes un réveil *old school* aussi. Parce que c'est beaucoup d'emmerdes pour un type qui n'arrive pas à se lever le matin, tu ne trouves pas ? »

Yvan grommela en fixant ses baskets. Jenny lui releva autoritairement le menton pour qu'il réponde à Dan.

« Promis, fit-il, piteux. »

David en profita pour requérir l'arbitrage de Daniel : « Dan ! Dan ! », hurla-t-il, remonté comme s'il avait avalé un tonnelet de Red Bull. Daniel se couvrit les oreilles.

« Arrêtez de brailler, je suis cancéreux, pas sourd. »

C'était une de ses vannes préférées et elle marchait à chaque fois. On se calma illico. Stan grimaça, l'humour de son meilleur ami avait tendance à lui donner des crampes à l'estomac.

« Moh et moi, on a fait un pari. La chanson *All that Jazz*, c'est dans le film *All that Jazz* ?

— Non. C'est dans *Chicago*. Mais les deux sont de Bob Fosse. »

Il n'y avait jamais contestation d'un jugement de Daniel. Il était une autorité parfaite dans tous les sujets liés aux sciences et à l'histoire, et dans le seul thème de culture populaire qu'il affectionnait autant que l'astrophysique : les comédies musicales.

Tout à sa joie, David se mit à fredonner, très mal, la chanson et à reproduire, très mal aussi, la chorégraphie. Il était touchant, si petit et fragile, à faire de grands moulinets avec ses bras allumettes, essayant d'imprimer à son corps un déhanché sexy. Dan et Stan l'encourageaient, Jenny et moi tapions dans nos mains. David mimait un twerk épileptique quand nos visages soudainement graves lui firent comprendre que dans son dos, un témoin gênant assistait à ses débordements.

« Oh, mon chéri, mais tu danses si bien. »

Il se retourna au ralenti. Le pire était à venir. Mme Edelman, la mère de David, était imperméable à toute forme d'inconfort social, et croiser son chemin s'apparentait toujours à une plongée dans un abîme de gêne.

« Tu tiens ça de moi, tu sais ? »

Le malaise avait l'intensité d'un tremblement de terre. David pâlit. Et voilà qu'Esther Edelman se mit à danser à son tour, au milieu de la rue, devant nous, devant Paulo, devant les passants. Si elle s'était contentée de danser en souriant, même au milieu de la rue, les passants auraient pu se dire : « Tiens, une excentrique. » Mais Mme Edelman dansait sérieusement, avec application, la bouche entrouverte. David tenta un « maman… » qu'elle n'entendit pas. Jenny et Stan passèrent dans son dos pour constituer un paravent entre elle et la rue. Esther Edelman dansait et cherchait dans les yeux de son fils une approbation qu'elle ne trouvait pas. Et puis elle s'arrêta et sembla nous découvrir.

« Oh, Stan, comment vas-tu ? Quel plaisir de te voir. Tu sais que je trouve ça formidable que tu fasses faire du sport à David. »

Elle faisait référence à la fois où, six mois plus tôt, notre bande s'était essayée à l'escalade en salle par un après-midi d'ennui.

« C'est très gentil parce qu'il en a besoin. Il est trop chétif, vois-tu ? Il doit se muscler un peu pour se défendre et… parce que les filles préfèrent ça. Tiens-toi droit chéri. »

David ne réagissait plus, il attendait que ça passe. Toutes les interactions en public entre David et sa mère répondaient à un protocole immuable : elle lançait un propos erroné, il rectifiait poliment. Elle s'excusait. Et répétait l'erreur *ad nauseam*. Ce que j'ai mis longtemps à comprendre, et certainement plus de temps à accepter, c'est qu'Esther ne se trompait pas, elle n'avait pas Alzheimer ni aucune autre affection de la mémoire. Était-elle consciente cependant qu'elle dépréciait toujours son fils ? Était-elle dépassée par sa propre hostilité ? C'était le plus épineux des problèmes avec elle, le débat n'étant toujours pas tranché.

« Et Jenny, comment vas-tu ? Est-ce que ta mère est à nouveau parent d'élève cette année ?

— Non, cette année elle veut passer tout…

— Je ne sais pas comment elle trouve le temps. Moh, laisse-moi t'embrasser. »

Une autre caractéristique de la mère de David était de poser des questions sans écouter les réponses. L'écoute lui était visiblement douloureuse. Et c'était devenu pire depuis quelques mois. Désormais, elle tournait carrément le dos à son interlocuteur dès ses premiers mots. C'était la manœuvre qu'elle était en train d'opérer à l'instant, s'étant jetée sur moi pour me serrer anormalement fort dans ses bras. Il n'y avait rien d'ambigu dans cette étreinte. En fait, l'étreinte était le seul moment où Mme Edelman était attachante.

« Bon je vous laisse, les enfants. David chéri ? À tout à l'heure ? Vous rentrez tous avant la nuit, n'est-ce pas ? J'ai entièrement confiance en vous mais avec le tueur… »

Elle suspendit son verbe et son geste dans une parfaite césure et fit un mystérieux mouvement de volte avec son pied. Au même moment, un enfant cria. On se retourna pour découvrir un petit échoué sur le bitume qui hurlait après être tombé de vélo. Son père affligé tentait de le convaincre de se remettre en selle. Il venait apparemment d'enlever les petites roues et essayait d'enseigner à son fils la vertu de la persévérance. Le garçon, insensible à l'argument et emporté dans une tout autre logique, s'attaqua à l'engin à grands coups de pied puis se campa, mains sur les hanches, fâché, devant le cadre.

« Il serait temps de grandir un peu ! » assena l'enfant à l'objet inanimé. Même le père ne put conserver son sérieux. On rigola tous de bon cœur, sauf Daniel qui s'assombrit. Stan lui fit un signe de tête interrogatif.

« Tu te rends compte que je ne sais pas faire du vélo ? dit Dan. »

Stan ne trouva rien à répondre.

« Entre les séjours à l'hôpital, les moments où j'étais trop faible, et les autres où mes parents avaient peur que je me fatigue pour rien… Je n'ai jamais appris.

— C'est pas très grave.

— Je sais pas. Ça a l'air bien, quand même. Vraiment bien. Bon, je vous laisse.

— Tu dors toujours chez moi ? demanda Stan.

— Affirmatif.

— Ma mère fait son hachis Parmentier.

— Ne t'inquiète pas, j'ai développé une grande tolérance aux mauvaises nouvelles. »

Après les checks et accolades de rigueur, David grimpa dans le tramway tandis que Jenny emboîtait le pas de Stanislas.

5.

Bien sûr, tout est affaire de parti pris et d'interprétation. Je n'étais pas là à chaque seconde. On m'a donné plusieurs versions de certains événements, j'ai dû en imaginer d'autres. Mais Stan et moi, on est d'accord sur une chose : ce qu'il a accompli, et la façon dont je le raconte, à la fin c'est un seul et même acte de création. C'est l'inverse d'un mensonge. Cela ne se résume pas à photoshoper la réalité. Si je me bornais à énumérer les faits, ils seraient amputés des intentions, des non-dits, de l'émerveillement et de la terreur, ils ignoreraient leurs propres causes, et une suite de faits débiles ne fait pas la vérité.

6.

« Tu prends la rue de Jappe, là ! »
Jenny était en colère contre Stan.
« Tiens, garde-moi ça s'il te plaît. »
Il lui refila deux billets de vingt euros.
« Je te comprendrai jamais, tu sais ?
— Je sais. »
Au niveau de la statue du centaure, Stan n'essaya même pas d'éviter l'armoire à glace.
« Hé ! Mais c'est mon petit babtou préféré. »
Jenny serra les poings et la mâchoire, prête à se jeter sur le colosse aux dreadlocks.
« Y sont où, les autres ? Le p'tit renoi, vous l'avez semé ? Vous filez vous secouer chaud-zakzak avant d'aller faire les devoirs ? »
Jenny allait bondir mais Stan l'arrêta d'un geste de la main.
« *Suavemente*, la sœur. Y a pas de mauvais sang. On est en famille. »
L'épaule de Stan disparut sous l'énorme paume de Bak.
« Hein, mon frère ? On est en famille ? »
Stan sourit au géant.

« Bien sûr. »

Le clochard rugit de rire et apostropha Jenny :

« Tu vois ? Y capte bien les choses le-gars-mon-frère. Les liens. Y a que ça. Tu te fais une famille et tu prends soin les uns des autres. Le monde, y te met sur la gueule-zak quand tu t'y attends pas. La terre s'ouvre-zak et mange tes enfants. Alors y te faut des frères. »

Jenny était furieuse mais parvint à se contenir.

« Alors, tu es venu prendre soin de moi, c'est ça ?

— Je suis toujours là pour la famille. »

Bak était aux anges. Il grogna, applaudit, fit surgir un énorme pétard de son long manteau élimé et l'alluma. Expirant longuement la fumée, il baragouinait des mots incompréhensibles qui sonnaient comme un sortilège.

« … montre-moi de l'amour, alors. Tu as de l'amour pour moi ? »

Stan fouilla ses poches, en sortit quelques pièces en cuivre et les rangea aussitôt.

« Je suis désolé, j'ai rien aujourd'hui.

— Et ça ? »

Bak pointait du doigt le poignet de Stan.

« Ma montre ? Encore ?

— C'est une Iko, pas vrai ? »

Stan soupira. Jenny fulminait.

« J'ai grand amour pour les Iko. »

Stan fit mine d'hésiter puis enleva la montre et la tendit à Bak.

« Tu sais donner l'amour qu'on doit à un frère. Et en échange, tu as mon respect. »

Il souffla un énorme nuage de fumée sur Stan puis

retourna s'affaler sur la grille. Quand les deux adolescents reprirent leur chemin, Jenny explosa :

« C'est la sixième ! La sixième putain de montre qu'il te pique. Et toi tu te laisses racketter comme une merde. »

Stan s'arrêta et lui fit face avec un sourire amusé.

« Jenny ? Tu as confiance en moi ?

— Bien sûr que j'ai confiance mais c'est pas une raison pour… »

Le sourire de Stan s'élargit.

« Jenny, là où tu vois un conflit, je vois une opportunité.

— Mais de quoi, bordel ?

— Ça, je sais pas encore. Mais je vais trouver zak-zak. »

7.

Comme à chaque fois qu'il pénétrait dans la galerie marchande, Daniel se dit que les proprios devraient investir dans la lumière. Il connaissait la théorie selon laquelle les pulsions d'achat étaient aiguisées par un état de frustration, mais son mal de crâne, plus pragmatique, lui criait qu'un peu de douceur ne nuirait pas au commerce. Il pensa aussi qu'il faudrait installer des maisons de retraite dans les centres commerciaux. Faire ses courses et rendre visite à mamie, le couplage des corvées profiterait à tout le monde. Sans compter que les petits vieux ne seraient jamais à court de distractions, un peu à l'image de celui à côté duquel il venait s'asseoir presque tous les jours après les cours.

« Bonjour, monsieur Dupré.

— Bonjour, Daniel. »

Le vieux dandy, sans quitter le spectacle des yeux, lui tendit un thermos de thé au gin. Dan le dévissa et en avala une longue gorgée. Il avait pris l'habitude de l'alcool ces derniers mois. Il n'aimait pas vraiment mais reconnaissait que ça agissait comme un marteau aplatissant efficacement les pointes de douleur. Son médecin traitant lui avait suggéré de fumer de l'herbe, or ça lui donnait la nausée. Alors, un verre de temps en temps… le gin du vieux Dupré, le rhum de son père, qui feignait de ne pas avoir remarqué la consommation de son fils mais veillait à toujours laisser une bouteille pleine dans le buffet. Dan était touché par la discrétion de son père ; doublement, car il prenait la peine de couper la bouteille d'un tiers d'eau. Un geste absurde bien sûr, la quantité d'alcool ingérée dépendant autant du volume que de la concentration. Mais c'était son père tout craché. Il survivait à la maladie de son fils en inventant des raisonnements foireux pour diluer chaque mauvaise nouvelle.

« C'est comment, aujourd'hui ? s'enquit Dan.

— Glorieux. »

Et ils se tinrent là, silencieux et captivés. Les mots n'étaient pas nécessaires. Pendant trente petites et merveilleuses minutes, Dan oubliait la douleur. Ce qui s'animait, se déployait et s'offrait à lui dans la vitrine en face, c'était toute la beauté du monde.

8.

Stan s'installa à son bureau. Il voulait se débarrasser des devoirs avant l'arrivée de son ami. Pour la dissertation de français, il avait le choix entre trois copies d'élèves suffisamment sérieux pour ne pas copier sur Wikipedia. Restait à faire un montage à peu près lisible et à paraphraser pour viser la moyenne. Pour les maths, rien à ajouter au travail d'Annabelle (c'était toujours les devoirs d'Annabelle qu'il utilisait pour les maths et la physique). Il nota dans son agenda officiel les deux heures qu'il lui faudrait passer avec elle en vue du prochain examen. Il aurait pu demander à Daniel bien sûr, mais ça impliquait des plombes de démonstrations savantes et ennuyeuses de son ami.

Dans la cuisine, le niveau sonore monta d'un cran. La voix de sa mère venait de se régler sur sa tonalité colérique. Il n'avait pas besoin d'être dans la pièce pour savoir que ses paupières s'étaient transformées en viseur et que ses pupilles lançaient des éclats sombres. Chacun de ses mots sonnait comme un craquement de bois sec. Plus inquiétant, son père venait de rejoindre la partie ; son timbre était descendu d'une octave, son phrasé avait ralenti et ses silences vociféraient d'indignation. Le jeu était d'une cruauté raffinée. À partir de maintenant, seules compteraient les intonations. La violence conjugale entre ces deux-là était devenue musicale. Et les deux interprètes étaient doués. Stan pensa une fois de plus qu'il fallait se connaître comme deux vieux époux pour savoir se blesser à la syllabe accentuée près.

Il abandonna son travail qui pouvait attendre le lendemain à la différence du conflit à désamorcer. Il y avait longtemps que la famille ne partageait plus ses repas. Cela avait commencé par son frère Joachim qui avait un jour cessé de paraître au dîner. Le mouvement avait pris tout de suite. Son père rentrait de plus en plus tard. Sa mère tournait autour de la table en buvant du vin blanc et en leur arrachant les couverts, à peine le repas terminé, pour les ranger au lave-vaisselle. Cette machine avait pris une importance considérable dans leur vie. C'était l'instrument de percussion de Laurence Danner. Elle s'appliquait à converser sur un ton posé où l'angoisse ne perçait que dans des terminaisons trop aiguës qui privaient ses phrases de leur caractère affirmatif ou interrogatif. Les phrases angoissées de sa mère étaient devenues aussi indéterminées que sa vie conjugale. Leurs intentions, en revanche, pouvaient grossièrement se résumer à « ton père est un salaud, ne deviens pas comme lui ». Et le lapsus sonore de cette détresse était le pauvre lave-vaisselle : elle y jetait les couverts, en claquait la porte dix fois, le mettait en route, l'interrompait, le reclaquait, réarrangeait les assiettes dans le plus grand fracas, bref, c'était l'ampli de sa rage et sa rage était bruyante.

Henri Danner jouait la carte des silences qui en disent long, sa méthode sadique misait sur le long terme : dans la compétition à l'exaspération collective, sa présence ne serait pas associée à du bruit. Son père croyait dur comme fer que ce qui n'était pas dit ne pouvait être retenu contre lui. Étonnant aussi de voir à quel point il refusait d'admettre la nullité de sa tactique au fil du temps. Étonnant aussi de voir à quel point ces deux-là se détestaient. Sa mère était malheureuse et avait décidé que tout était la faute de son père. C'était faux bien sûr mais son père ne faisait aucun effort pour la rassurer.

Le couple Danner était l'exemple parfait d'une mauvaise histoire. C'était la seule que Stan avait renoncé à enchanter.

L'interphone vibra : c'était Daniel. Ses parents acceptaient que leur fils dorme à sa convenance chez Stan. De toute façon, ils acceptaient tout de Dan, sauf le fait qu'il allait mourir, et à cela, même lui ne trouvait rien à redire.

Une fois dans la cuisine, Laurence Danner embrassa Dan chaleureusement. Le micro-ondes sonna, Stan se hâta d'en extraire la barquette de hachis pour servir son ami. Le compte à rebours était lancé.

« Vous avez l'air en forme, madame Danner. »

Dan avait pris l'habitude de flatter ses interlocuteurs pour leur éviter d'ouvrir le bal par un « comment ça va mon garçon, oups, désolé, c'était peut-être maladroit ».

« Merci. Stanislas me dit que l'année commence bien et que vos profs sont plutôt sympas ?

— Ça va, je pense qu'on va éviter les *burn-out* au premier trimestre. »

Le père de Stan, avec un sourire qui disait « entre hommes pas besoin de mots », passa derrière Daniel, lui posa une main sur l'épaule dans un geste de camaraderie presque anodin, et alla chercher dans le réfrigérateur un plateau de fromage qu'il posa sur la table. Puis il s'assit à côté de son fils, fit mine de lui proposer un verre de vin, accueillit avec une certaine fierté le refus de son cadet, et se mit à tartiner maniaquement, sous le regard atterré de sa femme qui arracha à Stan son assiette pas tout à fait vide pour la jeter dans le lave-vaisselle. Daniel se dépêcha d'enfourner ce qu'il pouvait de son dîner, deux rapides coups de fourchette et son assiette disparut à son tour. Le père soupira, c'était le signal du deuxième round. Stan agrippa Daniel par le polo pour l'exfiltrer du champ de bataille. Ils coururent s'enfermer dans la chambre où Stan entreposait un assortiment de biscuits à l'attention de son ami. Dan jeta un coup d'œil au carnet ouvert sur le bureau.

« Tu as pensé à qui pour ta *Becky* ?

— J'ai plusieurs options. J'ai surtout rendez-vous avec Thibault Boulouque, le grand frère de Maxence, pour le ballet.

— Génial. Et on a avancé sur la sono ?

— Pas vraiment, mais c'est de la technique, on réglera ça quand on aura réuni nos danseurs.

— Il nous faut absolument du gros son…

— Hé ! J'ai encore neuf mois.

— Moi, c'est moins sûr.

— Va te faire foutre ! »

Dan baissa la tête et offrit un sourire de fausse contrition pour apaiser la tension :

« *Sorry. Not funny.*

— *NOT funny !* »

Dan ouvrit son sac et en sortit un DVD.

« Au programme ce soir ? demanda Stan.

— *Orfeu negro.*

— Encore ?

— *La tristesse n'a pas de fin. Mais le bonheur oui.* Il me faut ma dose de *saudade* brésilienne.

— Continue tes vannes sinistres, ça va nous aider.

— *Not funny ?*

— *HahstagNotFunny !* Et il faut qu'on parle de ton choix de chanson pour le miracle.

— Pas ce soir. Assieds-toi, ça commence. »

Sur l'écran, deux enfants noirs escaladent une colline. « Dépêche-toi » crie le premier au second qui tient une guitare dans sa main. « Dépêche-toi. Joue et fais lever le soleil. » Le guitariste résiste : « Je ne sais pas comment faire. » « Invente ! » lui répond son ami.

9.

Daniel poursuivait le sommeil en naviguant entre la douleur et les vagues d'apaisement levées par les médicaments. Il dormait mieux à côté de Stan. Depuis leurs premières soirées Lego à six ans jusqu'à la création du personnage de l'Enchanteur personne n'avait su lui offrir comme Stanislas la certitude d'une affection totale, légère et invincible. Ses parents l'aimaient, mais leur amour pesait une tonne de chagrin et Daniel était à présent trop faible pour les porter à bout de bras. Et puis il y avait la promesse du miracle, sa seule raison d'espérer. Tout reposait sur Stan. C'était trop lui demander mais, s'ils parvenaient à leurs fins, ils prouveraient que l'amitié ouvre des portes sur l'immortalité. Pas mal pour une vie, surtout si elle est courte.

La nuit bruissait de petits pas qui frappaient le pavé. Marcher dans les rues sombres, sans autre raison que de rejoindre un bar, y croiser un sourire, celui-ci par exemple. Elle est jolie à se damner, cette jeune débutante. Comme ses talons sont hauts, comme il est touchant qu'elle vacille un peu sous le coup de l'inexpérience, de l'ébriété ? Non, elle est triste, elle ne quitte pas des yeux l'écran de son portable et ses doigts gourds tapent à la chaîne des messages lancés aux vents froids... Une larme de rimmel bleu pétrole coule et glace la chair noire de sa pommette. Daniel frissonne et gémit dans son lit mais Stan est profondément endormi. De toute façon, Dan ne veut pas se réveiller, ce serait abandonner la fille. Qui rôde ici ce soir ? L'image d'une bouche immonde, bardée de crocs salis, cette abomination s'attache à présent aux pas de la jeune fille. Et ses mollets taillés dans la pierre, le creux des genoux, le désir de s'emparer de ses jeunes fesses comme un homme le ferait, mais ce n'est pas le souci de la chose qui s'apprête à bondir sur elle. Une silhouette, massive et molle, un tablier de cuisine, un couteau de boucher dans une grosse main moite. Le désir de lacérer. Il faudrait hurler, la prévenir. Dan sait que cela lui est impossible, il a essayé toutes les autres fois. Il sait comment ça finira et que personne ne le croira. C'est un cauchemar bien sûr. Juste le rêve d'un adolescent gavé de cachetons. La bouche claque, la jeune fille frissonne mais ne se retourne pas, son portable a produit un « ding », un texto l'hypnotise et la détourne du carnage à venir. Pourquoi lui ? Pourquoi sent-il, voit-il ça ? Pourquoi doit-il prendre ce supplément de souffrance à son compte ? Il a si peur. Il ne veut pas assister au déchaînement de bestialité. Deux voix, trois, des rires, un petit groupe déboule en sens contraire, la gueule et le couteau se retirent. Le massacre est repoussé. Le jeune corps parfait ne sera pas démembré. Dan se détend un peu dans ses draps mouillés de sueur. Jusqu'à la prochaine fois. Il y aura une prochaine fois. Il y a bien une bête, un grand Mal qui s'est libéré d'un endroit terrible. La ville est son terrain de chasse, les choses vont empirer. Pourquoi le sait-il, lui qui ne croit en rien. Appeler à l'aide. Il faut appeler à l'aide. Tout ça est stupide ! C'est la sécrétion d'un esprit hanté par la mort. Un réflexe du cortex qui recourt à des allégories pour exsuder une peur plus banale. Il faut créer des monstres, leur absence est trop terrifiante. Juste au cas où, quand même ? Si les monstres existaient ? Alors là oui, il faudrait appeler à l'aide.

10.

« Soignez ma fiction », nous a fait promettre Daniel. Je me rends compte maintenant de ce que cela implique. Dan avait des théories scientifiques complexes pour décrire sa croyance – et il n'aurait pas aimé que j'utilise ce mot. Mais je suis sûr de ne pas trahir mon ami en simplifiant ses propos : il pensait que l'observation ne fait pas qu'influer sur le réel, elle le façonne. Moi, je ne comprends rien à la physique quantique mais le Barde fait dire à Prospero : *Nous sommes de l'étoffe dont sont faits les rêves et notre petite vie est entourée de sommeil.* Alors, je te crois, Daniel. Tu as vu monter les menaces avant tout le monde et, heureusement, tu as deviné qu'on allait avoir besoin de renforts.

11.

… Et d'ailleurs, dans la suite de son rêve, Daniel a quitté la ruelle puis traversé un océan. Dans un bois proche de Tinguà, à quatre-vingts kilomètres au nord de Rio de Janeiro, la nuit est tombée sur la forêt. Il s'était endormi sur *Orfeu negro*, rien d'étonnant à ce qu'il se retrouve au Brésil. Dans la clairière, une assemblée de vieillards des deux sexes joue du berimbau autour d'un feu jetant ses flammèches si haut dans le ciel qu'on jurerait que les étoiles en sont les escarbilles. Les musiciens transpirent abondamment, leurs tuniques blanches sont trempées. Bracelets et colliers, constitués de fétiches, vibrent au rythme de leurs mouvements et font office de crécelles. Les pieds frappent la poussière comme des tambourins. Les femmes émettent des gémissements rauques qui enrichissent certains accords. Les hommes font gronder de puissantes basses dans leurs joues quand ils décollent la calebasse de leurs ventres, redoublant la profondeur de leur mélodie syncopée. Tous sont bien vieux pour dégager tant de force, noirs, noueux, tendus, douloureux, acteurs d'un très ancien rituel. Tous sont aveugles.

Au centre, deux autres figures, noires elles aussi, mais

jeunes, longues et menaçantes, dansent et luttent en une variation de capoeira qui ne ressemble en rien aux démonstrations pour touristes sur la plage de Copacabana. Les poings frappent, les corps se heurtent puis se séparent, et dans un ressac, les mains s'ouvrent et les corps s'enlacent, les bouches se cherchent, puis un pied cogne un plexus, deux tibias se croisent, une ombre frôle le sol, une aile géante qui propulse l'adversaire au sol, la silhouette plus féminine se jette sur l'autre et le chevauche, ses mains enserrent le cou mais le bassin ondoie. Le combat accouple autant qu'il accable ces corps impossibles, héroïques et luisants, roulant dans la poussière au rythme des cordes frappées par les vieux musiciens aux pupilles blanchies.

La transe se délie et le tempo s'apaise. Les joueurs de berimbau se lèvent difficilement, se soutiennent, se donnent la main et disparaissent dans la forêt. L'ombre au sol se convulse de plaisir et, s'abandonnant au frisson, s'évanouit. L'ombre accroupie se redresse. Elle passe ses mains partout sur son corps, comme pour y dessiner la carte des plaisirs et des douleurs reçus. Elle apaise ses nerfs, elle dénoue ses muscles, elle fredonne encore la mélodie, elle se lave au vent qui la caresse. Un bruit attire son attention, elle se retourne vers le sentier où se tient Daniel.

« Tu as une cigarette ? lui demande-t-elle.

— Non.

— Tu as peur ?

— Oui.

— C'est normal.

— Pourquoi je rêve de vous ?

— C'est moi qui rêve de toi.

— Ah…

— J'ai été appelée. Je vais bientôt arriver. Je voulais te rencontrer.

— Ça veut dire que j'ai raison ? Que ça va aller plus mal ?

— Beaucoup plus mal.

Dan se met à pleurer. Elle le prend dans ses bras.

— *Tudo bem*, Daniel, *tudo bem*.

12.

« Une cravate ? Sérieux ? »

Impitoyable, Stan se tordait de rire devant ma dégaine. Le pantalon prêté par mon oncle s'effondrait en plis disgracieux au-dessus de mes chaussures en daim fatiguées. Ma chemise était impeccablement repassée mais cette cravate… une horreur des années 70 à motifs criards. Je n'avais pas eu beaucoup de choix dans le placard de Mehdi.

« C'est toi qui m'as dit de me saper en bon garçon.

— Oui mais là, tu fais ingénieur ouzbek. Enlève la cravate et ça ira.

— Tu sais mettre en confiance.

— Tout va bien se passer. »

La dame de la mairie était en retard. Et c'était le rendez-vous le plus important de ma vie depuis que les services sociaux avaient validé mon adoption par Mehdi et Isabelle.

« C'est elle. J'en suis sûr, c'est elle. »

J'indiquai à Stan une femme qui faisait les cent pas sur le trottoir d'en face, vissée à son téléphone.

« Et comment tu sais ça ? se moqua-t-il.

— Elle me fait peur. »

La femme raccrocha, visiblement excédée par sa conversation et traversa la rue, remettant de l'ordre dans ses cheveux pourtant parfaitement disciplinés et reconfigurant son visage en un mode affable à la vitesse des panneaux de départs dans les gares. Je ne m'étais pas trompé.

« Bonjour jeunes gens, je m'appelle Michelle Lefèvre. Vous devez être Mohammed Habes et Stanislas Danner, c'est cela ? »

Elle était aussi enjouée que cintrée dans son trench hors de prix. Sa poignée de main hésitante trahit pourtant son impatience et elle brandit un trousseau de clés en dodelinant de la tête, les yeux ronds et la bouche pincée. Apparemment, pour elle, parler à des adolescents s'apparentait à passer un casting pour un show de stand-up.

« Allez, on entre ? Vous avez de la chance. Beaucoup de chance… Il y a tant de troupes et d'associations qui rêveraient d'être à votre place. »

L'endroit était magnifique. Créée par un mécène vénitien au début du XXe siècle pour faire la promotion du théâtre italien, la petite salle abritait deux cents sièges et ses murs étaient entièrement peints de figures de carnaval. Michelle Lefèvre se pencha pour chuchoter à Stan :

« Je ne sais pas qui vous connaissez et comment vous vous y êtes pris mais je suis impressionnée, jeune homme, votre dossier a grillé la politesse à une pile d'autres demandes. Vous êtes un sacré magouilleur. »

Le ton de Michelle ne laissait planer aucun doute sur son admiration pour l'entourloupe. Elle nous conduisit sur scène, prenant le temps de l'arpenter en faisant claquer ses talons. Elle opéra une révérence qui ne manquait pas d'élégance face à la salle vide et décrocha une clé de son trousseau qu'elle me remit.

« Et voilà, la salle est à vous tous les lundis de dix-huit à vingt heures. Vous avez jusqu'à mai pour monter votre spectacle. C'est quoi déjà ? »

Électrisé par la concrétisation de mon rêve, je ne laissai pas le temps à Stan de m'éviter la bourde.

« *Le Songe d'une nuit d'été.* »

Michelle fronça ses fins sourcils.

« Votre projet est en référence à la pièce ?

— C'est la pièce, oui. »

Elle se raidit et son regard se fit sévère.

« Ai-je besoin de vous rappeler que vous avez obtenu cette précieuse aide de la mairie au titre de “L'Initiative pour l'expression artistique des adolescents issus de la diversité engagés dans la lutte contre les préjugés” ? Shakespeare, c'est beaucoup trop compliqué. Et c'est vieux. Et c'est chiant. Et ça ne rentre pas dans l'intitulé. Vous comprenez ? »

J'étais K.-O. Elle tâcha d'être plus claire.

« En gros, vous devez créer un spectacle jeune, avec des jeunes, qui parlent comme des jeunes. Et qui font des trucs de jeunes. »

Stan vola à ma rescousse : « C'est là que c'est génial. »

Michelle pivota vers lui, ses mains se posèrent sur ses hanches, ses lèvres esquissant une moue dubitative.

« Ce qui plaît à Mohammed dans cette pièce, c'est qu'il y a une troupe d'acteurs. Et ces acteurs sont les victimes d'un acharnement comique, écrasés par la majesté de Titania et Obéron, les fées, d'une part, du duc d'Athènes et de sa cour d'autre part.

— Continuez…

— Eh bien, Mohammed renverse la table. Il rend la parole au peuple et se moque des puissants, sauf qu'il organise cette opposition autour de la jeunesse et des élites vieillissantes.

— Mais avec de l'humour ?

— Oui bien sûr, avec beaucoup d'humour.

— Des choses qui font vraiment rire ? Comme des sketches ?

— Exactement. »

Les épaules de Michelle se détendirent.

« Et tout ça avec des dialogues faciles à… dans une langue moderne ?

— Mais oui et d'ailleurs, les transitions sont en slam.

— Ah, ça c'est bien ! »

Je parvins à réfréner un éclat de rire, me composai un air modeste mais crédible et trouvai la force de conclure :

« Très drôle, très simple et avec du slam. »

Michelle nous félicita avant de lire à haute voix la fiche des consignes de sécurité puis, avec un naturel consternant, joignit ses deux mains pour former un cœur. Elle nous abandonna enfin sur un peu convaincant « *ciao bambini* ».

J'attendis que la porte claque derrière elle, pour pouffer et demander :

« Du slam, sérieux ? »

Stan se tenait les côtes. M'obtenir cette salle lui avait demandé de liquider beaucoup de titres de sa bourse des faveurs. Mais ça valait le coup. Parce que c'était mon rêve et parce que notre pièce deviendrait un rouage essentiel de notre plan pour le miracle.

13.

La salle sentait le cuir, la sueur, le plastique, les remugles acides de l'armoire à gants et protège-tibias trop portés, les vaporisations d'huiles essentielles, l'acidité du nettoyant industriel qu'Anton Baranov passait tous les soirs avant de fermer la porte du club à son nom, sans doute la seule marque d'immodestie qu'il s'était accordée dans toute sa vie.

Ce soir-là, c'était le cours collectif de muay thaï des adolescents. Pour faire vivre sa salle, Anton avait dû évoluer avec son temps et s'enorgueillissait d'avoir toujours accompagné les mutations de sa discipline. L'essor du MMA l'avait amené à recruter un prof de jujitsu brésilien, mais c'est le développement de la boxe comme une variation du fitness, qui avait considérablement amélioré les finances du club grâce à l'afflux de cadres sup des deux sexes, lassés du pilates et du waterbike, à la recherche d'adrénaline à condition de ne pas se faire trop mal.

Le cours du mercredi était la respiration d'Anton, un retour aux sources. Les jeunes offraient à leur professeur la chance de revivre son premier frisson. Il guettait l'instant de bascule, celui où l'un d'entre eux, acculé dans les cordes, dominé, le souffle court entre fatigue et doute, parviendrait à se redresser, à faire face à son adversaire et à s'entendre penser : « Je suis toujours là. »

Le nouveau avait dix-sept ans, s'appelait Karim, et c'était un transfert. Un regard sur la coupe de footballeur du jeune homme et sur ses biceps taillés dans la fonte plus que sur le ring suffisait à identifier un bouquetin qui voudrait prendre l'ascendant sur les autres au premier sparring. Dès les exercices de frappe au pao, il cognait dur, un peu trop. Sa technique n'était pas mauvaise, mais il faudrait le brider.

« Jenny, tu peux venir, s'il te plaît ? »

La jeune fille, qui était en train de plier des bandes, les rejoignit et piocha son protège-dents dans la tasse de thé qu'elle laissait toujours traîner à côté de la stéréo. Les anciens souriaient quand Jenny enfilait ses gants.

« Assaut à thème, annonça Anton. Pieds-poings, pas de saisies, ni coudes ni genoux. Vous vous concentrez sur ce qu'on a vu en exercices, variez les hauteurs de frappe. Karim, tu fais un round de trois minutes avec elle. »

L'ado chercha dans le regard de ses camarades une réponse à la question qu'il n'osait pas formuler : « Sérieux ? Une fille ? » Dans le groupe, tout le monde s'efforçait de dissimuler son amusement.

Le chrono sonna, les adversaires se tapèrent dans les gants. Jenny attendit. Comme Anton l'avait prévu, Karim attaqua paresseusement. Un *jab* mou, une droite suivie d'un *low kick* dans le vide. Jenny, déjà sur son côté gauche, le contourna et reprit possession du centre. Karim, surpris, remonta sa garde et repartit à l'assaut. Deux *jabs*, déviés facilement, un crochet du gauche sous lequel Jenny se glissa pour lui balancer un crochet au flanc, doublé aussitôt d'un autre au visage. Son coup était contrôlé mais le garçon était piqué dans son orgueil.

Karim enchaîna maladroitement un *high kick* qui l'envoya valser, suivi d'un retourné pour faire bonne figure. Quand sa jambe se reposa, Jenny l'accueillit d'un coup sec sur la cuisse, il trébucha, baissa la garde. Jenny, plusieurs temps en avance sur lui, balança un *jab* en feinte. Dépassé, le garçon remonta en catastrophe ses poings, bascula son buste en arrière. Jenny fit mine de partir sur la droite, Karim tourna le corps en déséquilibre, elle rebondit de l'autre côté et son tibia vint le frapper durement à l'estomac. Karim était défait, la peur et la frustration l'oppressaient. Jenny savait ce qu'Anton attendait d'elle, le numéro était réglé entre eux. Le coach entreprit de guider Karim, un mouvement, un coup après l'autre. L'adolescent qui avait perdu tout mépris pour son adversaire entreprit désormais de suivre religieusement chaque consigne. Jenny se régla et fit en sorte de récompenser les efforts du jeune homme en se laissant toucher nettement quand ses enchaînements étaient propres. Le résultat ne se fit pas attendre, Karim s'était redressé, respirait, et c'est un boxeur bien plus présent et souple qui finit le round sous les félicitations d'Anton.

Deux heures de sueur et d'efforts plus tard, alors que les jeunes boxeurs avaient rejoint les vestiaires, Jenny retrouva Anton dans son bureau.

« Tu fais la compta ?

— Je m'avance un peu, oui.

— Je t'ai dit que je m'en occuperais ce week-end.

— Tu sais que je préfère que tu fasses tes devoirs.

— J'ai largement le temps de faire les deux.

— Alors va voir tes amis, passe du bon temps. »

Jenny était toujours émue quand son père utilisait cette expression vieillotte. Elle savait à quel point cette idée de « bon temps » comptait pour lui. D'autant qu'Anton n'en avait jamais fait l'expérience lui-même, ni enfant, ni adolescent.

Elle non plus n'avait pas une vision très claire de ce que recouvrait ce « bon temps » promis à son âge. Elle se sentait à sa place dans la salle de boxe, chez eux avec sa mère et ses deux frères, et au sein de notre bande. En fait, Jenny se sentait bien. Elle appréciait que nous ne remettions pas en question son droit à se contenter de peu. Mais le fait que Jenny ne soit pas bavarde, et ne dévoile jamais rien sur elle, mettait un paquet de gens mal à l'aise. Plusieurs profs avaient suggéré que son mutisme cachait un problème d'inadaptation sociale, et avaient conseillé à ses parents, en termes plus ou moins délicats, de « consulter ». Et Jenny ne se faisait aucune illusion, quelque chose avait changé dernièrement, une nouvelle question semblait préoccuper un certain nombre d'adultes. Son goût pour la boxe, ses tenues masculines, son absence de flirt connu… des ados la traitaient parfois de « gouine » quand ils croyaient qu'elle ne les entendait pas. Les adultes, eux, semblaient obsédés par l'idée qu'elle se détermine. « Ça lui ferait tellement de bien d'assumer qui elle est » avait murmuré un prof à un autre sur son passage. Jenny était heureuse de vivre dans une famille où l'on ne lisait pas de manuel d'éducation moderne. Ses parents lui disaient qu'ils l'aimaient en la serrant fort dans leurs bras. En fait, chez les Baranov, on ne parlait que de ce qu'on faisait. Et encore… plutôt de ce qui restait à faire.

Jenny aida Anton à fermer la salle. Un dernier coup de serpillière, le tour des vestiaires pour récolter les objets perdus. Ils verrouillèrent la porte sans un mot. Elle s'accrocha au bras de son père. Elle sentait qu'il était bien. Anton était un homme heureux. Sa mère était une femme heureuse. C'était peut-être ça le grand secret de Jenny : chez les Baranov, on était beaucoup plus heureux que la plupart des gens. Alors on se taisait pour ne pas se faire dévaliser par un destin jaloux.

14.

Pour nous, Jenny, ce n'était pas *une* fille, c'était la fille de la bande. C'est elle qui a donné le ton, notre première image du féminin alors qu'on ne la regardait pas comme une femme. En fait, elle nous faisait nous sentir des hommes bien. On aurait fait n'importe quoi pour elle, et c'était émouvant d'avoir envie de tout faire pour quelqu'un de tellement plus fort que soi. Avec le recul, je dirais qu'elle nous a offert un peu de virilité en nous montrant ce qu'était le courage. Mais ça, c'est des années plus tard, parce qu'à l'époque, le courage… Je parle pour moi, bien sûr.

15.

Je l'ai déjà dit, notre ville était plutôt tranquille mais l'humeur du pays nous rattrapait. Est-ce que le mal était en nous, ou l'avions-nous contracté comme une fièvre ? Les gens commençaient à se regarder de travers, les Taranis avaient ouvert le bal mais il n'y avait pas que ça. La paix reposait sur des compromis fragiles. Une cohabitation sans trop de heurts mais sans illusions : tout le monde ne se mélangeait pas, on acceptait les petites injustices par la force de l'habitude et le sentiment qu'on s'en sortait mieux qu'ailleurs. On vivait malgré tout avec un paquet de règles implicites. Moi, par exemple, quand je traînais avec ma bande, aucun flic ne me demandait mes papiers, mais quand je me baladais en ville avec des potes rebeus, les regards changeaient. Mehdi m'avait préparé à cette vie. Sa détestation des joggings et des sweats à capuche n'était pas une manifestation de son conservatisme mais sa façon de me protéger, de faire de moi un citoyen de l'intramuros. Et c'était réussi. Dans le ventre de la ville, j'étais le neveu du libraire. Dans mon école, j'étais le pote de l'Enchanteur et un élève sans histoires. En revanche, à mesure que les quartiers se refermaient sur eux-mêmes, il m'arrivait de ne plus trop savoir qui j'étais de retour à la maison. Il y avait toute une vie à l'ombre des tours, des codes et des histoires auxquelles j'avais cessé de prêter attention. Je n'éprouvais aucun orgueil à m'être affranchi de mon territoire. Les transitions étaient fluides. Bien sûr, je mettais beaucoup plus de temps que les autres pour aller au lycée mais je faisais le trajet avec David, et ça ne me pesait pas. Je n'avais pas conscience que notre amitié pouvait poser problème. Notre place particulière au lycée, grâce à l'aura de Stan, n'avait pas effacé notre certitude d'appartenir à la cohorte des gens de peu d'importance. Fidèle à cette idée, je n'avais pas remarqué que chez nous, dans notre quartier, les regards avaient changé aussi.

Quand la réalité m'a rattrapé, ça m'a fait l'effet d'un tram me roulant dessus. J'étais au pied du bâtiment B et je racontais pour la dixième fois à David le rendez-vous avec Mme Lefèvre. On s'interrompait pour saluer les adultes qui rentraient du travail. C'étaient un peu des héros ceux-là, parce qu'ils n'étaient plus très nombreux à avoir du travail dans le bâtiment B. Devant l'aire de jeux, les gros bras de Sayif approvisionnaient la file ininterrompue de jeunes venus pour leur barrette de la semaine. Ils étaient trois à dealer ce soir. On se sentait en sécurité quand ils étaient dans les parages. Sayif avait mis la cité au pas. Il voulait que les gosses friqués de la ville continuent à défiler ici sans craindre de se faire racketter. Depuis dix ans, il avait relocalisé le trafic chez nous, peu après avoir pris le pouvoir et unifié les réseaux. Dans l'intramuros, la surveillance policière causait trop de pertes. Sayif était arrivé aux manettes en même temps que le nouveau maire dont une partie de la campagne consistait à promettre un « grand nettoyage ». Sayif avait tout à gagner à l'aider dans sa tâche. On raconte que ses lieutenants n'y avaient pas cru au début, ça avait créé des tensions dans le groupe. Mais peu à peu, les clients avaient migré vers la source et simultanément les patrouilles de police avaient cessé de les importuner. Sayif avait répondu aux attentes de la mairie, et en remerciement la ville lui confiait ses enfants.

« Tu montes avec moi ? demanda David, toujours un peu effrayé au moment de retrouver sa mère.

— Attends une minute, il faut que je parle à ce type. Idriss ! »

Je venais de reconnaître un gars du C que je n'avais pas côtoyé depuis le primaire. D'ailleurs, il avait changé. L'enfant peureux s'était transformé en chef de bande. Mon premier instinct avait été de pouffer devant l'allure sérieuse des quatre grands dadais qui le suivaient en file indienne.

Idriss stoppa net sa colonne d'un geste martial de la main.

« Salut, Idriss. Ça va ? Jolie, la moustache ! »

Mon ironie fut douchée par la froideur de son regard.

« C'est moi, Moh, tu te souviens ? On a fait du théâtre ensemble, avant la fermeture de la MJC. »

Les corps s'étaient raidis, les visages refermés. Idriss ne semblait pas ravi qu'on lui rappelle ses aventures artistiques devant ses amis.

« Et ?

— Eh bien je monte un spectacle cette année, j'ai une vraie salle pour répéter. Ça te dirait de participer ?

— *Haram.*

— Hein ? »

Les acolytes s'étaient rapprochés de moi, leurs poings aussi fermés que leurs gueules. Idriss, lui, fit un pas de côté et fixa méchamment David qui se recroquevilla.

« T'es devenu un *kouffar*, Moh.

— Mais qu'est-ce qui te prend ? C'est David. Un gars du B.

— C'est un Juif.

— C'est mon ami.

— Seuls les *kouffar* ont des amis juifs. »

La réalité nous avait bien rattrapés. Il faut me croire quand j'affirme que rien ne m'y avait préparé. J'avais quinze ans, j'insiste. Plus un gamin mais encore à l'âge où l'on ne retient des bruits du monde que les rythmes sur lesquels on a envie de danser.

Un des types me poussa contre David que je sentais collé derrière mes omoplates. S'il avait pu rentrer dans mes poumons pour se planquer, il l'aurait fait. J'étais terrifié moi aussi. Je n'aurais jamais abandonné mon ami mais je me sentais incapable de le défendre.

« Mais t'es dingue ou quoi ?

— Oh non, j'ai les idées très claires au contraire. Le monde a changé et toi, tu crois que tu peux rester planqué dans le passé. T'es un esclave, mon frère, tu crois encore que les amitiés ont quelque chose à voir avec les lettres de ces tours. Il va falloir que tu choisisses ton camp.

— C'est une blague ? »

Je savais que ça n'en était pas une. Et s'il me restait le moindre doute, Idriss le dissipa en venant coller son visage au mien. Les autres nous avaient entourés et retenaient David par son blouson.

« Tu peux pas faire ça, Idriss. C'est mon ami.

— C'est un Juif.

— Ben c'est *mon* Juif.

— Le dernier Juif de la cité. »

Quand Idriss leva son poing, mes jambes flagellèrent, je fermai les yeux en espérant que ce soit rapide. Je n'eus même pas le réflexe de me protéger le visage. Le coup tarda, le silence s'étendit de façon anormale. Ne voyant pas défiler ma vie, je finis par rouvrir les yeux, surpris de contempler la nuque de mon agresseur. Puis je compris. C'était lui. Sayif en personne. Accompagné de deux de ses lieutenants, dévisageant Idriss. Calmement.

Idriss fit un effort immense pour garder sa dignité. Il n'osait pas regarder Sayif dans les yeux mais il parvint à se tenir droit. Il tenta :

« *Salam aleykoum*, mon frère. »

Sayif ne desserra pas les lèvres. Je ne l'avais pas vu depuis un an quand il avait interrompu ses visites régulières à la librairie de mon oncle. Il était encore plus impressionnant que dans mon souvenir. Long manteau gris en cachemire, pantalon de flanelle impeccablement repassé, bottines de prix. Il passa une main gantée de cuir dans ses cheveux poivre et sel.

« Comment tu t'appelles ?

— Idriss Kacimi, frère.

— Kacimi ? Alors je crois que tu te trompes.

— Non, c'est bien Kacimi…

— Je crois que tu n'es pas mon frère. »

Idriss avala péniblement sa salive. Une forme d'excitation se substitua à la peur dans mon système nerveux.

« Je crois aussi que tu voulais rendre une sorte de jugement, c'est ça ? »

Cette fois, Idriss fut assez malin pour comprendre qu'il valait mieux garder le silence.

« Tout le monde ici sait que la loi, c'est moi. Le sais-tu ?

— Oui, Sayif.

— Mais tu as décidé de prendre la justice en main, c'est ça ?

— Au nom d'Allah, Sayif, mais c'est parce qu'il est…

— Juif. Et toi tu es un fier Arabe. C'est bien ! Moi aussi je suis un fier Arabe. »

Il lui souriait, comme un gros chat près de dévorer une souris. De toute ma vie, je n'avais jamais fait une telle expérience de l'autorité naturelle. Cette vibration était terriblement séduisante.

« Dis-moi, est-ce que tu connais Ibn Sina dit Avicenne ? Allez. Réponds.

— Non.

— Ah… Mais tu connais bien les Juifs. »

Le mot « Juif » s'inscrirait à cet instant précis dans ma vie comme entièrement défini par cette confrontation.

« Et Ibn Rushd dit Averroès ?

— Non.

— Le grand Al-Khwarizmi ?

— Non.

— Ce n'est pas grave. Tu connais bien les Juifs. »

Idriss semblait rapetisser sous nos yeux à mesure que la voix de Sayif, sous l'effet d'une étrange distorsion, gagnait en puissance tout en jouant la partition de l'incompréhension.

« Sans doute connais-tu Abou Nouwas ?

— Non.

— Peut-être le nom d'Ahmed Ben Bella ? »

La voix d'Idriss n'était plus qu'un filet :

« Non.

— Donc, tu ne connais ni les philosophes, ni les savants, ni les poètes, ni les hommes politiques arabes. Mais tu connais bien les Juifs… »

Idriss et ses amis ne se faisaient aucune illusion, un mot de trop, un geste leur serait fatal. On n'avait pas noté de disparition dans le quartier depuis longtemps, mais Sayif n'avait pas ceint la couronne sans couler quelques corps dans le bitume. Et son calme apparent, son élocution traînante, la tonalité presque féminine de sa voix, ne cachaient rien de sa fureur.

« Peut-être… »

Sayif prit la tête d'Idriss entre ses mains et plongea son regard dans le sien.

« … Pourrais-tu t'appliquer à mieux connaître les Arabes ? »

Il força Idriss à faire oui de la tête.

« Quant à ce garçon, et son ami ? S'il leur arrive quelque chose, n'importe quoi… S'ils décident de faire du skateboard, tombent et se font un bleu par exemple. Je viendrai te trouver. Tu as compris ? »

Il l'obligea à opiner de nouveau.

« Partez maintenant. Étudiez et prospérez. » *Allah y naourek.*

La petite bande détala. Sayif me posa une main amicale sur le bras.

« Embrasse ton oncle pour moi, et dis-lui que j'irai bientôt le voir. Et toi… »

David rapetissa en comprenant qu'il s'adressait à lui.

« Prends bien soin de toi, jeune homme, cet âne a raison sur un point : tu es le dernier Juif de la cité. »

Il commençait à s'éloigner, suivi de ses hommes, quand une pensée l'arrêta. Il revint sur ses pas.

« C'est vrai ce qu'on raconte ? Tu montes une pièce cette année ?

— Oui Sayif, *Le Songe d'une nuit d'été.*

— Une sorte d'adaptation ?

— Non. La pièce. Le texte. »

Sayif m'offrit un large sourire généreux.

« Réserve-moi une vingtaine de places. Je veux que mes neveux et nièces voient ça. »

Et puis il me serra dans ses bras, fort, longtemps. J'étouffais sous l'étreinte et la sidération. Sayif me tint alors à bout de bras et je crus discerner dans son regard une sympathie assortie, à ma plus grande surprise, d'une certaine admiration.

16.

Quand Esther Edelman recevait, David devait se barricader avec des sandwichs et des softs dans sa chambre et ne plus en sortir. En lui interdisant le salon, sa mère lui offrait des soirées paisibles. Heureusement, ces moments n'étaient pas rares. Sa mère était une femme très seule avec de gros appétits. David était conscient qu'un adolescent normal aurait dû détester ça, tous ces inconnus, des hommes mariés pour la plupart, qui défilaient avec leur culpabilité suintante. Il était arrivé que certains prennent la fuite en tombant sur lui, à la sortie des toilettes. Très jeune, David avait donc appris que la plupart des adultes ne sont pas plus à l'aise avec leur désir que les adolescents. Et il savait aussi que sa mère traînait une des pires réputations qui soit dans cet immeuble. Combien de fois, des voisines, murmurant juste assez haut sur son passage, lui avaient laissé entendre son surnom, « le fils de la pute ». Enfant, David aurait aimé prendre la défense de sa mère. D'abord parce que ce n'était pas une pute, juste une veuve qui n'avait jamais retrouvé de mari parce qu'elle avait un « caractère trop difficile pour garder un homme ». Mais cet instinct chevaleresque lui était passé à la puberté. Sa mère avait eu une vie horrible : une enfance difficile, un mariage difficile, un accouchement difficile, une maternité difficile, une vie conjugale difficile, un veuvage difficile, bref, elle avait toutes les raisons du monde pour être une femme difficile. Mais, même en prenant toutes ces difficultés en compte, David avait décidé d'accepter l'évidence : elle était assez méchante. Pas au niveau des Dursley, les beaux-parents d'Harry Potter, mais pas loin.

Les hommes de passage adoucissaient cette méchanceté. Le phénomène n'était pas expliqué en SVT mais tangible et reproductible. Alors, quand elle commençait à changer de robe cinq fois de suite, et à exiger de « l'espace personnel », David savait qu'il avait gagné un peu de sérénité. Ce soir, ça tombait bien, parce que lui aussi avait besoin d'espace personnel.

J'avais confié à David une tâche capitale : créer les costumes et les décors de la pièce. Il avait tenté de refuser bien sûr, mais avait fini par convenir que la mission collait bien avec ses deux passions : le dessin et les fées. David était incollable sur le petit peuple, c'était son domaine d'expertise comme d'autres les mangas ou les jeux vidéo. Le goût du fantastique lui était venu avec la lecture du *Hobbit*, mais là où nos copains avaient suivi l'air du temps en enchaînant sur les super-héros, David avait entrepris un chemin à rebours. Des elfes de Tolkien, il avait remonté la source jusqu'aux maîtres : Walter Scott, George MacDonald, Lewis, et son préféré, Arthur Machen. Depuis, il remplissait des carnets de dessins, copiant les illustrations d'Edmond Dulac et d'Arthur Rackham. Des carnets secrets que j'étais le seul à avoir feuilletés. Il s'était persuadé que j'avais choisi *Le Songe d'une nuit d'été* pour Titania et Obéron, les roi et reine des fées, leur cour d'elfes, le hobgoblin Puck, et donc pour lui. Je m'étais bien gardé de le détromper pour lui arracher la promesse de son implication.

Je sais qu'il ne l'a jamais regretté. David se levait et se couchait en se sentant important. Stan lui avait dit de ne pas se soucier du budget, et quand Stan promettait quelque chose, aussi fou que cela puisse paraître pour des adolescents peu fortunés, on savait que cela se réaliserait. Même si cette fois, toute la bande était consciente qu'il avait mis la barre très haut avec la promesse faite à Dan. L'Enchanteur avait décidé que ce serait grandiose, « le plus grand événement artistique de l'histoire de la ville », et la représentation du *Songe* y tenait un rôle central.

David donnait donc son maximum. De nous tous, c'est lui qui avait la relation la plus naturelle à la maladie de Dan. Il faut comprendre que pour David, la mort était une chose familière. Son père était décédé quand il avait cinq ans, d'alcoolisme peut-être, de chagrin plus sûrement. Mais la notion de deuil ne lui était venue que plus tard quand il avait commencé à s'étonner de la solitude dans laquelle il vivait avec sa mère. Où étaient ses personnages fabuleux qui peuplaient la vie des enfants des voisins : les grands-parents, frères, sœurs, oncles, tantes, cousins ? À chaque question posée à sa mère, il s'était entendu répondre : « mort de… ». En guise d'histoire familiale, Esther lui avait légué un cimetière. Il avait été gagné par une profonde tristesse quand il lui était devenu impossible d'ignorer les contradictions dans la litanie funéraire de sa mère. Il avait alors commencé à remplir un carnet pour suivre sa généalogie mais ne l'avait pas poursuivi longtemps. En inscrivant la quatrième variante de trépas de son grand-père paternel, il comprit que sa mère avait décidé qu'ils seraient les deux seuls vivants. Peut-être l'avait-on décidé à sa place. « Mort de… », c'était pas si mal. Il ne lui en voulait pas, il était assez grand pour constater que « vivant », c'était pas si simple pour elle. J'ai mis du temps avant de remarquer l'air de famille dans tous les dessins de fées de mon ami. Je ne trouvai jamais le courage de lui en parler.

Après un été passé en centre aéré à se faire taper dessus et humilier par des gamins du quartier – un épisode qu'il ne m'avait pas raconté évidemment –, il avait fait sa rentrée dans notre bahut grâce à un piston que sa mère avait trouvé auprès d'un de ses amis de passage. Et là, il était devenu le souffre-douleur de Vachet. Aux yeux de Julien, en plus d'être juif, David était pédé. Pour David, aucune des deux accusations ne revêtait la moindre réalité. La religiosité de sa mère s'arrêtait à la vodka et aux antidépresseurs, et quant à lui, il se jugeait bien trop insignifiant pour prétendre séduire le moindre être de son âge quel que soit son sexe. Les brimades et les injures étaient devenues quotidiennes. Au bout d'un mois, David, sans drame, s'était acheté une corde. Et il était parti pour affronter sa dernière journée de collégien curieusement apaisé. Quand, à la première pause, Julien avait foncé sur lui pour le bourrer de coups dans les côtes, une grande fille musclée s'était interposée. Sans autre forme de négociation, elle avait assené un coup de genou sauté au plexus de la brute qui s'était effondrée net. Puis la fille avait pris David par la main. La première rencontre de sa vie avec la douceur. Pour être précis, la main de la fille était plus directive que tendre mais ce simple geste avait modifié son existence. Il s'était laissé guider vers un banc. Jenny l'avait conduit à l'Enchanteur. Stan lui avait offert un sourire de grand frère et présenté ses amis : « Ça te dirait de traîner un peu avec nous ? »

David était passé de la corde au paradis et s'était intégré immédiatement à notre petit clan. Les audaces de Stanislas le sidéraient. Avec lui, aucun problème ne semblait insoluble. Au début, bien sûr, David n'avait retenu que les mensonges. L'Enchanteur était un orfèvre en la matière. C'est moi qui lui avais ouvert les yeux.

« Les mensonges, c'est un outil. Ce qu'il fait, Stan, c'est autre chose : il crée des histoires.

— Mais quand il ment comme ça, il triche. Il y a quelqu'un qui se fait avoir dans l'affaire.

— Justement, non. Quand Stan bricole un bobard, il s'arrange pour qu'à la fin, les deux parties aient envie de se raconter l'histoire. Et ça va presque toujours avec un échange de services. Il joue sur les deux plus vieilles règles de la vie en groupe : le troc et la convention.

— Mais la convention, ça doit se baser sur des choses vraies, non ? »

Daniel était entré dans la danse pour essayer de rendre les choses plus compréhensibles.

« Tu connais Aristote ?

— C'est un philosophe grec.

— Et pas n'importe lequel. Le boss dans sa partie. Il disait que l'argent recèle le pouvoir de corrompre parce qu'il repose sur un mensonge. Et ce mensonge pour lui, c'est de prétendre qu'une même unité peut mesurer des choses qui n'ont rien à voir. Je t'explique. Il ne te viendrait pas à l'idée qu'une même unité puisse mesurer des choses aussi différentes que la hauteur d'une montagne, le volume d'une citerne d'eau ou le poids de ton sac à dos ?

— Non c'est sûr.

— Eh bien, c'est ce qu'affirmait Aristote : pour lui, c'était une erreur de penser qu'une même unité puisse mesurer des choses aussi différentes que la valeur d'une maison, d'une épée, d'un lit, d'un bijou, d'un repas… parce que ces choses ne sont pas de même nature. Tu suis ? »

David suivait très bien et prenait un plaisir visible à ces conversations qui entraient dans sa vie en même temps que l'amitié.

« Bon, et tu connais Marx ?

— Le communiste ?

— Si tu veux. Marx reprend l'argument d'Aristote et dit que le problème n'est pas difficile à résoudre. Le point commun entre toutes ces choses, la maison, le lit, le repas, ce qui est mesurable, c'est le temps qu'il a fallu à un individu pour les fabriquer.

— Clairement.

— Oui, mais ça pose une question. Pourquoi un type aussi intelligent qu'Aristote n'y pense pas alors que toi, tu trouves ça clair. Le prends pas mal, hein ?

— Zéro problème. Pourquoi ?

— Marx explique qu'entre Aristote et lui, il y a une convention qui a changé. Et une putain d'énorme convention, tellement balèze qu'elle change la réalité. »

Dan, toujours cabot quand il était en mode démo, ménageait son effet.

« L'esclavage, mon pote ! Pour Aristote, ce n'était pas du tout possible de penser au coût du travail comme à une unité, parce que le travail, ça n'existait pas pour lui. Le mec avait beau être un super aventurier de la pensée, il ne lui était pas venu à l'esprit de remettre en cause la plus grosse convention de son époque : comment tu mesures la valeur du travail si le travailleur n'est pas payé ? CQFD, les histoires qu'on se raconte, les conventions, ça crée du réel.

— C'est bizarre, avais-je commenté, Marx défendait l'argent ? »

D'une petite voix, David avait avancé : « Non, je crois qu'il défendait le travailleur. »

Dan avait applaudi et, à la découverte de la camaraderie et de la discussion, David avait ajouté celle de la fierté.

17.

« Il l'a fait ! »

Stan imaginait sans mal le cheminement de la pensée de Prieur. Le CPE nous soupçonnait de trafic de drogue et en avait conclu que nous étions dépendants de notre territoire. En nous en privant, il nous pousserait à prendre des risques. Comment Prieur avait-il réussi à convaincre l'administration de déboulonner le banc ? Son absence trop visible dans la cour nous ôtait un certain prestige et envoyait un mauvais signal à nos ennemis comme Julien Vachet. Mais l'envergure du plan de Stan réquisitionnait tous ses efforts. Il n'allait pas se battre pour si peu. Il aurait pu plaider auprès de la directrice, Mme Guyot. Elle lui devait une faveur depuis qu'il avait dissous le piquet de grève qui avait bloqué l'école en avril dernier. Mieux valait feindre l'indifférence. Surtout que, jusqu'ici, tout se passait bien.

Stan avait trouvé en la personne de Clarinda, la fille au pair portugaise qu'employait sa tante, une *Becky Thatcher* parfaite. Elle avait dix-huit ans, était un peu gothique et dégageait une assurance sexy. Sa mission était d'attendre Maxence Boulouque à la sortie du lycée deux fois par semaine pour se jeter dans ses bras. Lui avait bien failli tout faire rater la première fois. Le pauvre avait été tellement impressionné qu'il avait bondit en arrière. Là où il avait été parfait, en revanche, c'est sur l'application des consignes de discrétion, résistant aux pressions de ses camarades pour leur livrer les détails de son idylle : « C'est merveilleux mais compliqué », « Je ne peux rien vous dire, sa famille est un peu coincée et je ne veux surtout pas lui attirer des problèmes… », « Une fille comme ça, ça se respecte, gros. » Bref, il s'était créé à toute vitesse la meilleure réputation dont puisse jouir un mec à cet âge : celle d'un gars capable de faire chavirer une fille plus âgée (qui couche), mais qui a la délicatesse de ne pas s'afficher avec elle sur Instagram. Une rareté en somme. Le deal avec Clarinda arrivait bientôt à terme et Stan mettait sa main à couper que Maxence n'aurait aucun mal à lui trouver une remplaçante sincère et enthousiaste.

L'affaire d'Yvan s'était bien réglée aussi. Benyahi était décidément un chic type, le conseil de discipline n'avait jamais eu lieu. Mieux, les nouveaux retards d'Yvan ne faisaient plus l'objet de SMS d'alerte à ses parents. Stan n'était pas rassuré pour autant. Yvan prenait beaucoup trop de risques en continuant d'ignorer si souvent la sonnerie de son réveil. Mais c'était un risque à prendre. Yvan avait une grand-mère dingue de lui suffisamment haut placée à la mairie pour nous avoir obtenu la salle de théâtre. Au passage, j'étais obligé de donner un rôle important à ce grand dadais somnolent mais tout a un prix et il ne me serait pas venu à l'idée de m'en plaindre.

Bien plus que l'histoire du banc, ce qui attristait Stan aujourd'hui, c'était que Daniel était alité. Son nouveau protocole le transformait en zombie. Stan irait le voir après les cours. Il n'en avait aucune envie. Parce qu'il était son ami le plus cher, Dan ne lui permettait jamais d'éviter la réalité de la situation : pas d'échappatoire, pas de faux espoirs, pas de silences tacites. Tout juste Stan avait-il le droit de dire « pouce » de temps en temps, comme quand ils étaient mômes. « Pouce, on parle d'autre chose. » Mais ça ne changeait rien au fait que lui seul accompagnait Daniel dans son univers finissant et que c'était un voyage terrifiant. Les parents de Stanislas, trop occupés par eux-mêmes, lui répétaient souvent à quel point ils étaient fiers de leur fils. Et ça lui donnait envie de bourrer le lave-vaisselle de coups de pied histoire d'être, pour une fois, le percussionniste de la maison. Son adolescence, c'était la découverte de l'absolue étrangeté de ses parents. Il tissait à leur intention, et ce depuis des années, un canevas de mensonges, une image de fils qui les satisfasse suffisamment pour le laisser grandir à la périphérie de leur marécage. À peu près tout ce qu'il leur racontait était faux, ses notes étaient bidonnées. Chaque phrase qui sortait de sa bouche était le fruit d'un calcul savant dont l'objectif était d'éviter une question supplémentaire. Alors, quand ses parents lui répétaient qu'ils étaient fiers de lui, c'était un peu la goutte de trop. Et ça tapait au mauvais endroit, parce que l'été précédent, il avait failli baisser les bras pour de bon. Quand Daniel avait passé deux mois à l'hôpital, quand personne ne savait vraiment s'il allait faire une rentrée de plus, Stan avait été là tous les jours, et chacun de ces jours, il aurait préféré être ailleurs. Et une ou deux fois – il ne pouvait repousser cette idée – une ou deux fois, il s'était demandé ce qu'il ferait du reste de l'été si son pote mourait maintenant et, dans ces brefs scénarios interdits, il filait rejoindre un ami à la plage et, merde, ça faisait envie. Mais il avait tenu bon.

La veille de sa sortie, Dan avait eu l'idée.

Ils étaient seuls tous les deux. La gentille infirmière bigleuse était occupée ailleurs dans l'aile d'oncologie. Ils venaient de regarder *All that jazz*, une découverte pour Stan, et Dan avait lâché :

« C'est ça la solution !

— Quoi ?

— On ne refait pas une année comme ça. Tu es d'accord, c'est pas possible ?

— Mais de quoi tu parles, Dan ?

— De toute cette saleté, toi qui te sens obligé d'être là, moi qui fais semblant de croire aux espoirs débiles de mes parents. Je vais finir par tuer quelqu'un avant d'y passer. »

OK, le film n'était pas joyeux, une autofiction sur un créateur de comédies musicales qui met en scène sa mort comme ultime numéro. Mais de là à entendre Dan lui assener :

« Tu vas m'aider à mourir avec classe !

— T'as abusé de la pompe à morphine, là ?

— Attends, c'est une super idée. Ce que j'aime le plus, dans la vie, ce sont les comédies musicales. Alors pour ma mort, tu vas m'en offrir une. Tu es l'Enchanteur. Là, je t'offre ton chef-d'œuvre.

— Appuie sur la pompe, maintenant.

— Fais chier, concentre-toi. Tu vas m'inventer une sortie grandiose. Pour la Fête du fleuve, ça devrait coller si j'y mets du mien. Tu vas monter ma comédie musicale, mon dernier numéro. Un truc qui va stupéfier la ville. Un truc qui va m'offrir un peu d'immortalité. Un truc tellement beau que ça donnera envie d'être à ma place. Un truc qui fera que vous, les idiots qui m'aimez bien, vous aurez toujours de jolies choses à raconter quand je serai plus là et que mon nom viendra dans la conversation. »

C'était dingue. Carrément mégalo. Stan était écrasé par l'absurdité de l'idée. Daniel l'avait laissé quelques secondes prendre goût à cette folie et puis d'une voix douce et calme il avait ajouté :

« Stan ?

— Oui ?

— J'en peux plus d'être un boulet pour ma famille et mes amis.

— Ce que tu me demandes de faire, c'est un miracle.

— Il était temps que tu mérites ton surnom. »

Et c'est comme ça que tout avait commencé.

18.

Je me suis posé beaucoup de questions sur la façon de raconter notre histoire. Ce que j'ai trouvé le plus difficile, c'est la temporalité du récit. La rentrée était derrière nous, on avançait sur octobre. On était embarqués dans quelque chose, dès les premiers jours, on le savait je crois. Il y a une excitation très particulière à se sentir engagé sur une trajectoire. C'est là où on se rend compte qu'on est rarement en mouvement dans la vie. Ça m'a manqué après. L'immobilité de l'âme, c'est un truc encore plus flippant que la mort. Je pense que c'est ce que les gens appellent la dépression. Et puis j'ai commencé à écrire, et c'est revenu. Très fort. Je comprends pourquoi on peut passer toutes ses journées à écrire des livres. Cela me fait un peu peur aussi parce que si on commence et qu'on s'interrompt, ça doit créer un vide atroce, comme quand on perd un de ses meilleurs amis.

19.

Daniel s'était acheté un sachet de pralines. Il prit place à côté de M. Dupré, lui serra la main et refusa poliment son thermos.

« C'est comment aujourd'hui ? demanda-t-il.

— Un feu d'artifice. »

Dan se plongea dans la contemplation du tableau animé. Dans la vitrine du salon de coiffure, il retrouvait les trois plus belles femmes que la terre ait jamais portées. Marie-Rose était sanglée dans un bustier à lanières qui compressait sa poitrine. Sa crinière afro dévalait jusqu'à ses fesses voluptueuses archi moulées par un pantalon de cuir. Quand elle se mouvait comme maintenant, autour de la coloration d'une vieille dame, c'était Beyoncé qui virevoltait. Et la musique du salon devait lui plaire parce qu'elle se donnait à fond. À l'accueil, il y avait Assieh, la plus parfaite créature que la Perse ait jamais offert à la France, une petite amazone qui paradait sur des talons vertigineux. Sa coupe de cheveux courte mettait en valeur son nez busqué, ses cils interminables et une bouche ourlée qui procurait des maux de ventre à Dan tant l'idée d'y déposer un baiser lui était violente et douce. Elle était sèche et tendue, une ligne en peu de courbes, si ce n'est celles offertes par son chemisier blanc scandaleusement ouvert sur un soutien carmin. Quand elle marchait, elle poignardait le sol. Et ses mains interminables au bout de poignets délicats… Il se leva furtivement pour apercevoir le détail chavirant : oui, un éclat le confirma, elle avait ceint sa cheville d'un bracelet d'or. La voici qui éclatait de rire en menant un binoclard vers un fauteuil. Et dans son dos… Céline, la solaire, dans sa tunique sable, avec ses longs cheveux blonds qui encadraient ses yeux verts, son sourire moqueur, ses seins lourds qui tendaient le tissu. C'était M. Dupré qui lui avait appris leurs prénoms. Il avait découvert cette fenêtre sur le paradis depuis bien longtemps et…

« Comment ça marche ? Vous vous les êtes réparties ou vous partagez tout en colocation ? »

Dan sursauta. À son côté venait de s'asseoir une jeune fille à l'air goguenard, dreadlocks courtes collées au crâne, dans un perfecto aussi noir que sa peau.

« Quoi ? Ça va… Vous croyez qu'elles n'ont pas repéré votre manège depuis le temps ? »

À la consternation de Dan, sa voisine se leva, et fit de grands gestes en direction de la vitrine, envoyant des baisers avec les mains. Les coiffeuses ne réagirent pas mais Dan en cracha ses pralines. L'impertinente se tourna alors vers lui, hilare.

« Il faudrait que tu songes un jour à passer la porte, non ? »

Les larmes montèrent aux yeux de l'adolescent. Cette inconnue empoisonnait sa seule source de plaisir. Plus jamais il n'oserait venir s'asseoir ici. Et le manque à venir creusait déjà un vide glacial dans son cœur. La fille, voyant son émotion, le serra fort contre elle.

« Ça va aller, Daniel. Ça va aller, lui murmura-t-elle. »

Enfouissant son visage trempé contre son cuir, il se demanda comment elle pouvait connaître son prénom et d'où venait ce fort accent chantant. L'Espagne ? Le Portugal ? Non. Le Brésil. C'était un accent brésilien. Et du coup, il voulut bien la croire.

« *Tudo bem*, Daniel. *Tudo Bem.* »

20.

Stan avait choisi une intervention facile, une *Cendrillon*. Sur le papier, c'était inratable. Et puis il y avait cette chose étrange décelée par l'Enchanteur. David était si discret que cela passait facilement inaperçu mais il possédait une certaine élégance naturelle et un charisme d'un genre très rare. Sa beauté était nourrie par sa bonté et sa simple présence nous apaisait. Même le cynisme de Daniel s'évanouissait en sa présence. Ces qualités auraient échappé à tout témoin de la scène se jouant dans ce coin de la cour : David, le rouge aux joues, en train d'aborder les trois pires commères du lycée baptisées par Dan « les cariatides du déclin de l'Occident ».

« Marie. Estelle. Nadia. Salut. »

Elles validèrent à peine sa présence par un grognement, continuant à glousser devant leur écran de téléphone. David se balançait d'un pied sur l'autre.

« Au fait, Marie ?

— Quoâ ?

— J'ai un service à te demander. »

Les harpies marquèrent la pose (surprise, exaspération). Marie concéda un « OK ?… » prudent. Sur son échelle sociale, David n'était pas totalement méprisable puisque connecté à Stan.

« Alors est-ce qu'un jour, mais plutôt avant la semaine prochaine en fait, tu pourrais me présenter Zhila Mahdavi ? J'ai remarqué que vous vous connaissiez ? »

J'étais fier de David, il avait respecté l'accroche comme le prouvait la série d'émotions qui se peignait sur le visage de Marie (incompréhension, vexation, curiosité).

« Mais d'où t'as vu qu'on traînait avec elle ? Et y a pas écrit *Tinder* sur mon front, OK ? »

C'était sorti avec une rage froide. David en fut soufflé. Je paniquai en voyant mon ami baisser la tête et tourner les talons. Il fallait que j'intervienne, mais comment ?

« Attends ! » fit Marie.

David se figea.

« C'est quoi le délire de la voir "avant la semaine prochaine". C'est un truc d'astrologie, genre : à ce moment-là, Saturne va t'aider à choper ? »

Ça ricanait sec mais le plus dur était fait.

« Ben non, c'est pas ça, reprit David. C'est parce que c'est le jour de la braderie ALC. »

Et bim ! Le mot magique. Les rires s'étouffèrent net. Marie l'accrocha par la manche. Ses deux copines firent un pas synchronisé en avant.

« C'est quoi le rapport avec Zhila ?

— Ah ? Vous savez pas ? Pardon, je croyais que vous étiez proches. C'est pas grave, je me débrouillerai autrement. »

J'applaudissais en silence. David avait des ressources.

« Alors écoute, fit Marie, on se connaît pas, toi et moi, mais y a un truc que tu vas retenir : il existe pas un univers où tu mets "braderie ALC" et "c'est pas grave" dans la même phrase. Tu t'expliques ! »

Il ne restait plus à David qu'à dévider sa pelote. La tante de Zhila bossait chez ALC (ce qui était vrai), sa nièce était invitée aux braderies privées (ce qui était faux), normal, vu que Zhila, c'était quand même la it-girl de l'école question fashion et qu'elle se faisait carrément arrêter dans la rue par des gens qui trouvaient son look naturel « trop inspirant » (plus c'est gros, plus ça passe). Bref, il rêvait de faire un cadeau un peu plus classe que d'habitude à sa mère et, s'il pouvait lui offrir une fringue d'une marque hors de prix pour vingt euros, eh bien ce serait quand même chouette. Mais bon, là, il fallait qu'il y aille et il était désolé de les avoir dérangées.

Stan avait peiné à trouver le point d'entrée pour cette intervention. Zhila était venue lui confier un banal problème de solitude et un complexe de vilain petit canard. Comme à chaque fois, il l'avait fait parler de sa famille. Le père dirigeait une petite boîte d'intérim, la mère était prof dans l'école de journalisme de la ville. Rien à creuser de ce côté-là. La tante n'était pas arrivée au début de la discussion (elles ne se voyaient pas beaucoup), et il avait failli désespérer quand enfin le sésame de la marque avait surgi. Le reste avait été simple à élaborer.

Devant le kiosque de Paulo, Jenny et Dan félicitaient chaleureusement David pour son dépucelage. Seul Stanislas n'arrivait pas à savourer l'instant. Le matin même, il avait été témoin d'un rapprochement qui l'avait glacé : Prieur en grande conversation avec Vachet, une association scellée en enfer. Stan s'était convaincu que les deux jetaient des coups d'œil dans sa direction. Il s'ouvrit de ses inquiétudes à Daniel.

« Prieur… Il faut qu'on fasse quelque chose.

— Je t'ai dit de ne pas y toucher.

— D'abord la surveillance, ensuite le banc, maintenant Vachet… il ne nous laisse pas beaucoup de choix.

— Tu as tort, mec. Il te met la pression et toi tu résistes au lieu d'esquiver. Tu veux faire quoi ? »

Une idée sembla traverser l'esprit de Stan.

« Moh ? C'est toi qui m'as raconté que Julien était graffeur avant ?

— Oui. Et plutôt doué d'ailleurs. Mais ça lui a valu des emmerdes avec la police et, si on en croit la rumeur, une sacrée raclée de son père. »

Décidément, Daniel n'aimait pas la tournure des événements.

« T'espères gagner quoi en t'attaquant à ces deux-là ?

— Un répit.

— OK, c'est toi le chorégraphe. D'ailleurs, en parlant de choré ?

— La semaine prochaine.

— Pas de pression, j'suis en rémission.

— Tu viens à la maison ce soir ?

— Non, j'ai un oncle et une vague cousine qui débarquent de Martinique. C'est un défilé en ce moment. Je crois que le côté « tournée d'adieux » leur échappe. Ou ils pensent que c'est à moi, que ça échappe. C'est pas méchant, c'est juste que j'en ai marre du Colombo de poulet. »

Stan le prit dans ses bras avant de s'éloigner avec Jenny. Au bout d'une centaine de mètres, elle se cabra.

« Me dis pas qu'on prend la rue de Jappe, là !

— Jenny…

— Ça me rend dingue !

— Je sais. »

Comme tous les jours, Bak squattait la grille d'aération sous la statue du centaure en vidant des packs de bière. Il se déplia en voyant débouler les deux lycéens.

« Hé ! Mais c'est le-gars-mon-frère… »

Jenny serra les dents. Le racket pouvait commencer. Bak était encore plus agité que d'habitude, mimait des coups dans le vide. Quand vint le moment du tribut, il se jeta sur la nouvelle montre de Stan presque sans la regarder. C'était la combientième ? Une Iko, c'était pas une Rolex, mais quand même… Stan semblait s'en foutre royalement et cela aurait dû mettre Jenny hors d'elle mais aujourd'hui, leur agresseur était vraiment trop flippant pour susciter la colère. Soudain, yeux exorbités, il attrapa Stan par les poignets.

« Putain, mon frère, fais gaffe, hein ? Fais super gaffe. La nuit est mauvaise en ce moment, une putain de sale terreur de nuit. Tu fais gaffe. »

Jenny eut envie de demander s'il craignait que Stan se fasse racketter mais elle se ravisa. Est-ce que même Bak avait peur du tueur ? Pourtant Jenny l'envisageait plus en suspect qu'en victime potentielle. Stan devait se faire la même réflexion.

« Tu parles des meurtres ? Tu sais quelque chose ? »

Bak avala bruyamment sa salive.

« Y a une grande horreur qui marche. Faut pas chercher. Faut avoir peur. Ça va saigner du sol, la terre va s'ouvrir-zak et manger les enfants. L'air est tout troué, là. J'ai appelé, appelé, appelé à l'aide Mami Wata mais je crois qu'elle peut rien pour nous ici, y a que du béton. »

Et, d'un coup, il se désintéressa totalement d'eux et retourna s'affaler contre un mur qui puait la pisse.

Stan et Jenny, sonnés, se remirent en marche. Ils avaient mis de côté cette histoire de tueur car il n'y avait pas eu de nouveau cadavre depuis la fin de l'été. Des rumeurs, oui, des jeunes qui racontaient avoir été poursuivis par des malades armés de couteau. Rien de crédible. Et puis, la trouille du moment, on l'avait avec les attentats. Ça et cette tension qu'on sentait monter dans la ville. Les Taranis et les Antifas venaient de remettre ça à coups de battes du côté des halles. Pas de morts à déplorer mais les gens étaient dégoûtés. Quand tu dois apprendre à vivre avec la peur du terrorisme, les bastons, c'est obscène. Les discours aux coins du zinc se raidissaient, les vieux avaient la haine, elle leur montait aux lèvres plus vite que le calva. Les djihadistes, ils se sentaient dépassés, mais les jeunes, ils commençaient à avoir des idées sur ce qu'il fallait en faire.

En quittant Jenny, Stan eut une drôle de pensée. Les attentats comme les meurtres avaient glissé sur lui. Il n'avait pas peur. Charlie, l'Hyper Cacher, le Bataclan… Ses parents avaient fondu en larmes devant leur télé. Lui, rien. Il avait continué ses combines. Stanislas ne faisait jamais vraiment rien de mal, et passait même pour un type bien à force de rendre des services. Mais il y avait peut-être un truc qui clochait au fond. Un truc qui ressemblait à de l'insensibilité ?

Sauf qu'il y avait Daniel. Daniel était toute sa peur, toute sa tristesse. Daniel allait mourir. Ça posait la question de ce qui resterait de Stan après.

21.

Lily-Rose n'a que seize ans, mais elle mène déjà une double vie. De jour, elle est cette fille d'un lycée de banlieue. Elle n'a pas d'amis et c'est sa faute, elle en est consciente. Elle ne parle pas beaucoup, elle sourit encore moins, elle est exemptée de sport, ses notes sont médiocres, ses cheveux souvent sales, elle a beaucoup grossi à force de se gaver de hamburgers. Et puis, il faut être honnête, elle n'est pas très intéressante. Si elle était plus bavarde, les gens se rendraient vite compte qu'elle n'a rien à raconter. Hormis quelques souvenirs d'un temps plus doux, des images de sa jeunesse dans le Nord comme des cartes postales que la mémoire colorise pour s'assurer une réserve d'air respirable. La malédiction de Lily-Rose, c'est la fatigue. Ses nuits sont trop courtes. Le réveil sonne à quatre heures. Six jours sur sept. Et la voici dans la rue noire et vide, son sac à dos rempli de ses cahiers et de ses livres de classe. Elle va rejoindre sa mère en bas d'une tour. Une porte de sécurité s'ouvrira, elles vont s'embrasser, et Lily-Rose nettoiera les trois étages qui lui sont confiés. C'est illégal, mais c'est un bon calcul, sa mère est payée au résultat. À elles deux, elles ramènent de quoi nourrir les quatre petits qui dorment à cette heure. Elles ne doivent rien à personne et elles en sont assez fières. Lily-Rose marche dans la nuit et, si on la croisait à ce moment précis, on verrait qu'elle sourit. C'est son heure tranquille de parfaite liberté et de sublimes aventures rêvées. La fatigue est encore loin, elle s'abattra après les cours de la matinée. Quand elle est seule dans la nuit, elle voyage, trouve parfois l'amour, occupe des métiers passionnants… *Aujourd'hui, elle a ouvert un restaurant sur une plage de République dominicaine* (elle a vu un reportage hier), *elle virevolte entre les tables et tout le monde connaît son nom. Il y a beaucoup de jeunes dans son établissement. Il y en a un qui vient plus souvent que les autres, un géant nordique. C'est un surfeur. Non, c'est un marin et il a son propre petit bateau.* Il fait froid, elle va couper par là pour gagner dix minutes. *Le marin ose l'inviter à une promenade en mer.* Dans ses rêveries, Lily-Rose ne parle pas beaucoup mais elle est décidée. *Elle dit oui. Il largue les amarres. La mer n'est pas très bonne.* Il y a de grands courants d'air dans la ruelle, et des pavés descellés qui peuvent faire trébucher. *Lui scrute les vagues devant la proue, elle observe les boucles blondes qui tombent sur ses épaules. Il est si beau, son géant, il n'y a pas de nuages, alors pourquoi est-ce que le bleu du ciel est en train de s'obscurcir ?* Ils pourraient réparer les lampadaires quand même, on n'y voit rien ici. Un bruit de bouteille qui roule au sol, un couvercle de poubelle qui vibre, il doit y avoir des rats ou des chats sauvages. Tout ce que Lily-Rose demande à la nuit, c'est un peu de silence pour entendre le moteur du bateau. Elle a froid. *Mais il va l'emmener dans une crique, et ils vont plonger nus dans l'eau. C'est elle qui va plonger en premier, il sera étonné de son audace quand elle va se déshabiller devant lui. Depuis qu'elle vit en République dominicaine, elle a retrouvé un corps de déesse, c'est parce qu'elle ne mange que des fruits et des langoustes et qu'elle danse tout le temps.* Maudits chats. Se concentrer sur le bruit des vagues. *Enfin il décélère, le bateau contourne une anse, la crique se découvre. Il se retourne, il est si beau. Mais pourquoi a-t-il l'air triste ? Pourquoi le ciel est-il tout noir ? Et l'eau de la crique n'est pas cristalline, elle est…*

… rouge comme le sang qui gicle de son épaule quand le coup de tranchoir l'atteint. Rouge et poisseuse comme le goût dans sa bouche, et salée et glacée, et les embruns déchirent la peau comme la lame qui lui ouvre le ventre. Lily-Rose cherche des yeux son amour et meurt en s'effondrant sur les pavés descellés, sous les lampadaires aveugles, elle chasse une dernière image de baskets ensanglantés qui s'éloignent, d'une blouse d'infirmière. Elle veut rappeler l'azur. Et les ténèbres l'emportent.

22.

La place de l'Hôtel-de-Ville lui résistait en se brouillant dans un dégradé de gris. En terrasse du café, Stan se livrait à son exercice de méditation préféré. Emmitouflé dans son manteau d'hiver, il baissait légèrement les paupières, et dans la grille de ses cils s'appliquait à augmenter le contraste. D'habitude, dès qu'il parvenait à souligner le panorama de quelques lignes claires et simples, il était capable de surimposer au réel sa version en technicolor. Mais pas aujourd'hui. Devant lui, tout était gris, mat et granuleux. Même le vert fluo criard de cette cape en plastique sur lequel il se concentrait ne parvenait à imprimer la pellicule, la tache passa et se dilua aussitôt. Aujourd'hui, les esprits étaient pollués et les regards ternis par un mauvais frisson collectif. Dans la boue froide de la peur des terroristes avait ressurgi la menace de l'été, celle du tueur en série. Le meurtre de la veille avait relancé la ferveur. La foule tenait son nouveau méchant, un prédateur qu'on pouvait redouter et détester tous ensemble, et tous ensemble, lui prêter mille vices et plans macabres. On espérait secrètement sa prochaine apparition, ce n'était pas vraiment se souiller que de laisser percer un peu d'excitation en parlant de lui au comptoir puisque de toute façon, il serait arrêté. Ils l'étaient toujours. La police le rattraperait, la justice le condamnerait, le système le digérerait et le recyclerait en films, romans et enquêtes sensationnelles à la télé comme celles d'Antoine Ribeaudeau.

Stan repéra trois Taranis traversant lentement la place. C'était assez incompréhensible qu'ils continuent à parader comme ça, après l'épisode des épiceries et cette dernière bataille rangée aux halles. Depuis la rentrée, leur leader, Marc-Henri Cambrieux, un vieux prof d'histoire à la fac qui avait connu sa petite heure de gloire dans les milieux fascistes au début des années 90, avait publiquement pris leur parti et s'enorgueillissait même d'abriter leur QG sous son toit. Ce qui se disait, ce qui s'entendait, n'aurait pas été imaginable quelques années plus tôt.

« Tu as l'air loin. »

Thibault Boulouque s'assit à côté de lui en se frottant les mains.

« Tu fumes ? Tu as quoi, seize ans ? »

Pris en faute, Stan écrasa sa cigarette. Thibault l'impressionnait. Il était envoûté par le charme et l'assurance de ce grand type dont il était difficile d'imaginer qu'il fût le frère aîné de Maxence.

« L'écrase pas pour moi. Tu sais que la moitié des gens dans ma troupe fume ? Les filles surtout. Pour se couper l'appétit un peu, et pour ressembler à Pina Bausch, j'imagine. »

Thibault se commanda un café avant de commenter le meurtre de la veille. Désormais, au ballet, on leur proposait des covoiturages pour les sorties tardives de répétition. Entre ça et les militaires de Vigipirate, il avait l'impression de vivre dans un pays en guerre. Ça n'entamait pas son bonheur. Il était réaliste et savait que rien n'est permanent. Une centaine de facteurs pouvaient l'écarter de la scène. Peut-être même se lasserait-il. Mais la fragilité de sa passion ne faisait que renforcer son plaisir, car personne ne pouvait lui enlever ce présent.

« Hé ! Mate la petite Rom devant les marches. »

Sur le perron de l'Opéra, une jeune fille se déshabillait dans le froid pour se retrouver en robe légère, dévoilant ses épaules fragiles et ses bras maigrelets. Elle se précipita au-devant d'une femme d'âge mûr vêtue d'un long manteau pourpre et lui barra le passage.

« La grande c'est Eugénie Brighelli, reprit Thibault, c'est elle que tu veux rencontrer. Chaque fois qu'elle sort de l'Opéra, la petite fait ça, regarde. »

Stan avait froid pour la gamine et un peu honte aussi. Mais qu'est-ce qu'elle avait dans le crâne ? Elle pensait que l'autre allait lui offrir son manteau ? Il crut un instant que la mendiante passait à l'attaque ; son pied fendit l'air vers le ciel pour rejoindre son bras tendu et elle pivota. Brighelli, agacée, partit sur le côté et la jeune fille courut à côté d'elle, une marche en contrebas, et s'élança. Stan n'y connaissait rien mais le saut lui sembla magnifique. Il y avait une certaine indécence dans cette scène, l'absence de musique, la tenue si légère dans une journée glacée, la gêne surtout de celle qui refusait le spectacle. Et puis la tristesse quand Brighelli réussit à s'échapper et que la petite repartit chercher sa parka au sol pour reprendre le cours de la mendicité.

« Tu sais qu'en plus elle n'est pas mauvaise ? Mais elle vit dans un conte de fées si elle pense que c'est une façon de se faire remarquer. »

Stan restait émerveillé par le court instant de beauté.

« Je suis certain que sa vie ressemble à tout sauf à un conte de fées. C'est quand les prochaines auditions ?

— En mai. Pourquoi ?

— Si tu dis qu'elle a le niveau. Il faut qu'on l'aide.

— Tu sais combien de danseurs se présentent à chaque cession ? Et puis franchement, bien danser, c'est pas le seul critère.

— Je déteste les critères, c'est plus fort que moi. »

Alors qu'il allait protester, Thibault se souvint comment, l'année précédente, l'Enchanteur avait changé sa vie en persuadant son dragon de mère qu'elle ne perdrait pas la face si son fils intégrait un corps de ballet.

« Bon, comment je peux t'aider avec Brighelli ? Je ferai ce que je peux, mais je ne suis qu'en première année. N'imagine pas qu'elle s'intéresse à moi.

— J'ai besoin d'infos. Les ragots sur ses ambitions, son plan de carrière, ses amours, ses phobies, les artistes qu'elle aime, les couturiers dont elle achète les fringues. Est-ce qu'elle croit en Dieu ou au feng shui… Tout. Surtout ce qui te paraîtra anecdotique. Il faut que je lui trouve un petit rêve dans lequel je pourrai m'immiscer.

— OK, je vais chercher. Et enrôler mes amis. Je te le dois. Et ce que tu as fait pour mon couillon de frère avec cette fille au pair, c'est magique. Même mes parents ont changé de regard sur lui. C'est flippant ce qu'un peu de confiance en soi peut changer dans le regard de tes parents.

— Quand ils te regardent, oui. »

23.

La famille. À chaque chapitre que j'écris, je me demande : « trop ou pas assez ? » J'en ai beaucoup parlé avec David. Sans doute parce qu'il en a toujours manqué. Au début, il me conseillait plutôt d'en rajouter, « parce que ça explique plein de choses ». Et puis un jour, il m'a dit que, finalement, il ne fallait pas lui laisser trop de place, « parce qu'on a tendance à vouloir que ça explique tout ». Je n'ai pas tranché. Sur le thème de la famille, j'ai fait comme tout le monde, c'est-à-dire comme c'est venu.

24.

C'est une librairie de livres anciens qui sent le vieux papier et le tabac froid. C'est aussi ma vraie maison. Mes parents sont morts dans un accident de voiture quand j'avais huit ans. Je ne suis pas à plaindre. Mon oncle Mehdi et sa femme Isabelle m'ont élevé comme leur fils. Ils n'ont pas eu d'enfant, les blessures de Mehdi datant de la guerre d'Algérie les ont privés de cette possibilité. Je suis arrivé dans leur vie alors qu'ils étaient déjà installés dans une existence plus douce. Désormais, ils bougent lentement, deux octogénaires discrets et généreux, inquiets aussi, à l'idée qu'il ne leur reste pas beaucoup de temps avant de devenir une charge. C'est pour ça qu'ils s'économisent. C'est pour ça qu'Isabelle houspille mon oncle avec ses maudites cigarettes qu'il cache entre les rayonnages. Cette petite boutique leur appartient, ce n'est pas grand-chose mais jamais ils n'auraient espéré s'en sortir aussi bien. Et puis ils m'ont moi. Je n'ai rien d'extraordinaire, mais ils peuvent compter sur moi jusqu'à leur dernier souffle. Je mourrais pour eux, je tuerais pour eux. Ces deux-là m'ont tellement aimé que j'ai des élans patriotiques quand on prononce notre nom de famille. Habes, c'est un nom sous lequel il fait bon vivre. Habes, c'est mon drapeau. Pardon à mes parents dont je ne me souviens pas bien, mais Habes, c'est le nom de Mehdi et Isabelle, la crème de la crème, l'orgueil de ma vie.

Ils m'ont élevé dans la religion des livres et le culte de Proudhon, Louise Michel et Victor Serge. Côté politique, je les ai vite déçus, j'aime bien chanter la *Carmagnole* mais tout le reste m'ennuie profondément. En revanche, côté bouquins, ils ont réussi leur coup. Pour les amateurs de littérature, la librairie s'appelle d'ailleurs Enjolras. Pour les amateurs d'ironie historique, Mehdi s'était bien essayé pour de vrai à l'insurrection, dans les rangs du FLN, et même s'il refusait catégoriquement d'en parler, j'ai vite compris que ça s'était très mal fini pour lui. De toute façon, on est discrets sur cet épisode biographique. Mehdi aime la France avec la passion d'un communard mais il paraît que l'époque est plutôt aux Versaillais (là oui, je frime, je ne fais que répéter).

Mehdi et Isabelle sont adorés dans le quartier. Et je parle du centre historique. Ils vendent des ouvrages précieux. Leurs clients sont des gens raffinés qui passent des heures à discuter reliure et beau papier. En plus de leur vendre des livres, Isabelle les rançonne pour les dix associations dont elle s'occupe. Tout le monde donne volontiers. Le petit confort de mon oncle et de ma tante s'est bâti grâce à des bourgeois, riches, cultivés et généreux. Après, qu'on ne me reproche pas de ne pas être à fond dans la politique. Je trouve tout ça encore un peu confus. Pour notre appartement, on est toujours restés en banlieue. D'une part parce que, en termes d'investissements, Mehdi et Isabelle ont favorisé l'outil de travail, mais aussi parce qu'on s'y sent bien. Enfin, on s'y *sentait* bien. J'avais été obligé de leur confier l'incident avec David. Ça l'avait rendu fou, mon oncle, j'ai cru qu'il allait se jeter à la poursuite d'Idriss en mode fellaga. Isabelle l'avait calmé et il s'était contenté de passer un coup de fil à Sayif pour le remercier. En parlant de contradiction, l'amitié entre ces deux-là restait pour moi un mystère. Sayif était croyant, libéral et bandit. Mon oncle athée, socialiste et respectueux des lois. Je voyais bien que ça ne plaisait pas trop à ma tante, cette camaraderie.

Sayif avait promis de lui rendre visite aujourd'hui, pour évoquer les tensions dans notre cité et envisager avec son vieux complice les précautions qu'il convenait sans doute de prendre. Et voici pour la dernière touche d'ironie, quand on pense à ce qui s'est passé cet après-midi-là.

J'étais passé avec David après les cours. Il était encore réfugié dans l'étreinte de ma tante quand la silhouette du caïd s'était découpée dans l'encadrement de la porte. Isabelle l'avait salué du bout des lèvres. À la surprise générale, David avait levé la main pour demander la parole. Sayif, souriant, lui avait ébouriffé les cheveux.

« Bonjour David, tu as une question ?

— Non, monsieur, mais je voulais vous signaler que j'avais arrêté le skateboard. Pour être sûr, quoi… »

Après une légère hésitation, Sayif s'était souvenu de la menace qu'il avait proférée et était parti d'un grand éclat de rire. Puis il avait rejoint Mehdi dans l'arrière-salle.

Je flânais dans les rayons en attendant que David soit prêt à partir, quand mon ami attira mon attention vers la rue.

« C'est quoi, ça ? »

Il observait une bande de jeunes amassés sur le trottoir d'en face qui parlaient bruyamment et jetaient des regards furieux en direction de la librairie.

« Ça, c'est des emmerdes. Viens… »

Je me glissai dans l'arrière-salle, nerveux, attendant le moment d'intervenir. Mon oncle et Sayif avaient l'air préoccupé. Ils parlaient en arabe et je frémis en reconnaissant le prénom de David. Exclu de cette langue qu'il n'avait pas jugé bon de m'apprendre, je pensai une fois de plus que Mehdi s'entourait de trop de secrets. J'acceptais sa discrétion maladive car je savais qu'elle avait à voir avec la guerre, mais je lui en voulais aussi de ne pouvoir me rattacher qu'à si peu d'histoires dans sa vie. Il y avait bien ce type sur la photo encadrée au-dessus de son bureau, un psychologue nommé Fanon, qui selon mon oncle lui avait « guéri l'âme » à Tunis après « les événements » ; mais je n'avais pas réussi à lui arracher d'autres confidences sur le sujet. De façon plus pressante, je devais trouver le courage de m'imposer.

« Mmh… Mon oncle ?

— Plus tard, Moh.

— Je crois que ça ne peut pas attendre. »

Les deux adultes avaient perçu la touche de crainte dans ma voix. Je pointai la vitrine du doigt. Le brouhaha avait gagné en volume dehors et certains mots scandés plus fort que les autres parvinrent jusqu'à nous, révélant le motif général de l'attroupement. Sayif se leva, sombre, mais Medhi l'arrêta aussitôt.

« Laisse. Si tu t'en mêles, tu vas m'attirer des ennuis. Et ne t'inquiète pas, ils me cherchent des noises depuis qu'on a organisé une soirée avec Jean-Charles Abescas, leur bête noire. Ces chiots aboient pour faire plaisir à leur maître. »

Mon oncle agrippa sa canne et traversa d'un pas décidé sa librairie sous le regard enamouré de sa vieille épouse. Nous lui emboîtâmes tous le pas pour nous retrouver sur le trottoir, séparés par l'étroite rue de la bande des Taranis qui s'étaient donné rendez-vous ici. Ils se chauffaient, éructaient quelques « les Arabes dehors », « guerre aux djihadistes », émaillés de plus simples « terroristes »... Mehdi, imperturbable, leur faisait face. Il attendit une accalmie puis s'adressa à eux d'une voix qui ne tremblait pas :

« Jeunes gens, auriez-vous l'amabilité de m'expliquer en quoi ma librairie vous évoque le djihad ? »

Le meneur de cette bande était un type d'une vingtaine d'années. Grand, baraqué, sa coiffure policée et son blaser bleu marine lui donnaient un air garçon de bonne famille contredit par la croix celte tatouée sur son cou. Je le reconnus sans mal, c'était Aurélien Vachet, le frère aîné de Julien.

« Vous voulez nous faire croire que vous ne vendez pas des trucs d'islamistes ?

— Pas vraiment, mais j'ai un très beau livre illustré sur Mohamed Ali, si vous voulez.

— Parce que vous n'avez pas de Coran, peut-être !

— Eh bien non, désolé. Vous ne trouverez pas de textes religieux ici, c'est une librairie spécialisée.

— Spécialisée ? Il avoue !

— Bien volontiers, c'est une librairie de sensibilité anarcho-marxiste. »

Là, il marqua un point. Les Taranis se consultèrent, perplexes. L'un d'eux recouvra ses sens et hurla :

« Communiste ! C'est un djihadiste communiste ! »

Le cri résonna dans le vide, ses amis avaient du mal à réaligner leur colère sur ces nouveaux éléments de langage. Sayif, resté en retrait, se prit la tête dans les mains et poussa un gémissement consterné.

« Ça change rien au fait que t'es un sale Arabe ! » résuma un colosse chauve à la voix de fausset.

Encore aujourd'hui, je ne sais pas ce qui m'a pris. Je peux juste dire que le monde dans lequel j'évoluais me paraissait de plus en plus surréaliste et que j'ai sans doute cherché du renfort là où je trouvais encore du sens. Plus simplement, c'est entièrement la faute de Shakespeare. Il faut comprendre que depuis des mois, j'étais obsédé par le Barde. William, c'était ma grande passion. Toujours est-il que ce « sale Arabe » me fit voir rouge façon *Titus Andronicus* et que je décidai de me dresser contre la plèbe. Je m'avançai donc au milieu de la rue et balançai :

« Et alors ? *Un* Arabe *n'a-t-il pas des yeux ? Un* Arabe *n'a-t-il pas, comme un chrétien, des mains, des organes, des dimensions, des sens, des affections, des passions ? N'est-il pas nourri de la même nourriture, blessé par les mêmes armes, sujet aux mêmes maladies, guéri par les mêmes remèdes, réchauffé et glacé par le même été et le même hiver ?* »

Je laisse soin à la postérité de juger de cet emprunt douteux. Au minimum, je dois avouer que ce ne fut pas ma meilleure interprétation. Ma voix s'était perdue dans les aigus d'une mue inachevée. Et je n'obtins pas l'effet héroïque escompté mais exacerbai le malaise de mon auditoire. Un rouquin rondouillard au treillis trop moulant résuma bien le trouble :

« Mais c'est qui ces malades ? »

Et c'est pile le moment que David choisit pour se placer devant moi et déclamer d'une voix aussi fluette qu'assurée :

« *Si vous nous piquez, ne saignons-nous pas ? Si vous nous chatouillez, ne rions-nous pas ? Si vous nous empoisonnez, ne mourons-nous pas ?* »

Les Taranis avaient maintenant la bouche grande ouverte. Aurélien Vachet tendit un index accusateur vers David et, sincèrement outré, vagit :

« Mais t'es qui, toi ? T'es même pas rebeu… »

David accusa le coup, se redressa fièrement en posant sa main sur mon épaule et déclara :

« Peut-être bien, mais moi je suis *son* Juif ! »

Je lui glissai à voix basse :

« Je suis pas sûr, David… Ça fait bizarre, dit comme ça. »

Ce coin de rue était devenu un bourbier d'incompréhension dont essayait de s'extraire une colère frustrée de n'avoir pas pu s'embraser. Vachet tenta de simplifier les échanges. Il saisit dans son sac à dos un pavé qu'il brandit. Sayif bondit mais sa route fut coupée par un nouvel acteur aussi petit que gros, attifé d'un improbable manteau à col de fourrure. Il se jeta sur le jeune Taranis en hurlant un « VACHET ! » à faire se desceller tous les autres pavés de la rue. Son cri fut d'ailleurs amplifié par celui d'Aurélien qui, terrifié, venait de trébucher et s'était laissé tomber l'énorme caillasse sur le pied. Plié en deux de douleur, il se retrouva nez à nez avec son interlocuteur qui lui balança dans une bourrasque de postillons :

« Vachet, quand je t'ai dit de faire profil bas la semaine dernière, tu as compris : "Vite, il faut que je casse une vitrine pour faire plaisir au commissaire" ? »

Entre deux gémissements, Aurélien essaya de répondre mais il fut coupé net.

« Ta gueule, Vachet ! C'était une question rhétorique. »

Aurélien articula un « mais » tranché aussi sec.

« Ta gueule, Vachet ! Je sais que, quand j'emploie le mot "rhétorique", tout ce que tu entends, c'est un air de banjo.

— Mais…

— Ta gueule, Vachet ! Je ne m'attendais pas à ce que tu saisisses la référence, tu me suis au poste maintenant. »

Deux flics en uniforme se matérialisèrent derrière le jeune homme pour le pousser dans une voiture banalisée. David laissa échapper un admiratif :

« Il rigole pas, Bilbo ! »

J'observai avec grand soulagement les Taranis se disperser. Le commissaire s'avança vers Mehdi.

« Désolé pour les cons mais en ce moment, on dirait que c'est la saison. »

Il remarqua alors Sayif derrière lui.

« Il faudrait qu'on se parle, nous. »

Sayif lui serra la main.

« À votre disposition. »

Le flic fit durer la poignée de main qui semblait le plonger dans des considérations complexes. Il releva les yeux.

« Vous pensez comme moi que ça commence à craquer ? »

Sayif opina du chef. Le commissaire tourna les talons.

25.

« Il a pas l'air bien, Dan. »

Personne ne reprit Jenny sur l'incongruité de cette phrase, nous comprenions ce qu'elle insinuait.

« Il parle tout seul maintenant, ajouta Stan. Je crois que les médocs commencent à le rendre marteau. »

Daniel traversait la cour pour nous rejoindre. Lui ne remarqua pas notre gêne. Il avait l'air très fatigué mais pas abattu. Au contraire, une lumière nouvelle illuminait son visage, une lueur exaltée qui n'était pas pour nous rassurer. Stan enragea en le voyant se masser le bas du dos. Ce banc déboulonné qu'il avait assimilé à une provocation infantile de Prieur lui paraissait soudain une injustice intolérable. Julien Vachet traînait à quelques mètres de là, à nouveau en compagnie du CPE. Il nous lança un regard méprisant. Au lieu de l'ignorer, Stan le toisa et releva le menton. Je me demandai à quoi il jouait. Ne jamais attiser la rage de Julien, c'était une des règles d'or de l'Enchanteur pourtant. Julien, incapable de résister à la provocation, s'avança vers nous, sourire carnassier aux lèvres, Prieur dans son sillage.

« Moh, quand ça dégénère, tu balances le truc le plus méchant possible sur son frère, OK ? »

Jenny, Dan et David me dévisagèrent tandis que je blêmissais sous la consigne. Vachet se tenait déjà devant Stan et le simple rapprochement créa un attroupement immédiat. Prieur ne faisait rien pour diluer la tension, ce qui confirma à Stan la formation d'une alliance entre eux.

« Tu as un problème, Danner ? »

Stan prit une pose arrogante que ses amis ne lui connaissaient pas, parodiant Julien.

« Moi, non. Toi, tu as l'air de mauvaise humeur en revanche. Quelque chose qui ne va pas ? Des problèmes de famille ? »

La foule expira bruyamment. Vachet était sidéré. Cela ne ressemblait pas à Stan. Ce dernier m'adressa un signe de main dans le dos.

« Qu'est-ce que tu dis ? Répète ça ?

— Je me fais du souci, c'est tout, t'es tout blanc. Des problèmes à la maison ? Tu as besoin d'en parler à quelqu'un ? »

Julien était loin d'être un idiot et il sentit qu'il était attiré dans un piège mais il y avait trop de témoins autour de nous pour qu'il faiblisse. Un rapide calcul l'amena à reporter sa vengeance. Il savait qu'il n'avait aucune chance contre Jenny, et s'il se faisait renvoyer pour bagarre quelques jours à peine après que son frère s'était retrouvé au poste, c'étaient les coups de son père qui allaient pleuvoir, et le vieux cognait dur. Il fit un pas en arrière. Stan agitait toujours frénétiquement sa main dans son dos à mon attention. Je rassemblai mon courage.

« Moi je pense que c'est ça… un problème de famille. »

Toute cette scène était aberrante aux yeux de Julien. C'était lui, la brute, lui qui distribuait les coups et les vannes. Bien sûr, il ne voyait pas le manège de Stan qui continuait de s'agiter pour m'inciter à poursuivre.

« En même temps, je comprends. Ça va être un peu triste, Noël chez vous. Avec votre mère en larmes parce que son grand fils est en taule. »

L'explosion s'annonça par un silence de mort. On eut l'impression de traverser un trou d'air. Et, à l'instant précis où Julien s'embrasa, Prieur le retenait déjà fermement par les bras. S'ensuivit un déferlement de violence insensé. Julien hurlait à s'en fendre la gorge. Toute la bande était visée. Il n'avait pas assez d'injures pour décrire la haine qu'on lui inspirait. Tout le monde semblait attendre qu'il soit enfin libéré de ce poison. C'est le souffle qui vint à lui manquer et il conclut, exsangue, sur une menace étrangement mieux formulée que le reste de son éclat :

« Un jour tout le monde vous verra exactement tels que vous êtes ! »

Puis, il se détendit et s'en alla. Prieur tentait déjà de dissiper l'attroupement et, hors de lui, ne put se retenir de crier sur Stan :

« Vous l'avez provoqué. Je vais le punir mais je ferai tout… TOUT, vous m'entendez ? pour qu'un jour, chacun sache qui vous êtes vraiment. De sales petits magouilleurs ! Une petite bande de magouilleurs ! »

Il nous laissa en plan sur cette promesse et rejoignit le bâtiment central en aboyant sur tous les élèves sur son passage. Stan, sentant sans doute des picotements dans la nuque, grimaça et se retourna pour nous faire face.

Jenny essayait de parler mais elle ne trouvait pas les mots et referma la bouche en claquant des dents. Je me pris la tête entre les mains. David se mangeait les lèvres. Daniel traduisit :

« Je crois que la question qu'on se pose tous, là, c'est : *WHAT THE FUCK*, Stan ? »

On approuva de la tête de façon synchronisée. Stan nous adressa un sourire désarmant.

« Bon, ça s'est mieux passé que prévu. Mais la deuxième partie est plus risquée. David, j'ai besoin que tu fasses le mur cette nuit. Moh, tu l'aideras. Allez, il ne faut pas qu'on soit en retard en cours. Et jusqu'à la fin de la journée, prenez l'air effondré, s'il vous plaît. On se retrouve devant le kiosque. »

26.

La veille, malgré les explications de Stan, le plan nous avait paru hautement fantaisiste. Par loyauté, on n'avait pas protesté. David et moi avions suivi à la lettre les consignes, la peur au ventre, conscients de commettre au moins deux délits : effraction et vandalisme. La seule chose rassurante au milieu de la nuit avait été de découvrir que Stan possédait un double des clés de la porte d'entrée du bahut. Au moins, nous n'aurions pas à jouer les acrobates.

En cette matinée pluvieuse de novembre, au milieu de la foule dans la cour, fixant comme les autres le grand mur du préau, nous éprouvions des sentiments contradictoires. Si on avait pu revenir en arrière, on aurait sans doute tenté de convaincre Stan de renoncer, parce que maintenant que son plan était exécuté, on éprouvait un sentiment d'inexorabilité à couper le souffle. Le trouble était accentué par la beauté du tag. David avait réussi son œuvre. Cinq silhouettes grandeur nature tracées en une ligne : Jenny en garde de boxeuse, Dan en penseur de Rodin, Stan dans une pose frondeuse, moi, un livre à la main, et David, frêle ébauche identifiable par son association à la bande.

Comme Stan l'avait espéré, le piège se refermait et l'indignation générale montait : « c'est abusé », « ah, le truc de crevard », « ça craint ». Les manifestations de sympathie abondaient, on nous prenait dans les bras, on nous rassurait, le coupable était allé « beaucoup trop loin » et ce n'était pas malin après le scandale d'hier, il allait avoir du mal à se prétendre innocent. Tout le monde était choqué, c'est vrai que ces mots-là, écrits, ce n'était pas la même chose que prononcés à la va-vite dans un moment de colère. Sous nos silhouettes, les insultes claquaient en majuscules : « Gouine tchétchène », « nègre savant », « juif suceur de bites », « bougnoule suceur de juif », et un plus infantile « roi des magouilleurs », pour l'Enchanteur évidemment. Nous comprîmes que Stan avait gagné la partie quand la directrice du lycée, Mme Guyot, se planta devant nous, les larmes aux yeux.

« Les enfants, je suis dévastée. C'est horrible, ce qui vous arrive. On va repeindre dans l'heure, bien sûr. On m'a mise au courant de la crise de Julien Vachet hier, mais je n'aurais jamais imaginé qu'il irait aussi loin. Ça va, vous ? Vous tenez le choc ? »

Nous n'avions pas besoin de nous forcer pour donner l'impression d'être remués. L'énormité de la chose était en train de se révéler pleinement sous nos yeux. Surtout quand Stan enchaîna :

« Madame, merci. C'est important pour nous de sentir votre soutien. »

Le soulagement de la directrice était palpable, et son regard plein d'amour, embarrassant. Stan planta alors son coup de grâce : « En revanche… »

Guyot perdit en un battement de cils ses couleurs fraîchement regagnées.

« Il y a un truc qui n'est pas rassurant.

— Dites-moi. Vous pouvez tout me dire.

— Eh bien, la porte et le mur sur la rue sont impossibles à escalader…

— J'y ai pensé, monsieur Danner. Et, croyez-moi, je ne prends pas l'idée d'une complicité dans nos rangs à la légère. »

À travers la foule, elle jeta un regard glaçant à Prieur qui venait d'arriver. Stan cacha le sentiment de triomphe qui l'envahissait. Personne ne trouva étrange que David sorte son téléphone pour prendre la fresque en photo. La sonnerie nous libéra. C'est un troupeau bruyant qui se mit en marche pour gagner les salles de classe. Daniel prit Stan à part.

« Tu n'as pas l'impression d'être allé trop loin ? »

Stan était prodigieusement agacé.

« Tu as besoin que je te rappelle qui est Julien Vachet ? Tu trouves que je suis trop dur après tout ce qu'il a fait endurer à David ?

— Stan, ce que tu as fait, ce n'est pas pour David.

— Non, effectivement. C'est pour toi ! »

Dan se renfrogna mais il ne pouvait fuir cette vérité. Stanislas n'aimait pas blesser son ami, mais il avait besoin de soutien et pas de doutes.

« Écoute, tu m'as demandé l'impossible. Et je vais réussir. Mais tout ce que je dois faire pour que ça marche ? C'est beaucoup, et je ne pouvais pas avec Prieur et Vachet sur le dos. »

Daniel capitula et fit signe qu'il comprenait. Stan ajouta :

« Et il y a un bonus dans cette affaire, quelque chose me dit qu'on va retrouver notre banc. »

27.

Daniel avait toujours pensé que c'était un peu triste chez lui. Ces derniers temps, c'était compréhensible mais, pour être honnête, même avant la maladie, ce n'était pas la maison de la joie. Son père était un homme impressionnant mais vraiment trop « vieille France », et quand tu es noir, bizarrement, « vieille France », ça fait doublement coincé. C'est simple, le paternel, on aurait dit Giscard d'Estaing en très bronzé. Il n'avait pas le chuintement dans la voix mais cette diction traînante et fétichiste des liaisons dont Dan avait remarqué qu'elle était une sorte de carte de club pour les membres de sa caste. D'ailleurs, Évariste Larochelle collectionnait les appartenances à des clubs : les anciens des Mines et SupAéro, les anciens de Dassault et une demi-douzaine d'autres officines pour super gradés de la République. Si Daniel avait dû faire un exposé sur le CV de son père, toute la classe l'aurait pris pour un Illuminati. Avant la maladie de son fils, Évariste était un vrai snob, limite sale con quand il laissait entendre à son fils que Stanislas était sans doute un bon copain mais que sa famille n'était pas franchement à la hauteur. Avec l'arrivée du cancer de son fils, il avait revu à la baisse ses critères sociaux. En fait, il s'était bonifié en toutes choses mais il souffrait tellement que c'était dur pour son entourage d'en tirer un bénéfice. Dan se consolait parfois en se disant que sa mort allait accoucher d'un vrai chic type. Sa mère, Coumba, avait toujours été très chic, son père était un grand chef quelque part au Sénégal. Elle ne lui parlait plus. Il ne lui avait jamais pardonné d'avoir épousé un roturier antillais, même s'il était ingénieur. La famille avait gardé quelques liens avec des oncles et tantes un peu moins tatillons mais globalement, quand Dan était plus petit, les invités, c'étaient plutôt des pontes de l'aéronautique, moitié savants fous, moitié élite française. Il les avait toujours suspectés de venir surtout pour sa mère. C'est vrai qu'elle était spectaculaire. Et ses efforts pour incarner une grande bourgeoise n'avaient jamais réussi à éteindre son sex-appeal. Peut-être que quand tu es noire, le carré Hermès fait doublement effet.

Maintenant, il fallait avoir le moral pour venir dîner chez eux. Il y avait moins de règles. À défaut d'espoir, ses parents avaient offert plus de libertés à leur fils. Un revirement si soudain que Daniel avait compris : son cas était plié. Avec un peu de recul, il avait aussi constaté que l'épreuve avait rapproché Coumba et Évariste. C'était une très bonne nouvelle. Là, par exemple, ils étaient blottis l'un contre l'autre dans le canapé, en train de lire. On était en semaine, il était dix-huit heures, son père était rentré tôt du bureau, il profitait de son foyer.

« Maman, Papa ? Je vais traîner une heure avec les amis.

— Bien sûr chéri. Couvre-toi.

— Mon fils ? Sois à l'heure, je fais des travers de porc ce soir. »

Tout sonnait faux, ou en tout cas faussement léger, mais ce n'était pas grave, l'important c'était qu'ils soient ensemble et qu'ils le restent après.

Il préféra le manteau à la doudoune. Il lui faisait une silhouette plus acceptable. Dans l'ascenseur, il profita du miroir pour ajuster son écharpe. Dans le hall, il hésita une dernière fois puis retrouva son courage. Il sortit, elle était là, comme tous les jours, avec sa dégaine de rappeuse et son sourire en coin. Elle lui faisait un bien fou. Il n'avait pas vraiment tranché la question de sa réalité mais il n'était plus à ça près. Démon, ange ou hallucination, ce qui comptait, c'est le plaisir qu'il éprouvait à sa compagnie.

« Hey sista'… »

Elle se marra franchement.

« Tu la joues gangster, maintenant ? T'as vu où tu habites, Charles-Édouard ? »

Elle s'accrocha à son bras et ils partirent d'un pas vif vers le centre commercial. Quand il marchait à son côté, Dan ne ressentait plus aucune douleur, elle lui rendait une allure de valide, un cadeau du ciel.

« Alors je pensais. Si tu es un ange, c'est intéressant que tu sois noire. Mais un peu raciste en fait. Parce que si tu es un ange, ça veut dire qu'on associe les paires en fonction de la couleur, et ça c'est discriminatoire. Et si tu es juste une projection de mon cerveau malade, ça veut dire que mon inconscient va chercher une figure protectrice dans un carcan ethnique, alors que ce carcan n'a aucune réalité pour moi. Je veux dire, tu as raison, j'ai tout d'un Charles-Édouard. J'ai bien compris que je n'obtiendrais aucune réponse de toi sur les règles de l'au-delà ou l'existence de Dieu, mais tu pourrais au moins me répondre là-dessus, non ? »

Cassia s'arrêta net, prit une mine outrée.

« Dis, p'tit mec, t'es pas sérieusement en train de me demander pourquoi je suis noire quand même ?

— Euh… Laisse tomber.

— C'est ça, laisse tomber. Et concentre-toi, on a une mission, tu m'as promis. »

Dan grogna mais n'opposa pas de résistance. Ils parvinrent bientôt à l'entrée du centre.

« Un geste de la main ou un sourire, pas plus, plaida-t-il.

— Ça ira pour cette fois, oui. »

Il finit par déboucher sous la fausse coupole, s'engagea en rasant les plantes vertes sur la place couverte. M. Dupré le vit arriver de loin et lui adressa un sourire qui le rassura. Il prit place à son côté.

« Bonjour, monsieur Dupré.

— Bonjour cher ami, cela fait trop longtemps que vous n'étiez venu me tenir compagnie.

— Oui. Ah, ne faites pas attention à elle, elle a promis de bien se tenir cette fois.

— À qui ?

— Euh désolé, ça non plus n'y faites pas attention. Alors, c'est comment aujourd'hui ?

— C'est un peu calme mais Marie-Rose est en forme, elle a esquissé quelques pas de danse tout à l'heure. Gin ?

— Avec plaisir. J'en ai besoin. »

M. Dupré lui tendit le gobelet du thermos que Dan vida cul sec. Il se tourna vers Cassia :

« Bon, autant s'en débarrasser… »

Et à la stupéfaction de son vieux complice, il alla se planter devant la vitrine, et lança un clair et joyeux salut de la main aux coiffeuses. Assieh donna un coup de coude à Marie-Rose qui interpella Céline, les trois grâces lui firent face et lui soufflèrent en même temps un baiser avant de reprendre leur travail en riant.

Daniel bascula sous la force de l'émotion et retomba sur le cul à côté du vieillard qui sifflait entre ses dents :

« La chance sourit donc aux audacieux. »

Dan tendit sa tasse pour une deuxième tournée de gin qu'il sirota en savourant l'instant, aussitôt gâché par Cassia.

« Bien, la semaine prochaine, tu entres et tu dis bonjour. »

Il s'étrangla et recracha tout l'alcool sur ses genoux. Il s'essuya avec un mouchoir, et prit congé d'un M. Dupré décontenancé.

En empruntant la galerie qui menait à la sortie ouest, il sentit une lourdeur comprimer sa poitrine. Les annonces au micro, la musique d'ambiance, le brouhaha des familles pressées, le cliquetis des chariots et des caisses, plus aucun bruit ne se mélangeait, chaque son se réglait sur une fréquence différente et la nappe se déchirait et se recomposait en une superposition de pistes tranchantes que son ouïe n'arrivait plus à traiter. L'atmosphère se modifiait, dense et boueuse à la fois. Dan progressait plus difficilement dans cette vase. Ensuite vint l'odeur et le froid, ou plus précisément une odeur putride et glaciale. Il tentait de résister à ce dérèglement des sens mais la puanteur s'empara de sa gorge, lui piquant le nez, et il lui fallut admettre que ces relents fétides avaient une dimension liquide. C'était la lumière maintenant qui se laissait tronçonner en couches aberrantes, lacis d'ombres vibrantes et de flashs aveuglants. Il eut l'intuition terrifiante d'avoir pénétré dans une sorte d'envers, révélé par un glissement de réalité. Il se retourna et fixa Cassia, immobile. Pour la première fois, il lui découvrit une expression de profonde tristesse. Elle ouvrit la bouche et sa voix lui parvint comme un murmure clair malgré la distance qui les séparait :

« Je suis tellement désolée, Daniel. Je sais que tu t'es mis en tête que j'étais là pour t'aider. J'ai retardé aussi longtemps que possible le moment de te le dire mais ce n'est pas le cas. Il y a quelque chose qui ne va pas ici, tu commences à le comprendre. Daniel, ta fin est proche, personne ne peut rien pour toi. Mais toi, en revanche, tu peux peut-être faire quelque chose pour sauver tous ces gens. »

28.

Le Songe d'une nuit d'été, c'est une comédie romantique, mais façon XVIe. Avec d'un côté, Thésée, duc d'Athènes, et sa fiancée Hippolyta, chef des amazones, et de l'autre Titania et Obéron, les roi et reine des fées. Au milieu, deux couples de jeunes, pas super malins, s'aiment, se courent après et se repoussent comme dans une chanson de R'n'B. Une troupe d'acteurs complètement abrutis enchaîne les gags, et un personnage de hobgoblin fout le dawa. Lui, c'est Puck Robin Goodfellow.

Ce n'était pas ma pièce préférée de Shakespeare. Mais David se trompait en pensant que je l'avais choisie à cause de son obsession pour le fantastique. Non, si à la fin, j'ai élu *Le Songe*, c'est parce que c'est un millefeuille de narrations qui se superposent comme des univers parallèles. Chaque protagoniste évolue dans sa petite histoire qui s'accommode de celle des autres. Ça n'aurait aucun intérêt si Puck ne brouillait les lignes pour forcer le destin. Pour être plus précis, sans la malice et les sortilèges de Puck, la pièce finirait par la mise à mort d'une fille réclamée par son père. On fait mieux comme comédie… Peut-être Shakespeare a-t-il eu vent d'une histoire sordide du même genre, un fait divers douloureux qui puait l'injustice. Et il s'est senti le devoir de jouer les hobgoblins pour transformer le fumier en or.

29.

« Dis Moh… il faut qu'on parle de cette Héléna. »

Je m'étais douté qu'il faudrait en passer par là. Zhila aurait préféré jouer n'importe qui plutôt qu'Héléna, mais j'avais insisté ; elle était une des seules à avoir déjà pris des cours de théâtre et j'avais besoin d'elle pour ce rôle important.

« Mais sérieux, c'est quoi cette meuf ? »

Zhila piétinait de rage sur scène. Elle avait changé de look depuis qu'elle était devenue populaire. Il avait suffi que Stan la réinvente en it-girl pour qu'elle le devienne.

« Vas-y, dis la tirade. »

Zhila se tourna vers les coursives.

« Allez, après je t'explique. »

Elle toisa la troupe avachie au premier rang et ânonna négligemment :

« *Et moi je ne vous en aime que davantage : je suis votre épagneul ; et, Démétrius, plus vous me battez, plus je me couche à vos pieds.* »

Ça gloussait dans le public. Zhila leur jeta un regard furibond. Je lui fis signe de continuer. Elle prit une grande respiration.

« *Traitez-moi seulement comme votre épagneul : repoussez-moi, frappez-moi. Méprisez-moi, abandonnez-moi ; seulement permettez-moi (tout indigne que je sois) de vous suivre. Quelle place plus humble puis-je mendier dans votre amour (une place que j'estime hautement) que d'être traitée comme vous traitez un chien ?* »

Zhila finit sous les hurlements de rire de la troupe. Elle était rouge de colère.

« Vas-y, Moh, c'est le moment où tu m'expliques. Je suis curieuse. Vraiment. »

Je ne fis rien pour faire taire les rires, au contraire. Sur scène, Zhila, bras croisés, semblait prête à me mordre. Je patientais. Une fois le calme revenu, je montai la rejoindre sur la scène.

« Deux choses. La première c'est qu'Héléna, à elle seule, porte le thème amoureux de la pièce. Dans la scène précédente, elle a cet échange :

Hermia : Plus je le hais, plus il me poursuit.

Héléna : Plus je l'aime plus il me hait.

Un truc vieux comme le monde, non ? Héléna aime Démétrius qui aime Hermia qui aime Lysandre. Shakespeare se moque des amants bien sûr, c'est une comédie après tout. Mais il nous dit autre chose. Héléna veut être Hermia. Ce qui la rend folle, ce n'est pas l'amour. Elle s'est persuadée qu'Hermia a tout ce qu'elle n'a pas, et ça la rend malade. Elle pense qu'il lui faudrait être cette fille parfaite (et qui n'existe que dans ses rêves), pour mener une vie qui mérite d'être vécue. Tu vois où je veux en venir ? C'est exactement pour ça que je t'ai choisie. Toi, tu es l'incarnation de la fille populaire et chic. Dans la vraie vie, ce sont les autres qui voudraient être à ta place. Du coup, ça crée un décalage, le public va adorer. Et grâce à ce décalage, les gens vont tout de suite piger de quoi ça parle vraiment. »

Zhila pinça les lèvres sans parvenir tout à fait à cacher un sourire naissant.

« C'est ça ton astuce de metteur en scène ? M'avoir à la flatterie ? »

Je jubilai intérieurement de l'avoir amenée là où je voulais. D'abord, étayer un contexte valorisant, et seulement ensuite pousser la vente. Les leçons de Stan avaient porté leurs fruits.

« Non. La flatterie c'est maintenant… »

Je ménageai un silence.

« Tu as vu comme ta tirade a fait marrer la troupe ? Eh bien imagine ce que ce sera quand deux cents personnes dans la salle rugiront de rire à la fin de chacune de tes phrases. Puissant, non ? »

J'étais parvenu à allumer un feu d'artifice dans les beaux yeux de Zhila. Je me tus pour la laisser à sa rêverie. J'allais devoir faire le même boulot avec chacun des acteurs. La plupart d'entre eux n'avaient pas vraiment envie d'être là. Stan avait forcé la main de plusieurs de ses obligés. Maxence, Yvan et Zhila n'avaient pas osé refuser. La bonne nouvelle du casting, c'était Clarinda, la jeune fille au pair qui, contre toute attente, avait pris goût au jeune Maxence. Elle était enthousiaste et ferait une Hermia du tonnerre, son accent donnait beaucoup de saveur au rôle. Les frères Irazustra débarquaient en retard à toutes les répétitions mais ils compensaient largement en bonne humeur. Je n'aurais jamais imaginé récupérer les caryatides, Marie, Estelle et Nadia, mais elles faisaient tout comme Zhila à présent, et quand j'arrivais à les séparer de leurs téléphones, leur légèreté saupoudrait nos fées de jolies paillettes.

Le défi, c'était Jenny. Je n'en revenais toujours pas qu'elle ait accepté. Je m'étais persuadé qu'elle était trop introvertie pour ce genre d'aventures mais je devais reconnaître que je ne comprenais pas grand-chose à ce qui animait ou pas mon amie, même après deux ans passés à ses côtés.

Le lendemain de la visite du théâtre avec Mme Lefèvre, Jenny m'avait pris à part dans la cour pour me demander un service inattendu. Comme elle ne parlait jamais pour ne rien dire, la démarche m'avait tout de suite intrigué.

« Dis Moh, je sais que tu vas être très occupé cette année avec la pièce mais j'aurais besoin que tu m'aides pour un truc. »

C'était agréable de se voir appeler en renfort par quelqu'un d'aussi puissant.

« En fait, c'est pour le bac de français. Je suis pas bonne en français. Alors je me suis dit que tu pourrais…

— Jenny… je suis en seconde, tu ne peux pas demander à quelqu'un de ta classe ?

— Il n'y a pas quelqu'un comme toi dans ma classe.

— Comme moi ?

— Quelqu'un de… cultivé ? »

Cela m'avait fait un effet bizarre. Pas seulement le compliment, mais le recevoir d'elle. Que ce soit aussi naturel, pour elle, de dire une chose comme ça, sur moi. Et le plus étrange, la chose que je n'arrivai pas à comprendre et qui me mit mal à l'aise, c'est qu'à cet instant précis, et pour la première fois, je me dis que Jenny était plutôt jolie. Pour échapper à ce malstrom de sentiments, j'avais rebondi sans trop y réfléchir.

« D'accord, mais à une condition. »

Jenny avait froncé les sourcils.

« Je n'ai personne pour Titania, la reine des fées. Tu prends le rôle.

— Ah ? OK. »

Et elle était partie, me laissant désemparé à l'idée qu'il me fallait reconsidérer tout ce que je croyais savoir sur mon amie, et peut-être, en partie, ce qu'elle m'inspirait.

J'y repensais en lui adressant un signe de main affreusement gauche tandis qu'elle quittait la salle. De temps en temps, je perdais tout naturel avec elle, et ça m'exaspérait. Je n'avais pas été totalement sincère avec Zhila. Il me semble que Shakespeare dit autre chose avec ses deux couples dans *Le Songe*. Il insinue, je crois, que les sentiments, exactement comme les mensonges de Stan, naissent des histoires qu'on se raconte. Dans *Le Songe*, un philtre d'amour administré à la mauvaise personne par un Puck facétieux. Dans la vie, un compliment qui vous fait tout à coup sentir un homme et vous dévoile l'estime que vous portez à la personne qui vous l'a adressé.

Dans la salle de théâtre, chacun rassemblait ses affaires. Les frères Irazustra se disputaient l'attention de Zhila qui prenait sa revanche sur le personnage d'Héléna en les ignorant avec talent. Maxence et Clarinda s'éloignaient, main dans la main, nimbés de la grâce magnétique des premières amours charnelles. David gribouillait dans son carnet. Dan m'applaudissait de la rangée du fond. Il avait dormi toute la répétition mais je ne lui en voulais pas, il était de plus en plus fatigué. Comme il me faisait de la peine, ce petit malade à l'esprit prodigieux. Je m'ébrouai pour chasser le frisson morbide, contemplai la scène vide de ce splendide théâtre, et adressai à Shakespeare un merci dévot. *Réveille l'esprit vif et alerte de la joie. Renvoie la mélancolie aux funérailles : cette compagne blafarde ne convient pas à notre fête.*

30.

Jenny se moquait éperdument du regard des autres sur sa sexualité, mais cela ne voulait pas dire qu'elle ne se posait pas de questions. À trois reprises déjà, elle avait jeté son dévolu sur des beaux garçons de passage et les avait entraînés dans un coin pour faire l'amour. Trois fiascos. Les deux premières fois, elle s'était crue responsable : elle ne devait pas être assez belle ou trop entreprenante. Une expérience calamiteuse plus loin, elle s'était dit que ce n'était pas forcément sa faute si ces garçons étaient trop craintifs pour se détendre. Elle se doutait qu'en persévérant elle trouverait bientôt un partenaire moins peureux, mais elle avait l'intuition que, pour y parvenir, il lui faudrait mimer la fragilité, et c'était un peu trop lui demander.

En début d'année, elle s'était rendue à un tournoi pour suivre Farida, un jeune espoir dont elle était le *sparring partner*. Farida avait gagné. Son père devait rentrer tôt pour assurer un cours du soir et avait demandé à sa Jenny de la raccompagner. Jenny avait accepté de bonne grâce, elle avait l'habitude de faire office de garde du corps pour les filles du cours. Tout le monde savait dans les quartiers que la fille de Baranov était une cogneuse redoutable.

Et personne n'était assez dingue pour s'attaquer à un membre de la famille d'Anton. Il y avait son palmarès, bien sûr, mais aussi quelques rumeurs, liées à ses tatouages, qui agissaient comme un talisman de protection.

Farida avait traîné longtemps dans le gymnase après la remise des médailles, et quand Jenny était entrée dans les vestiaires désertés pour la presser un peu, elle l'avait trouvée toute nue au seuil de la douche.

« Désolée, je reviens dans dix minutes. »

Farida, pas du tout gênée, lui avait tendu la main avec une assurance qui avait charmé Jenny.

« Je préférerais que tu viennes avec moi. »

Jenny n'avait pas hésité un instant, s'était déshabillée et l'avait rejointe sous la douche. C'était un bon souvenir. Un moment agréable sans trop de maladresses.

Le lendemain, Farida l'avait harcelée de textos et quand Jenny lui avait expliqué qu'elle ne cherchait pas à s'engager dans une relation, son amante d'un soir l'avait accusée de ne pas assumer son homosexualité.

Cela avait remué des choses en elle. Peut-être était-ce vrai. Peut-être était-ce la source de ses problèmes avec les garçons. Et si elle mettait les gens mal à l'aise en envoyant des messages contradictoires ? Elle s'habillait presque tous les jours en jean et en blouson mais gardait ses cheveux très longs. Elle ne se maquillait jamais mais portait des tee-shirts assez moulants pour mettre en valeur sa poitrine. Peut-être que se déterminer plus clairement était une forme de politesse. Peut-être que ce n'était pas normal de se sentir en attente d'un désir plus fort.

Elle éprouvait le besoin de recourir à ses parents. Les Baranov, Anton et Masha, vivaient selon leurs propres règles. Pour simplifier, ils ne posaient pas beaucoup de questions existentielles à leur fille, ne remettaient jamais en cause ses choix mais exigeaient une obéissance absolue aux règles de vie en communauté. Jenny arrivait à un âge où elle avait assez de points de comparaison pour deviner que c'était un protocole de survivants. Anton et Masha étaient passés par les prisons russes quand ils étaient très jeunes. C'était une confidence qu'ils lui avait faite très tôt, précisant que tout ce qui entourait cet épisode était un secret, qu'ils choisiraient, ou pas, de lui révéler un jour. Une des coutumes chez les Baranov voulait qu'on puisse convoquer un conseil autour de la table de la cuisine. Les sujets abordés ne seraient plus jamais mentionnés par la suite.

Jenny avait réuni ses parents et expliqué son dilemme en détail, sans rien cacher hormis les noms de ses relations. Ensuite, les trois avaient bu de la vodka en silence. Puis la sentence était tombée.

Sa mère : « La nourriture, le sommeil et le plaisir c'est pareil, tu ne sais jamais quand tu vas en manquer, alors réfléchis bien avant de dire "non merci". »

Son père : « On a fait notre vie ici pour que tu sois libre. Alors, tu te bats pour être libre. Ça vaut pour tout. »

Jenny adorait ses parents mais elle ne se sentit pas beaucoup plus avancée.

31.

Dan n'était plus si sûr d'avoir eu une bonne idée. Le sapin était beaucoup trop gros, il occupait une place ridicule dans le salon. « Une saleté d'allégorie parfaite, un truc énorme pour rappeler que c'est une soirée à thème – *ladies and gentlemen*, ne ratez pas le dernier Noël du *wunderkind.* » Il aurait adoré faire la blague à voix haute mais ça risquait de casser l'ambiance. Et puis c'est lui qui avait fomenté ce plan pour échapper à une situation mille fois plus lugubre, lui et ses parents aimants, seuls devant une bouteille de champagne. Et en parlant de gens qui l'aimaient, il était assez fier d'en avoir réuni autant : les Danner, Mme Edelman, les Baranov, les Habes… Il s'exhorta une fois pour toutes à profiter du réveillon. Le plus judicieux était sans doute de commencer par empêcher Stan de faire un scandale.

« J'ai l'impression que l'esprit de Noël n'a pas encore trouvé le chemin de ton cœur, mon ami.

— Me cherche pas trop ou je t'envoie à l'hôpital dans une unité que tu n'as pas encore visitée. »

Stan fulminait en s'empiffrant des petits pâtés en croûte apportés par la mère de Jenny.

« Non, mais tu y crois, toi ? Tu l'as vu, ce grand con ? Il a retrouvé l'usage de la parole.

— Ma mère fait souvent cet effet aux hommes. Sur un malentendu, tu pourrais te retrouver avec un demi-frère bien noir, ce serait sympa, non ? Un mini-moi en souvenir. »

Stan recracha la moitié de sa bouchée. Son père qui ne lâchait pas Mme Larochelle d'une semelle se retourna le temps d'un regard désapprobateur avant de se replonger dans sa conversation. Daniel n'observait pas le spectacle avec la même sévérité que son ami, il était en fait assez reconnaissant au père de Stan pour ce flirt mondain qui sortait provisoirement Coumba de son engourdissement.

« Et regarde ma mère, ajouta Stan, elle en a absolument rien à foutre. Elle est même plus détendue que d'habitude. Tu y comprends quelque chose, toi ? »

Laurence Danner était plongée dans une conversation animée avec Esther Edelman.

« Ça, c'est la paire la plus étrange de la soirée, concéda Dan. Tu crois qu'elles se racontent quoi ?

— Je dirais que la mère de David apprend à la mienne à remplir son profil sur Meetic.

— Mauvais garçon ! Reprends tout de suite un piroshki.

— Attends, mate ça, énorme ! »

Mme Larochelle s'était levée pour faire passer un plat d'amuse-bouche et Henri Danner, aimanté, la suivait, bouteille à la main, pour rafraîchir les verres des convives.

« OK, là…, ricana Daniel, je crois que c'est officiel : ton vieux s'est chopé une bonne vieille *jungle fever*. »

Stan se frotta les paupières, consterné.

« Il y a un truc dans les manuels qui explique pourquoi, quand tu atteins un certain âge, tes parents ne vivent plus que pour te foutre la honte ?

— T'es capable d'entendre une réponse qui ne va pas te plaire ?

— Vas-y.

— Pas tous. »

Et il attira son attention sur le canapé où étaient regroupés les Baranov et les Habes. Masha tressait une natte à Jenny, assise à ses pieds. Isabelle, Mehdi et Anton étaient engagés dans une dispute sur les vices et vertus du marxisme. Stan ressentit un pincement au cœur.

« On a toujours rêvé d'avoir des parents comme ça, non ?

— Le rêve, la réalité, les parents, c'est compliqué. Mais peut-être que ce que tu reproches vraiment aux tiens, c'est d'être aussi malheureux, tu y as pensé ? »

Stan inspira une grande bouffée d'oxygène pour faire redescendre la boule dans sa gorge. Il se força à sourire.

« Bon, merci docteur. Vous avez une suggestion ? »

Dan réfléchit intensément.

« Reprends un piroshki. »

La mère de Stan l'interrompit pour lui tendre une boîte en carton.

« Tiens, c'est de la part de ta tante. Elle m'a fait promettre de te la donner discrètement. »

Stan l'ouvrit devant Daniel qui fut surpris d'y découvrir une vingtaine de montres. Stan lui tendit la carte qui les accompagnait : « Cher neveu, je ne sais toujours pas ce que tu peux faire de toutes ces montres cassées. Mes collègues chez Iko se demandent si c'est pour une sorte d'installation artistique. En tout cas, sache que je serais ravie, un jour, de t'en offrir une qui marche. » Daniel n'en revenait pas.

« J'ai le droit de le dire à Jenny ?

— Naaaan. C'est beaucoup plus drôle comme ça.

— Mais à quoi tu joues avec ces montres et ce clodo ? Il est camé au point de ne pas avoir compris ton manège ?

— Je ne crois pas, je pense que ça a un sens pour lui. Il a un truc, ce mec.

— Si c'est un sorcier vaudou, tu pourras lui demander de désenvoûter ton père. »

Attirés par leurs rires, David et moi nous joignîmes à eux.

« Vous êtes prêts pour une grosse claque ? »

Mon introduction mit David très mal à l'aise.

« Allez, Da Vinci, c'est l'heure du triomphe. »

David, cramoisi, alla récupérer dans l'entrée un grand carton à dessin qu'il ouvrit sur une table de bridge sans oser dire un mot. Dan et Stan laissèrent échapper un sonore « oh la vache ». Jenny bondit et vint se glisser derrière David en posant ses mains sur ses épaules pour apaiser son tremblement. Lentement, Daniel feuilletait les croquis les uns après les autres. David, inquiet de leur silence, commentait :

« C'est pas très imaginatif, je sais, je me suis inspiré de Rackham pour les fées et puis j'ai donné un côté plus Années folles aux aristos, et pour la troupe des acteurs, j'y suis allé à fond commedia dell'arte pour insister sur la notion de carnaval dont nous a parlé Moh. C'est supposé être unifié par la palette de couleurs. »

Nous échangions des regards émerveillés. Les adultes finirent par nous rejoindre. Les dessins furent religieusement passés de main en main. Ma tante, la première, caressa la joue de David.

« Ce sont les études pour les costumes de votre pièce, c'est ça ?

— Oui, madame. »

Elle l'embrassa sur le front.

« Tu es un artiste hors du commun, David. »

Les trois pères et Mehdi rivalisaient de compliments. La mère de Stan applaudit David qui fixait à présent ses chaussures. Mme Larochelle prit à part Mme Edelman.

« Votre fils est un génie, Esther, vous l'avez mis dans une école de dessin à quel âge ? »

David releva les yeux, timide et souriant. Un rictus douloureux déformait la bouche de sa mère.

« Ça te plaît, maman ?

— Mais David… »

Les adultes étaient émus par la fierté qui semblait pétrifier Esther. Nous nous raidîmes instinctivement.

« David, mais dis-leur.

— Quoi, maman ?

— Que c'est pas toi, que tu as peint sur des photocopies ou que tu as bidouillé ça sur ton ordinateur, je sais pas. »

Jenny se colla au dos de David et l'entoura de ses bras. Esther cherchait chacun des invités des yeux, un mélange de panique et de colère la faisait trembler de tout son corps.

« Mais voyons, sois raisonnable. David ? Ce n'est pas toi, tu n'as pas vraiment dessiné ça, n'est-ce pas ? »

Sa voix mua en un croassement angoissé. Personne ne savait comment réagir. Stan glissa à l'oreille de Dan :

« La prochaine fois que je me plains de mes parents, tu me frappes… »

À la surprise générale, David, très calme tout à coup, se défit de l'étreinte protectrice de Jenny et s'approcha de sa mère. Il posa un baiser sur sa joue froide et lui adressa un sourire serein.

« Si. C'est moi, maman. Et ce n'est pas grave, je te promets que ce n'est pas grave. »

Esther Edelman lut sur le visage de son fils quelque chose qui restait pour tous les autres un profond mystère mais qui l'apaisa. Coumba saisit l'instant.

« Bon, eh bien, passons à table maintenant. Un homme pour découper la dinde ? »

Le père de Stan leva la main, guilleret. Stan se pencha de nouveau à l'oreille de Dan : « Frappe-moi, tout de suite. »

Jenny aida David à ranger ses dessins. Puis chacun prit place autour de la table magnifiquement dressée.

Daniel se laissa envelopper par la chaleur du moment qu'il tenta de visualiser comme un manteau pour se protéger d'un frisson lancinant : il fallait qu'il tienne le coup. Pour le miracle bien sûr, mais à cela s'ajoutait à présent la révélation que lui avait faite Cassia après l'épisode de la galerie marchande. Il privilégiait toujours l'idée qu'il était en train de devenir marteau. Mais une part de lui échouait à rejeter la logique du maléfice qu'elle lui avait détaillé. Il allait devoir oser en parler. Des visions, de la bête, peut-être même de Cassia… Mais pas ce soir.

Ce soir, il devait en profiter. Qu'il ait perdu ou non la tête, c'était son dernier Noël.

32.

Je devine les mots qui peuvent venir à l'esprit à ce stade de mon récit : allégorie, métaphore, schizophrénie, ou pire, licence poétique de l'auteur. Honnêtement, si Daniel m'avait pris à part pour me parler de Cassia entre la dinde et la bûche, je lui aurais recommandé d'arrêter le champagne.

Moi, en cette nuit de Noël, je me disais que j'étais entouré de superstars et j'avais raison. Dan, Stan, David, Jenny, chacun de mes amis était un géant. Leur talent, leur force, leur bonté m'éblouissaient et j'étais gagné par un sentiment de gratitude mêlée de fierté à l'idée d'appartenir à cette bande.

Je me disais aussi que les adultes autour de nous n'étaient pas si mal. Flippés, un peu désarticulés, super gênants souvent, mais pas animés de trucs trop moches. Même la mère de David, du fond du gouffre où elle se débattait, elle m'avait ému finalement.

Je trouvais Jenny super belle dans sa robe bleue, même si je n'étais pas fan de la natte. Je me disais qu'on y arriverait peut-être, pour le miracle. J'espérais que Prieur et Vachet allaient nous foutre la paix grâce à Stan. Et bien sûr, je croyais dur comme fer que le croquemitaine, ça n'existe pas.

Pour certains trucs, j'avais tort sur toute la ligne. J'aurais dû prêter plus attention à un vers du Barde : *Il y a plus de choses dans le ciel et sur la terre, Horatio, que n'en rêve votre philosophie.*

Tout ça pour dire : désolé de gâcher la fête mais oui, notre histoire, c'est aussi une histoire de monstres.

LIVRE II

DES MONSTRES

32.

La vie de Julien Vachet était devenue un enfer. L'épisode du graffiti lui avait valu une semaine d'exclusion avec avertissement, cette pute de Guyot n'avait entendu aucune de ses protestations. En d'autres circonstances, son père aurait pris sa défense contre l'institution, mais l'idée que son fils soit assimilé publiquement à un tagueur, cette engeance de racailles, l'avait fait sombrer dans la rage. Deux ans plus tôt, Julien avait pris une correction mémorable après sa première garde à vue pour dégradation. Ç'avait été si violent que les voisins avaient appelé la police. Heureusement, le père Vachet avait de solides relations dans la « maison » et s'en était sorti avec un sermon qui n'avait fait que redoubler sa colère. Julien avait dû jurer qu'il ne retoucherait jamais une bombe de peinture et il n'avait pas failli à sa parole. C'est ce qui le rendait malade dans cette histoire. Les manigances de Stan venaient de lui coûter la confiance de son père. S'y ajoutait une autre douleur, plus insidieuse. Quand il avait découvert la fresque sur le grand mur de la cour, devant cette ligne de silhouettes, campée avec un tel talent, Julien avait été englouti par le flot de souvenirs : Little Joe, Ahmed Red,

Babakar Ier, Zick, Vandalator… tous ces blazes de gars qui avaient représenté son monde hier et qu'il s'appliquait à ne plus reconnaître quand il les croisait dans la rue. Il savait ce qu'ils pensaient de lui : « PickOne a viré facho », et ils pouvaient tous aller se faire foutre. Mais ça n'aurait pas dû faire aussi mal. Un grand coup dans une blessure mal refermée, c'était ce que lui avait infligé Danner, et un sentiment de faiblesse. Or, si le père Vachet avait réussi quelque chose dans son éducation, c'était bien d'inoculer l'aversion de la faiblesse à ses fils.

« On y est presque ! »

La bonne humeur du frère de Julien ne dissipait pas ses sombres ruminations.

« C'est un honneur, tu sais. Il ne reçoit pas les mineurs, normalement.

— Tu me l'as dit quinze fois. »

D'habitude, Julien avait une trouille bleue d'Aurélien, ce que justifiait une enfance entière de raclées. Depuis l'histoire du tag, tout s'était inversé mais le revirement était trop radical pour qu'il en profite pleinement.

« Et que je suis fier de toi, je te l'ai dit quinze fois ? »

Julien avait mollement essayé de convaincre sa famille qu'il n'était pour rien dans cette histoire, sachant bien que personne ne le croirait. Son père aurait dû lui casser la gueule, peut-être pire que la dernière fois. Mais Aurélien s'était interposé. C'était gonflé de sa part, d'autant qu'il rasait les murs depuis l'incident devant la librairie.

« Et voilà le Castel. Tu n'oublies pas, hein ? La mère Cambrieux, tu l'appelles Mounette mais tu la vouvoies. »

Au bout d'une interminable avenue balayée par un vent glacial, se dressait le QG des Taranis : une magnifique demeure avec un grand jardin, au cœur de la ville.

Son frère se présenta dans l'interphone, excité et joyeux. Il offrait un tout nouveau visage à Julien, celui d'un jeune homme animé et presque aimable. Des pas lourds firent crisser les graviers, le portail s'ouvrit sur une grand-mère aussi petite que large, aux joues rubicondes et au regard pétillant. Elle semblait tout droit sortie d'un conte avec son tablier mauve et son immense chignon gris.

« Alors c'est toi le jeune artiste ? »

Julien avait l'impression d'évoluer dans un drôle de rêve.

« Bonjour mada… euh Mounette, comment allez-vous ?

— Ah, mais Aurélien, il est tout à fait charmant ce petit Vachet, tu aurais dû nous l'amener plus tôt. Allez, on se fait la bise… »

Et elle écrasa Julien contre sa lourde poitrine qui humait bon la lavande et la terre glaise dans une étreinte solide et maternelle.

« Venez mes oiseaux. Il fait bon dedans, et Mounette vous a préparé de la blanquette. »

L'antre des Taranis n'avait pas grand-chose à voir avec un bar de hooligans ou un camp militaire. Au centre d'une vaste salle au plancher de hêtre, trônait une immense table rectangulaire, assez longue pour accueillir une trentaine de convives sur une moitié quand l'autre faisait office de bureau. Cinq Taranis y travaillaient, penchés sur leurs écrans, tandis qu'attablée, une joyeuse assemblée dévorait le contenu de la marmite odorante. Julien comprit aussitôt le sentiment d'appartenance de son frère à ce lieu. Tout était chaleureux dans ce décor, les grandes bibliothèques surchargées, les tapis chamarrés, la cheminée gigantesque devant laquelle trois molosses ronflaient paisiblement…

« Alors c'est toi Julien ? demanda un rouquin en treillis.

— Bienvenue, Vachet junior » ajouta une montagne de muscles en lui passant une carafe de vin rouge et lui indiquant une place à son côté.

À peine assis, on lui servit une assiette de blanquette crémeuse et un morceau de pain gros comme le poing. La camaraderie, la convivialité, la douceur partagée autour de ce repas informel et la concentration des Taranis penchés sur leurs ordinateurs, tout était idyllique. Le vin réchauffait les cœurs, la cuisine de Mounette était une caresse roborative. Mais le plus émouvant pour Julien, c'était ce frère, figure tutélaire de la brimade et du mutisme, qui veillait à présent sur lui comme sur un être aimé.

Soudain, tous les visages se tendirent vers un escalier en colimaçon où résonna un pas régulier qui annonçait Marc-Henri Cambrieux. Il parut et se révéla plus charismatique encore qu'à la télévision. Julien lui trouva des airs de Dumbledore sortant de chez un bon barbier et habillé de pied en cap par un tailleur italien. Il dégageait une aura de sagesse rieuse. La seule entorse au raffinement dans sa mise était cette paire de sourcils blancs incroyablement broussailleux qui surplombaient ses lunettes d'écaille. Il était massif et gracieux à la fois, autoritaire et bienveillant. Son regard bleu pâle annonçait l'intérêt qu'il était capable de porter à chacun, aussi insignifiant soit-il.

« Bon appétit mes Taranis. Mounette, nourris bien ces oiseaux, ils sont les Hugin et Munin du monde de demain. »

Il se dirigea vers les jeunes gens absorbés par leurs ordinateurs.

« Alors, mes Fir Bolg, quelle moisson pour le réveillon ?

— Pas terrible, Marc-Henri, répondit un maigrichon. Trois voitures et quelques poubelles incendiées selon la police. Nous sommes montés à vingt-quatre et avons relancé une “touche pas à la femme blanche” calquée sur celle d'octobre qui avait bien marché.

— Dès que l'audience est suffisante, vous envoyez à la presse régionale.

— En laissant à vingt-quatre ?

— Oui. Ils n'imprimeront pas mais s'ils voient que ça fait du click, ils nous mettront sur leurs sites. Là, vous republiez la news en les citant comme source et vous étendez au national. »

Aurélien se pencha à l'oreille de son petit frère.

« C'est le bureau des *Omens*. Je t'expliquerai plus tard. »

Julien s'en foutait complètement. Ce qui le captivait, c'était le sourire de Mounette, le cuivre de la marmite, les ronflements des chiens, cette tranquillité domestique si exotique à ses yeux, la prestance de Cambrieux qui s'approchait.

« Et vous êtes Julien, j'imagine ? C'est un honneur. »

Julien se leva en bredouillant, serra la main tendue du grand homme. Tous les regards braqués lui adressaient une admiration difficile à supporter tant elle lui était peu familière.

« Julien, si vous avez fini de vous restaurer, accepteriez-vous de me suivre ? Il y a quelque chose que j'aimerais vous montrer. »

Il n'avait pas fini. Aucune importance. D'ailleurs Marc-Henri se dirigeait déjà vers la cuisine et les deux frères Vachet lui emboîtèrent le pas. Une porte y donnait sur le jardin à l'arrière de la maison. Sur le côté extérieur du mur de la cheminée, protubérait le dôme d'un large four à pain. C'était un terrain vaste comme la cour du lycée, recouvert d'un gazon givré sous des arbres majestueux. Au fond se dressait une vieille dépendance à la toiture de tuiles.

Cambrieux les y conduisit. Les murs en plâtre fraîchement repeints encadraient d'un blanc immaculé le sol en ciment brut. La charpente était apparente. Si le but était d'aménager ici un garage, on pourrait y abriter une demi-douzaine de voitures.

« Je viens de la faire rénover. J'ai commandé un poêle à granulés. Dès qu'il y aura du chauffage, nous transférerons la salle de travail ici. Mais auparavant, ton frère et moi voulions te réserver une surprise. »

Julien se sentait perdu. Aurélien, qui jubilait, lui fit signe d'approcher d'une malle posée dans un coin. Il lui en révéla le contenu. Elle était remplie de bombes aérosols.

« On a pris un pack sur internet. Bon, je m'y connais pas trop, mais en passant du temps sur les forums ça avait l'air bien. C'est des Henks, c'est une bonne marque, non ?

— Je… je ne comprends pas. »

Julien se figea, prostré.

« En temps normal, enchaîna Marc-Henri, je mets un point d'honneur à ne pas interférer dans l'éducation qu'un père donne à son fils. Mais quand je vois autant de talent, mêlé à une ferveur juste, je ne peux pas rester les bras croisés.

— Pardon, monsieur, mais je ne comprends toujours pas.

— Tu es un artiste et je tiens à ce que chacun des Taranis exploite son potentiel. Je sais bien que ton art consiste à s'exprimer en milieu urbain, et Aurélien m'a expliqué que votre père t'avait interdit de pratiquer. Alors, avec la grange, j'ai pensé que tu pourrais te refaire la main. Et ici, ça restera secret. C'est une maison où l'on sait tenir les secrets, tu verras. »

Julien fut pris de vertige. En se levant ce matin, il n'avait ni l'idée ni l'intention de devenir un Taranis. Il sentait bien qu'on lui faisait là un honneur et, si une voix enfouie lui murmurait qu'il n'aimait pas qu'on lui force la main, elle fut vite bâillonnée par la gratitude.

« Je dois participer à une émission de radio et ne peux m'attarder. Je te laisse avec ton frère. Tu es ici chez toi à partir d'aujourd'hui. Je sais que tu trouveras ta place parmi nous. Mais ce cadeau de bienvenue, c'est aussi un message. Nous voulons que tu saches que, parfois, le courage est récompensé. À bientôt, Julien. »

Julien regarda le grand homme s'éloigner sans qu'aucun mot trouve le chemin de ses lèvres. Il n'était pas certain de saisir l'ampleur de l'événement de toute façon. C'était trop soudain, trop parfait. Et son frère ne lui laissa pas le temps de poursuivre son introspection.

« Allez, on file maintenant. Le père va pas aimer si tu traînes trop longtemps dehors aujourd'hui. »

Julien revint sur ses pas, traversa la grande salle à manger sous les sourires complices. Il ne retrouva sa contenance que dans l'allée de gravier, arrêtant son frère par le bras.

« Mais qu'est-ce que j'ai fait ?

— Tu plaisantes ? Tu as prouvé que tu étais un patriote. Tu t'es dressé devant l'injustice. Marc-Henri est sensible à ça. Et on a besoin de nouveaux soldats. Il a de grands plans. Il prépare une action pour la Fête du fleuve. N'empêche, je te le redis, c'est la première fois qu'il recrute un mineur. T'es une star, mon frérot. »

L'idée d'avouer qu'il n'était pas l'auteur de la fresque flotta fugitivement à la surface de sa conscience. Il la repoussa sans trop d'efforts. Mounette apparut, entourée de son grand châle.

« Mes petits chéris, fermez bien vos blousons, on prend souvent le froid par le cou.

— Promis. »

En embrassant Julien, elle lui fourra des cookies dans la poche.

« Allez zou, les enfants. Et si en chemin, vous pouvez casser un petit bougnoule, faites-le pour Mounette. »

33.

En ces premiers jours de la nouvelle année, Stan luttait pour ne pas se laisser gagner par l'angoisse. À partir de maintenant, tout allait s'accélérer, il le savait. Il avait finalisé son plan, articulé en plusieurs étapes. S'il échouait à une seule, l'ensemble s'écroulerait sans qu'il puisse changer de stratégie. Il essaya de chasser toute pensée négative alors qu'il tournait dans la rue de l'atelier où allait se jouer la première épreuve. Il fallait qu'il retrouve une forme de légèreté et d'assurance. Pour l'assurance, la tâche était compliquée par la présence d'Assieh à son côté. Cette jeune femme le faisait chavirer. Son âge aurait dû suffire à calmer l'ébullition sensorielle de Stan. C'était une des lois qui tiennent l'univers en place : il y a la force gravitationnelle, la force électromagnétique, la force nucléaire faible, la force nucléaire forte, et la force qui veut que les sublimes créatures de vingt-cinq ans ne s'intéressent pas aux puceaux dans son genre. Dans tous les autres domaines, Stan avait un don pour canaliser son esprit vers les résultats désirés sans se laisser entraver par aucune forme de frustration. Avec Assieh, son esprit s'égarait en rêveries aussi voluptueuses qu'insensées. La jeune femme avait un corps qu'on aurait dit coulé d'une seule pièce sans soudures dans un alliage extraterrestre : elle était aussi petite que fine et chaque muscle, chaque tendon affleurait à chaque mouvement comme si sa peau, d'un ambre aux reflets profonds, était un habit très ajusté. Elle dégageait tant de puissance en marchant que le claquement de ses talons sur le bitume sonnait aux oreilles de Stan comme la culasse d'un révolver qu'on charge. Et Stan s'autorisait souvent à laisser son regard descendre vers ses jambes. Il ne les connaissait qu'à partir du genou mais cela lui avait suffi pour faire deux découvertes majeures : la première était qu'un mollet pouvait l'exciter autant qu'une paire de fesses, la deuxième, que l'os latéral saillant de la cheville n'était ni plus ni moins, à en croire l'effet produit sur lui, que le sein du pied. Assieh devait en être arrivée à la même conclusion puisqu'elle y avait accroché une chaînette en or pour attirer l'attention des moins observateurs.

« Stan ? Allô ? Ça va ? Tranquille ?

— Hein, quoi ? Pardon, j'étais ailleurs.

— Je n'ai pas trop de mal à voir où tu étais, Stan. Mais c'est sérieux, là. C'est de ma mère et ses amies qu'il s'agit. »

Le rouge au front, il prit la remontrance au sérieux. Légèreté et assurance… À défaut, calmer sa respiration, se tenir droit et mentaliser l'enjeu.

« Allons-y. »

Ils pénétrèrent dans un vaste atelier en rez-de-chaussée. Autour de longues tables, des femmes, alourdies d'une tristesse palpable, piquaient, cousaient et découpaient des étoffes. Elles ne levèrent la tête que pour saluer Assieh. Stan était intimidé par la mélancolie qui tordait les bouches et enfonçait les épaules de ces ouvrières. Toute la ville avait entendu parler de leur combat. La maison de bonneterie centenaire avait fait faillite deux ans plus tôt, son dernier patron ayant lutté en vain pour trouver un avenir à cet artisanat rendu trop onéreux par la concurrence étrangère. Sa lettre de suicide avait été publiée dans la presse. Après ce coup du sort, les ouvrières avaient trouvé la force de s'organiser en coopérative et de reprendre le travail, galvanisées par les promesses de commandes des marques nationales attirées par la publicité offerte. À la tête de ce bataillon, la mère d'Assieh, Nooshin, devait aujourd'hui porter un triste fardeau alors que la maison Jaquin, à nouveau en cessation de paiement, agonisait faute d'investisseurs. Assieh et Stan la trouvèrent au téléphone avec l'administrateur judiciaire qui n'avait visiblement pas de bonnes nouvelles. Raide et silencieux, Stan se demandait si Assieh portait le genre de soutiens-gorge brodés qui s'étalaient sur les photos punaisées aux murs. Nooshin raccrocha et vint prendre sa fille dans ses bras avant de toiser Stan, méfiante.

« Alors ? C'est vous, Danner ? J'ai accepté de vous rencontrer parce que j'écoute toujours Assieh, mais je vous préviens, ça fait longtemps que je ne crois plus qu'un homme soit capable d'enchanter quoi que ce soit. »

Stan posa sur son bureau le carton à dessins de David.

« Regardez ça. »

Intriguée, Nooshin chaussa ses lunettes et feuilleta rapidement les croquis.

« C'est très beau. Et ?

— Est-ce que c'est réalisable ? »

Elle essuya ses lunettes et soupira.

« Tout est réalisable. Avec du temps, du talent et de l'argent. »

Elle adressa à sa fille un regard agacé et reprit :

« Jeune homme, ma fille m'a dit que votre visite avait quelque chose à voir avec un spectacle que vous montez.

J'espère que vous n'êtes pas venu ici avec l'idée indécente de faire travailler des ouvrières au chômage technique sur votre petit projet extrascolaire ?

— Non, je suis venu avec un marché. »

Les rides se creusèrent sur le visage de Nooshin, sa bouche dessina une moue ironique et cruelle. Stan frissonna mais se tint droit.

« Si vous pouvez faire ces costumes pour le mois de mai, je peux payer le travail et obtenir de la mairie un réétalonnage de vos dettes, l'accès à un nouveau local gratuit, et une campagne de publicité nationale pour vous relancer. »

Quand il était petit, à une époque où sa maison était en paix, où ses parents s'adressaient la parole et s'intéressaient beaucoup plus à lui, il regardait souvent des westerns à la télévision avec son père et Joachim. C'étaient des soirées de rêve, les plus beaux souvenirs de son enfance. Sa mère faisait des tourtes au reblochon, ils avaient le droit de boire du coca, et il adorait imiter les acteurs qui se lançaient dans des joutes de regards sombres et meurtriers avant de dégainer. Là c'était exactement la même chose, sauf que ça n'avait rien d'agréable.

« Et comment tu peux garantir ça, petit homme ?

— Je ne peux pas vous le dire. »

Il crut que Nooshin allait exploser mais elle fut prise d'un ricanement désespéré qui n'avait rien de contagieux.

« Mais ce que je peux vous dire… »

La couturière fut surprise qu'il osât reprendre la parole, elle s'appuya des deux mains sur son bureau et le fixa, impavide.

« Ce que je peux vous dire, c'est que vous avez ma parole. Je suis Stanislas Danner, on m'appelle l'Enchanteur. Les gens viennent me demander des choses impossibles, tout le temps. Et moi, je ne déçois jamais. Parce que je suis comme vous, le meilleur dans ma partie. »

Le silence qui régnait dans le bureau était éprouvant. Assieh se balançait mal à l'aise d'un talon sur l'autre. Nooshin plissa ses yeux noirs.

« Vous n'avez peur de rien, l'Enchanteur ?

— Mes peurs m'appartiennent. »

La couturière se laissa tomber dans son fauteuil. Elle porta ses mains à sa bouche, ferma les yeux, les rouvrit, demanda à sa fille :

« Il est aussi fiable que prétentieux, ton ami ?

— On dit qu'il peut tout faire.

— On dit… »

Nooshin laissa transparaître un sourire narquois. Puis soudain elle hurla :

« BÉNÉDICTE ! »

Stan vibra de tout son corps alors qu'une petite dame à l'air pas commode rappliquait en trottinant pour finir au garde-à-vous devant le bureau de Nooshin. Celle-ci lui désigna les dessins.

« Jette un œil à ça… c'est pour un projet extrascolaire. »

34.

Depuis l'altercation avec Sayif, Idriss avait perdu toute autorité sur ses quelques amis. Personne n'osait se mettre le caïd à dos et c'est lui qui était traité à présent comme un pestiféré dans le quartier. La réalité, il la connaissait et elle le débectait. Ce n'est pas le respect qui forgeait les bases de l'autorité de Sayif, ce n'était même pas la peur. La triste réalité, la grande dégueulasserie de ce pays de merde, c'était l'argent. Tout le monde était prêt à vendre son âme pour un peu de thune. Quand il s'agissait de redresser la tête, il n'y avait plus personne. Et le pire des menteurs était son propre père. Ce vieux salaud avait toujours su mener sa barque depuis trente ans qu'il vivait ici, et depuis tout ce temps, avec sa petite société d'électricité, il avait amassé son magot. Idriss avait grandi aux premières loges pour voir ce que l'argent fait d'un homme. Dans son enfance, il avait cru que sa famille en manquait, leur appartement pourri dans ce quartier pourri, les fringues moches de sa mère perpétuellement épuisée, les étés entiers passés à glander en bas de l'immeuble parce qu'on n'avait pas assez d'argent pour se payer des vacances. Et son père qui devait prendre de plus en plus de chantiers au pays, pour faire tourner la boîte, tu comprends, parce qu'il avait une responsabilité envers ses employés et qu'il fallait se battre pour mettre de la bouffe sur la table. À défaut de se sentir aimé, c'était déjà quelque chose de pouvoir respecter son père. Sauf que ce salopard était juste un menteur de plus, que de l'argent, il en avait, qu'il s'était fait construire une grande maison au pays, que ce n'était pas sur des chantiers qu'il s'épuisait là-bas. Et il fallait que sa mère fasse tourner la famille sur les allocs pour que ce chien joue les cheikhs au bled. Alors comme quand hier, à table, ce grand baratineur se moquait de ses valeurs, ça lui donnait des envies de meurtre à Idriss. Repars vite, baba, repars vite t'intoxiquer avec tes putes, dans ta grande maison, et joue, et bois, et salis ton âme loin de nous. Un jour, Idriss trouverait un moyen de venger ces injustices. Il serait un homme, lui ; un modèle. Il lui restait juste à trouver sa chance. Il n'était pas du genre à partir rejoindre Daesh en Syrie, trop méfiant. Quand ton père t'a menti toute ta vie, tu as un peu de mal avec l'obéissance aveugle. Non, lui c'était ici qu'il voulait faire la différence, c'était ici qu'il voulait gagner le respect. Pour que tous ses voisins, tous ceux qui avaient un jour croisé sa route, se disent qu'ils avaient eu tort de le sous-estimer. Alors il rongeait son frein et il endurait. L'école, c'était fini pour lui. Sans l'appui de Sayif, il n'y avait aucun moyen de s'enrichir dans la cité. De toute façon, il refusait de toucher à l'argent de la drogue. Un jour, il reprendrait ses études, mais en attendant, le plus important était d'aider sa mère. Alors sans jamais se plaindre, il faisait la plonge dans le rade immonde de Momo, l'un des derniers du quartier. Ça lui laissait le temps de réfléchir.

Il cacha instinctivement son visage derrière une porte de

placard et lâcha la douchette dans l'évier. Mais qu'est-ce qu'il venait foutre ici, Martinez ? Idriss coupa l'eau et se dirigea vers la remise. Il avait découvert qu'en grimpant sur une caisse il pouvait espionner par une grille la salle « privée » du café. Et des choses, il s'en passait, mais aujourd'hui, c'était de l'exceptionnel. Parce qu'à la table, c'était Sayif qui attendait le commissaire. Les deux hommes se serrèrent la main, ils avaient l'air de se connaître.

« J'ai demandé à Fatima de préparer son parmentier pour vous, Manuel.

— Je dois avouer que j'en rêvais sur le chemin. »

Le caïd et le flic déjeunèrent comme si c'était la chose la plus naturelle au monde. Et bien sûr, ce chien de Sayif ne se gênait pas pour boire du vin.

« Alors commissaire ? Vous vouliez qu'on parle ? »

Le flic potelé s'essuya les lèvres, se resservit un verre et porta un toast à la cuisinière. Puis il remercia Sayif pour des informations qui lui avaient été utiles. Leurs échanges demeuraient assez abscons pour Idriss, mais il comprit que Sayif gardait un œil sur les poches de radicalisation et que c'était lui qui avait dénoncé les frères Assaf, le coup de filet qui avait valu au maire un regain de popularité avant l'été. Le commissaire n'était pas là pour parler de terrorisme. C'étaient les meurtres qui l'amenaient ici.

« Vous avez fait des progrès ? lui demanda Sayif.

— Aucun. Cinq victimes… Et nous n'avons rien. Ou trop en fait. Trop d'ADN sur les scènes, trop d'appels contradictoires de témoins. Trop de pistes plus fantasques les unes que les autres. En une semaine, on a interrogé une infirmière, un pompier et même un retraité. Un vieux type subclaquant qui s'accusait d'avoir tué la jeune Lily-Rose.

— Et ?

— On a été obligés de le prendre au sérieux un moment parce qu'il a donné des détails troublants. Jusqu'à ce qu'il avoue l'avoir tuée… dans un cauchemar.

— Vous avez de l'aide du gouvernement ?

— Oh oui, Paris nous a envoyé la crème de la crème cet été. Quand ils sont arrivés, on avait l'impression qu'ils nous prenaient pour des Cro-Magnon. Maintenant qu'ils ne sont pas plus avancés que nous, ils se font très discrets pour se réfugier derrière notre incompétence de provinciaux. »

Le commissaire Martinez se tamponnait le front avec sa serviette.

« Les gens sont terrorisés. Les attentats font peur mais l'État a des réponses, Vigipirate, Sentinelle, l'état d'urgence. Mais là… Sayif, ils commencent à parler de monstres, de possessions démoniaques. Le maire a reçu une délégation d'évangélistes congolais venus lui raconter que Satan marchait dans les rues.

— Le maire n'est pas un idiot.

— Les évangélistes votent. »

Sayif finit la bouteille de vin et se cala contre le dossier de la chaise.

« Qu'est-ce que je peux faire pour vous, Manuel ? Vous êtes bien venu me demander quelque chose, non ?

— J'ai besoin de votre réseau. Il me faut des témoins fiables pour travailler, pas des mamies bigleuses qui jurent avoir vu par la fenêtre une infirmière découper une gamine au couteau de boucher.

— Vous pouvez compter sur moi et j'ai déjà demandé à tous mes yeux dans la nuit mais, pour l'instant, je n'ai rien pour vous.

— Même de votre Haïtien ? Il s'est montré utile par le passé.

— Je suis en train de le perdre. Trop de drogue et d'alcool. Ça devient difficile de lui tirer un mot cohérent. »

Martinez était effondré.

Idriss entendit son patron qui le cherchait en cuisine. Il descendit à regret de sa caisse et contourna la salle pour donner l'impression qu'il sortait des toilettes. Il ne savait pas encore quoi penser de tout ça, mais l'information, c'était le vrai pouvoir. Il était excité à l'idée qu'il avait certainement une carte à jouer.

35.

Janvier, février, mars, avril, mai ; cinq mois… Il nous restait cinq mois. À ce stade des répétitions, personne dans la troupe ne connaissait son texte. Au moins Zhila et Clarinda prenaient le projet à cœur et entraînaient les autres filles. Elles prenaient de plus en plus de plaisir sur scène et s'entraidaient pour répéter. Les garçons, c'était une autre paire de manches. Incapables de se laisser aller, ils cachaient leur timidité sous des ricanements. Heureusement, il s'agissait d'une comédie, je n'osais pas imaginer un travail sur des émotions plus complexes avec eux. Seul Maxence s'en sortait convenablement dans le rôle d'Obéron.

Malgré les déboires et les approximations, je réussissais à tenir à distance la panique. Pas un moment je ne perdais de vue la chance que j'avais de réaliser ce rêve. Je découvrais la direction d'acteurs, me reposais sur mon instinct pour le rythme, et j'avais développé un système de pictogrammes pour noter les déplacements à retenir pour le spectacle. Sur cette base, David me construisait un story-board de la pièce. Daniel suggérait, pour sa part, des compositions pour les scènes, en s'inspirant de sa culture cinématographique. Je n'avais pas le temps de m'interroger sur le bien-fondé de ma méthode mais le simple fait de suivre un protocole me rassurait. J'allais bientôt devoir dégager du temps pour travailler le rôle de Puck que je m'étais réservé. Mais il y avait une tâche plus délicate qu'il me fallait mener à bien auparavant, une tâche qui ne prenait pas le bon chemin…

Jenny devait donc jouer Titania, la reine des fées, et depuis les premières répétitions, je me heurtais à un problème de taille : mon amie n'était ni féminine, ni royale. Je m'en voulais de le penser d'ailleurs. Je lui avais demandé d'emprunter, pour cette répétition, une paire d'escarpins ; l'objet créerait peut-être la posture. Zhila et Clarinda lui apprenaient comment marcher sur des talons et la scène prenait des allures sinistres. Sinistre parce que Jenny y mettait autant de cœur et de sérieux que dans tout ce qu'elle entreprenait. Suivant les conseils des filles, elle tentait d'exagérer le roulis de ses hanches et de faire glisser une cuisse sur l'autre à chaque pas, gardant ses bras raides pour que tout le mouvement du corps se concentre sur le bassin. Le résultat était une pantomime grotesque, assombrie par la frustration qui se peignait sur son visage. La tension avait gagné toute la troupe, fascinée par la scène. Le spectacle était douloureux et indécent. Enfin Jenny s'avoua vaincue. Elle prit une grande inspiration, la retint, exhala lentement, recommença. Avec soin, elle ôta les escarpins qu'elle rendit à Clarinda sans avoir le courage de la regarder dans les yeux. « Je suis désolée. » Elle ne le prononça pas mais on l'entendit. À ce moment, tout le monde aurait aimé se précipiter pour la prendre dans ses bras mais elle n'était pas le genre de fille à qui l'on ose témoigner de la tendresse. Elle se dirigeait vers les coulisses quand j'éclatai de rire.

Jenny me dévisagea, blessée. Je me frappai la tête.

« Je ris parce que je suis un parfait abruti. »

Plus personne ne comprenait.

« Jenny, tu veux bien retraverser la scène ? Non, non ! Pas comme avant, juste comme maintenant ? »

Jenny ouvrit les bras dans un geste d'incompréhension.

« Pour moi, s'il te plaît. Exactement comme tu viens de le faire, pieds nus glissant sur le sol, avec ces pas lents et forts et tes paumes à plat sur tes hanches. C'est quoi d'ailleurs ce que tu fais, ça vient de quelque part ?

— Comme ça ? »

Elle s'exécuta.

« Oui !

— C'est une sorte d'exercice. Quand je ne me sens pas bien dans un combat, quand j'ai peur ou que je ne me sens pas à la hauteur. Je me concentre sur mes appuis en me reconnectant avec le sol. C'est mon père qui m'a appris.

— Et ton père t'a déjà dit que tu ressembles à une reine quand tu fais ça ? »

Jenny laissa échapper un soupir. Je m'approchai d'elle et, sans y penser, lui pris la main. Mais je m'empourprai aussitôt, la retirai et reculai. Zhila ne put retenir un rire espiègle qui aggrava mon sentiment de honte. Je redescendis vers la salle en produisant un effort surhumain pour ne pas trébucher. Quand je m'assis à côté de Daniel, celui-ci me glissa à l'oreille :

« Et maintenant on reprend la scène de Bottom… »

Je compris son intention charitable, m'éclaircis la voix et entonnai :

« Et maintenant, on reprend la scène de Bottom, s'il vous plaît. »

36.

« Réexplique-moi, veux-tu ? »

Mehdi prenait toujours plaisir à la compagnie de Daniel. Leurs conversations pouvaient durer des heures et ne s'arrêtaient qu'à l'apparition des premiers signes de fatigue du garçon.

« Depuis le début ?

— S'il te plaît. »

Dan reprit la description du paradoxe d'Achille et de la tortue inventé par Zénon d'Élée au Ve siècle avant Jésus-Christ. Si Achille et une tortue font la course, et qu'Achille laisse de l'avance à la tortue, il est démontrable qu'Achille ne peut en fait jamais rattraper la tortue. En effet, le temps qu'Achille rejoigne le point B qui est le point de départ de la tortue, celle-ci, même si elle est beaucoup plus lente, a couvert une distance additionnelle, et le temps qu'Achille se rende en ce point C, elle aura avancé, même un petit peu, et le temps qu'Achille, aussi rapide soit-il, se rende en ce nouveau point D, etc…

Mehdi était captivé par le jeune homme. Il n'était pas en manque d'émulation intellectuelle – cela faisait quarante ans qu'il refaisait le monde avec sa femme – mais avec Isabelle, il devait faire attention ; son épouse supportait difficilement son goût pour les prolégomènes. Elle lui rappelait souvent qu'elle voulait des débats, pas des leçons. Daniel était un génie mais il savait mieux flatter ses instincts de maïeuticien.

« Mais nous sommes bien d'accord, reprit Mehdi, que Zénon est persuadé de la fausseté de son raisonnement ?

— Zénon est sans doute convaincu que l'expérience est plus fiable que la raison, mais à son époque, il n'a pas les outils mathématiques pour le prouver. Certains en concluent qu'il utilise le paradoxe pour démontrer que l'infiniment petit n'existe pas. Si on ne peut pas découper la course en une infinité d'intervalles de plus en plus petits, Achille rattrape la tortue, comme dans la vraie vie. Bon, depuis les maths ont résolu l'équation en intégrant l'infiniment petit.

— Fascinant. »

Mehdi se recula dans son fauteuil, les yeux brillants. Ce paradoxe venait de lui offrir une comparaison à un problème qui le tourmentait depuis longtemps.

« Tu vois, Daniel, je dirais pour ma part qu'on nous enseigne l'Histoire comme si la course d'Achille et de la tortue était une loi et non un paradoxe »

Dan patienta tandis que mon oncle, une main suspendue en l'air pour marquer la pause, rassemblait ses idées.

— Nous apprenons l'Histoire, et surtout celle des sciences, comme une suite d'intervalles, dont les limites sont déterminées par la volonté de créer un récit politique. Je te donne un exemple : « le miracle grec ». La doctrine est formelle : en quelques siècles, le génie s'est abattu comme un feu prométhéen sur cette région du monde et c'est là-bas que sont nées les sciences et la philosophie… Or, si l'on prend la peine de lire les textes des grands esprits grecs dans ce même intervalle, on découvre une version différente. Thalès, Hérodote, Platon et Aristote créditaient les Égyptiens, les Babyloniens et les Phéniciens d'avoir inventé l'arithmétique, la géométrie, l'astronomie et l'écriture. L'histoire de la pensée était pour eux une continuité, pas un intervalle. Eh bien, à la fin du XIXe siècle, les universités allemandes bruissent d'une nouvelle ferveur, il leur faut promouvoir et prouver la supériorité de la « race » blanche. Que font-ils ? Pour installer leur concept, ils imaginent ce qu'on appellerait aujourd'hui un élément de langage, simple, facile à retenir, trois mots : « le miracle grec ». Ils amputent les textes hellènes de tous les témoignages contradictoires et éditent l'histoire pour produire le récit d'un peuple (blanc) qui serait à l'origine de toutes les inventions. Leur idée rencontre immédiatement un grand succès en Angleterre et en France. Le racisme scientifique est lancé, sur un paradigme fertile à l'imaginaire, un intervalle est délimité.

— Vous voulez dire que si l'on ne prend pas conscience du caractère politique et factice des intervalles dans lesquels nous avançons…

— Il est normal que dans nos vies, en tant qu'individu ou communauté, nous échouions si souvent à rattraper cette putain de tortue.

— Habibi ! »

Isabelle tapa le crâne dégarni de Mehdi. Elle détestait quand il se montrait grossier et son mari prenait un malin plaisir à la provoquer.

Dan s'assombrit. Isabelle le remarqua aussitôt et pinça Mehdi.

« La maladie m'enferme dans un intervalle si brutal que je glisse vers l'infiniment petit parfois.

— C'est-à-dire ?

— Je voudrais fractionner le temps en des espaces de plus en plus petits... pour éviter ce qui m'attend, bifurquer sur un autre plan. Mais le plus étonnant c'est...

— Quoi, mon enfant ?

— C'est que j'ai peur que ça ait marché. Vous allez me prendre pour un dingue, mais c'est comme si, en me conditionnant pour échapper au temps, j'avais débloqué une sorte de capacité, une vision périphérique du temps. »

Mehdi médita un moment sur le concept.

« Et ce serait une mauvaise chose ? »

Dan hésitait à livrer l'intuition qui se solidifiait depuis l'arrivée de Cassia dans sa vie. Vu sa situation, il ne craignait pas qu'on lui passe une camisole, mais perdre la confiance de ses proches lui aurait causé une détresse dont il préférait se passer. Il se décida parce qu'il avait peur de basculer pour de bon dans la folie s'il ne s'en ouvrait à personne. Et Mehdi était un confident de qualité.

« J'ai parfois l'impression que je peux regarder à côté du temps. Et qu'à côté du temps, il y a des choses qui nous regardent. »

37.

Le vrombissement de la machine à expresso avait le pouvoir de l'apaiser, sans doute un symptôme d'addiction à la caféine. Assieh avait provisoirement renoncé à combattre ses addictions. Il y avait le café et le tabac, qui l'aidaient à se régler sur un tempo alerte, l'alcool aussi qui dissolvait toutes les tristesses. Mais la plus forte addiction d'Assieh, celle qui conditionnait toutes les autres, c'était les hommes. C'est simple, elle les aimait tous : les faibles, les narcisses, les quadras mariés et bonimenteurs, les trentenaires peureux et paumés, tous. Assieh vivait dans la crainte de manquer d'hommes la nuit. Il lui fallait des caresses, des baisers, des fausses promesses, des mains dans ses cheveux, un corps à chevaucher. Elle se moquait de savoir qui elle ramenait dans ses filets et elle n'avait jamais mauvaise conscience de les faire défiler. Après tout, elle offrait à chacun le grand jeu et n'était pas peu fière de savoir qu'aucun ne l'oublierait de sitôt. Elle connaissait son pouvoir et savait qu'elle avait littéralement guéri plus d'un type cabossé d'une mauvaise estime de lui-même. En chacun, elle plantait un souvenir d'une si grande force érotique qu'il pourrait le convoquer toute sa vie dans les moments où il douterait d'avoir jamais été désiré.

Ce matin, le désir était tenu à distance par une sourde crainte. Elle se demandait si elle avait bien fait de présenter Stanislas à sa mère. Elle avait entendu bien des rumeurs sur les talents de l'Enchanteur, mais de là à lui faire confiance sur un sujet aussi grave ? Elle avait rencontré Stan au début de l'année. Il était passé un matin au salon pour leur expliquer qui était celui qu'elles surnommaient Black Bouddha. Stan avait appris – on ne sait comment – que Céline avait fini par alerter la sécurité de la galerie. Les filles s'étaient habituées à M. Dupré, l'idée d'offrir à ce vieil homme un peu de distraction ne les dérangeait pas. Surtout qu'en parfait gentleman il était très rapidement venu se présenter avec des chocolats. Mais l'assiduité du petit Noir tout rond et tout chauve, c'était différent parce qu'il avait autre chose dans le regard, une fièvre, une attente. Stan leur avait appris qu'il était malade, que ses pauses quotidiennes devant la vitrine de leur salon était son plus grand secret, que même lui, son meilleur ami, n'était pas supposé être au courant. Depuis, elles avaient fait en sorte que les vigiles l'ignorent et elles en rajoutaient quand il était là sur les poses aguicheuses et les pas de danse « improvisés ». Cela les avait d'ailleurs profondément émues qu'il trouve l'autre jour le courage de leur adresser un signe à travers la vitrine. Mais bon… ce Stan était donc un bon copain auquel on prêtait des talents de magouilleur hors norme, ce qui faisait de lui un personnage intéressant (elle le trouvait assez mignon pour un ado aussi), mais c'était nettement insuffisant pour la rassurer. Nooshin était une guerrière et, à la différence de sa fille, elle n'avait pas un grand goût des hommes. Si elle avait décidé de prendre ce pari fou, peut-être qu'Assieh devait faire confiance au destin.

Elle passa un premier coup de balai dans le salon, rangea les serviettes, alluma les néons colorés qui donnaient à la boutique sa touche *diner US* des années 60. La porte tinta et Céline se précipita, anormalement joyeuse pour l'heure matinale.

« C'est bon, je l'ai, je l'ai ! »

Les deux amies partirent dans un hululement strident.

« Tu l'as, tu l'as, raconte ! »

Le rêve de Céline venait de se réaliser. En parallèle à son travail au salon, elle suivait une formation avancée de maquillage dans un centre d'une célèbre marque où elle s'était révélée très douée dès le début. Les équipes de télévisions locales faisaient déjà régulièrement appel à ses services quand ils interviewaient des VIP. Mais là, elle allait entrer dans un autre monde. Toute la région bruissait depuis des mois de la nouvelle du tournage : Albert Kroos, réalisateur américain oscarisé, allait bientôt poser ses caméras dans un vignoble avoisinant. C'était un projet énorme, le premier film réunissant à l'écran les deux plus grosses stars hollywoodiennes du moment : Clarence Faran et Michael Vellozi. Les équipes n'étaient pas encore installées que déjà toutes les pages people des sites et des magazines débordaient de potins autour de l'événement. Les rumeurs de brouille dans leur couple excitaient les fans et les bookmakers anglais prenaient déjà des paris sur l'explosion en plein vol du blockbuster. Céline était engagée pour toute la durée du tournage.

« Bon, je ferai pas Clarence et Michael, ils ont leur staff. Mais je vais vivre avec eux pendant plus d'un mois, tu te rends compte ? »

C'est à ce moment que débarqua la troisième complice, Marie-Rose, pestant contre le froid. Elles mirent la musique à fond et se lancèrent dans une ronde frénétique. Dan était en train de rater un des meilleurs épisodes de son feuilleton préféré. S'il l'avait su, il aurait sans hésiter séché les cours. Mais à dire vrai, Daniel, ce matin, avait pris une décision, et vu la façon dont il comptait finir la journée, il était loin de considérations aussi agréables.

38.

« Encore une fois, qu'est-ce qu'on fout là, Dan ? »

Stan avait toutes les raisons d'être furieux. Nous retrouver à faire le mur, en période de paranoïa aiguë, était stupide et dangereux. La seule qui n'avait pas eu besoin de mentir et de s'évader de chez elle, c'était Jenny, parce que ses parents lui faisaient une confiance qui frisait le fanatisme. Pour le reste de la bande, si nos parents avaient l'idée de rentrer dans nos chambres au milieu de la nuit, ce serait l'enfer. Et ça entraînerait une surveillance accrue qui remettrait en question tous nos plans. Alors Stan, cette nuit, n'en avait rien à foutre si Daniel entendait des voix et s'enfonçait dans ses délires, il était certain qu'on faisait une connerie et il lui en voulait énormément. Je dois admettre qu'on était ridicules, à raser les murs du vieux centre. David et moi avions passé une heure dans le bus de nuit pour rejoindre les autres, et le retour serait plus pénible encore. Si on ne se faisait pas choper par la police sur les dents, on avait toutes les chances d'attraper une pneumonie.

Une voiture s'engagea dans la ruelle pavée, on se plaqua dans le renfoncement d'un porche. Une pluie fine et glaçante commençait à tomber.

« Dan. Ça suffit. Tu t'expliques, maintenant. Et je veux pas entendre parler de tes visions à la con. »

Jenny jeta un regard noir à Stan qui l'ignora. David et moi nous concentrions sur le froid en tapant des pieds. On n'osait pas le dire mais on rêvait que cette petite séance d'exploration prenne fin au plus vite. On avait peur. Tout simplement peur. Dan tremblait aussi, mais il rassembla son courage.

« Il n'y a aucune autre façon… Il n'y a aucune chance que vous me croyiez si je ne vous montre pas.

— Mais quoi, putain ? Un monstre, c'est ça ? Tu veux nous montrer un putain de monstre ? Parce que tu entends une voix ? Qui te dit, comme par hasard, que tu as un rôle essentiel à jouer ? Qui te fait croire, comme par hasard, qu'il y a un monde après… »

Jenny l'empoigna rageusement pour le faire taire. Il n'avait pas le droit. Surtout pas lui. Stan gémit, dégoûté de lui-même mais sans pouvoir chasser la colère qui l'animait. Daniel se recroquevilla, s'assit sur une marche. Il ne savait plus quoi dire. Il se tourna vers Cassia.

« Je t'avais dit qu'ils ne marcheraient pas. »

Cassia, droite derrière lui, tendue, annonça :

« Cela n'a plus aucune importance. Il arrive. »

Dan se redressa d'un bond. Stan maugréa :

« Et il parle tout seul maintenant, vous… »

Un pas pressé résonne dans la ruelle. Un pas irrégulier qui hésite à courir. On se serre encore plus dans le renfoncement. Un jeune type de notre âge pousse un cri en nous découvrant. On crie avec lui. Il chute lourdement au sol, tente de se relever mais glisse sur les pavés mouillés et tombe une seconde fois. Les yeux exorbités, il fixe quelque chose derrière lui et comme lui, nous entendons. Un chuintement haineux qui évoque une gorge étouffant sous le flot de ses propres glaires. Un souffle rance humidifie toute l'atmosphère et fait suinter les murs. Daniel fait un pas dans la ruelle. Jenny le suit. Ils reculent d'effroi. David et moi nous plaçons dans leur dos. Il est là. Un homme, très grand, très gras. Ses longs cheveux sales encadrent ses joues grêlées et une bouche tordue de haine. Ses yeux sont si noirs qu'ils se distinguent à peine de l'obscurité. Il titube vers nous, lentement, tenant une pointe en métal qui luit. Peut-être un tournevis. Mais ce n'est pas qu'un homme. Il est entouré de quelque chose, une ombre, une membrane fantomatique qui pulse et semble tissée de filaments de chair, et cette forme qui l'englobe évoque celle d'une gueule. L'homme-gueule est horrible et douloureux aussi. Je pense : « Ce truc qui souffre va nous tuer. » La puanteur tord l'estomac, on est pétrifiés. Un étau nous comprime la mâchoire et on croit que toutes nos dents vont se briser. C'est là que Daniel se jette en avant et hurle. Mais Daniel aussi est entourée d'une ombre, une silhouette féminine aux bras démesurés, qui se coule dans son cri, bondit sur le monstre et le frappe au front. Le choc nous balaie comme un souffle d'explosion. On est jetés à terre. Nos oreilles vibrent d'un acouphène puissant.

Lentement nous nous redressons, gémissants. L'homme au tournevis git inerte allongé sur le pavé. Cassia dit à Daniel :

« Ils savent à présent. À toi de jouer. »

39.

Souvent, encore, je me réveille avec, sur la langue, un goût de moisi et dans le nez, la puanteur d'un rat crevé. Ces matins-là, je le sais, suivent une terreur nocturne. Je n'ai pas besoin de me souvenir du rêve parce ce rêve est un souvenir, celui de cette nuit dans la ruelle, quand chacun de nous fit l'expérience du désespoir. Le désespoir est, je crois, la chose la plus facile à définir : l'absolue certitude que dans le noir, tout au bout, est tapi un vide infini, froid et silencieux, et que cet endroit est ancien et que toute lumière, toute vie, chaque atome y finira gelé, séparé à jamais de chaque autre atome, vie, rayon de lumière.

Roméo : Paix, paix, Mercutio, paix. Tu nous parles de riens !

Mercutio : En effet, je parle des rêves, ces enfants d'un cerveau en délire, que peut seule engendrer l'hallucination, aussi insubstantielle que l'air, et plus variable que le vent qui caresse en ce moment le sein glacé du Nord.

S'il existe quelqu'un pour venir nous juger, se moquer des choix que nous avons fait après ce soir-là, alors je lui dis qu'il n'a pas encore connu le désespoir et j'envie son incrédulité. Dans la ruelle, nous avons vu un monstre et une apparition. Aucun de ces deux mots ne recouvre une vérité mais, nommer, c'est partager une histoire, et seules les histoires, c'est mon espérance, ont le pouvoir de nous sauver du vide qui nous éloigne les uns des autres à l'infini dans le froid et le silence. Il faut se méfier avant de se moquer d'une histoire. Sous un soleil d'été, je comprends, mais voilà, nous ne sommes que des hommes, et tous, nous sommes appelés à caresser tôt ou tard le sein glacé du Nord.

40.

« Va te faire foutre, Dan. Voilà ! Comme ça c'est plus clair ? »

Daniel grimaça sous le choc tandis que l'écho de l'insulte se transformait déjà en rumeur, colportée par les rares témoins ébahis : Stan avait insulté Dan ! Une chose qui n'aurait jamais dû arriver et que personne ne trouvait drôle. Dans la cour du lycée aux dalles givrées, autour du banc qui avait réapparu pendant le week-end, David avait les larmes aux yeux, Jenny était tremblante d'indignation et moi, hébété, je tendais une main dans le vide. Mais Stan avait déjà tourné les talons.

Ce n'était pourtant pas totalement surprenant. Quand nous nous étions arrachés à notre stupeur, après la confrontation avec cette chose, laissant le corps du géant, qui n'avait plus rien de terrifiant, inanimé sur le pavé, respirant peut-être, le tournevis en main, nous avions couru derrière l'adolescent qui s'était enfin redressé et semblait aussi effrayé par nous que par le colosse, et quelques centaines de mètres plus loin, essoufflés, hagards, nous avions cherché dans le regard de l'autre une forme de validation de l'expérience. Mais la voix de Stan avait rompu le silence et nous avait autant glacés que la vision du monstre.

« Mais pourquoi vous courez ? »

Ce matin, Daniel n'entendait pas autre chose. Stan ne faisait que lui reposer la même question sous une forme injurieuse. C'était quoi ce bordel ? De quelle Cassia parlait-il ? Et pourquoi marchions-nous dans son délire et faisions-nous semblant de croire aux fantômes ? Pour Stan, on s'était fait la peur de notre vie avec un gros clochard, balèze, OK, mais plus saoul que méchant, tellement bourré d'ailleurs qu'il avait glissé et s'était assommé sur le pavé – tu parles d'une menace ! Et qu'est-ce qu'on espérait, à jouer les détectives au milieu de la nuit ? Bien sûr que ça allait finir par un bon gros coup de flippe. Et le comble, c'était que maintenant on faisait comme si c'était lui qui avait perdu la tête ?

Daniel ne lui en voulait pas, il avait remarqué la veille que Stanislas était resté face au mur et n'avait pas voulu regarder dans la ruelle. Ça faisait mal quand même. Jenny s'agenouilla devant lui et tenta de l'apaiser.

« Stan est sous pression. Ce n'est pas parce qu'il fait la gueule que tu te retrouves seul. Redis-nous tout calmement. »

Daniel était épuisé et il avait juste envie de baisser les bras. Jenny le sentait mieux que personne.

« Dan. Tu voulais qu'on voie et on a vu. On va pas te dire qu'on sait exactement ce qu'on a vu, mais on fait pas semblant que ça n'est pas arrivé. Et on est terrifiés, et on va t'aider. Mais pour ça, il faut que tu parles. Commence par le mot, celui qui voulait dire…

— Égrégore.

— C'est ça.

— C'est une forme de magie ancienne. Si trop de gens veulent tous quelque chose au même moment, si ce désir est violent et collectif, comme une prière commune, cela peut créer un égrégore, une… agrégation de volontés qui prend une forme. »

À la surprise générale, David commenta sur un ton docte :

« C'est comme dans l'histoire du Golem de Prague, dans la kabbale, on explique que le Golem, en fait, c'est pas la créature de rabbi Loew mais l'égrégore de tout le ghetto. Pour le protéger des pogroms. »

Jenny et Dan dévisagèrent leur ami, sidérés. Moi plus encore.

« Dans la kabbale ? Depuis quand tu t'y connais en trucs juifs, toi ? »

J'étais tellement gêné par ma propre intervention que je ramenai immédiatement la conversation au sujet.

« Donc, trop de gens sont flippés, leur rage crée une sorte de monstre et c'est ça qui est derrière les crimes. En gros, notre *serial killer*, c'est un fantôme qui a la haine et qui s'empare de gens.

— En gros…, confirma Dan. »

On baissa tous les quatre la tête un instant, écrasés par l'énormité de nos propos. David était celui qui avait l'air le moins perturbé.

« Cet égrégore s'attaque aux jeunes de la ville parce que la ville a peur de ses jeunes. C'est logique. »

Jenny opina. Un faible sourire se dessina sur le visage de Daniel, réconforté par la validation inattendue de David. Il ajouta que Cassia lui en avait dit plus mais qu'il préférait faire des recherches avant de donner les détails. Il ne voulait pas nous mêler davantage à cette histoire avant d'avoir trouvé comment on allait combattre ce Mal.

Il me faut faire un aveu : de nous trois, je crois que je suis le seul qui défaillit à cette idée. Le combattre ?

41.

Stan claqua la porte et trouva l'appartement plongé dans l'obscurité. Pourtant, dans le salon, la télévision était allumée. Il posa son sac à dos dans l'entrée, fila à la cuisine et ouvrit le frigo. C'était déprimant. Il y avait eu un temps où ce frigo avait été un lieu de tentations, d'interdits et d'abondance. Tous les samedis, le déballage des cartons de courses livrées donnait lieu à une foire d'empoigne où chacun commentait les achats, lançait des options théoriques sur certains aliments, se disputait sur les menus à venir, râlait des compromis imposés entre appétit et santé, essayait naïvement de cacher les Babybel au fond du bac à légumes pour se garantir un accès prioritaire, criait d'indignation devant le choix des yaourts qui favorisait le goût d'un membre de la famille. On s'engueulait, on riait, ça donnait faim. Maintenant, son père ne dînait plus, il grignotait presque exclusivement du fromage, et de moins en moins à vrai dire, pratiquant un nouveau régime plaisir qu'il avait théorisé en : « Je ne mange que des bonnes choses quand j'en ai vraiment envie, le reste du temps je suis à la diète. » Stan n'avait pas mis longtemps à comprendre que cela voulait dire : « Je m'empiffre au restaurant avec mes collègues et mes amis, et comme ça je passe le moins de temps possible à table avec vous. » Sa mère, toujours à la pointe de la modernité, adoptait la dernière allergie alimentaire en vogue pour justifier son anorexie, et pour plus d'efficacité, elle les cumulait. Il n'était plus possible de faire la liste exhaustive de ses intolérances. La mode du « sans gluten » et la floraison des produits de substitution avaient tué dans la maison les plaisirs simples du pain, des pâtes et des biscuits. D'ailleurs, Laurence Danner se serait étouffée plutôt que de l'avouer : elle trouvait tout ce qu'elle achetait dégueulasse. Ils n'avaient jamais autant jeté de paquets à peine entamés. Stan avait négocié un remplissage hebdomadaire du congélo en plats préparés. Chaque fois qu'il ouvrait la porte du frigo, il contemplait le niveau précis de désagrégation de sa famille.

Sans conviction, il se servit un verre de tonic light, et passa au salon pour découvrir son père sur le sofa. Henri valida vaguement son apparition d'un « salut mon fils » assez peu accueillant puisqu'il ne quitta pas son téléphone des yeux. Stan se posa quelques instants sur l'accoudoir du canapé pour suivre le débat à la télé. La discussion était aussi animée qu'ennuyeuse. Ils avaient encore invité Cambrieux et Abescas. Il faut croire que leur numéro d'invectives avait du succès, car on les voyait partout ensemble ces derniers temps. Stan trouvait que leur couple ressemblait un peu à celui de ses parents : beaucoup d'inventivité dans la mise en scène de leur détestation mutuelle et une prise à partie puérile de leur public.

« Ça va l'école ?

— Ça roule.

— Bien. »

Pour plus de conversation, il aurait fallu des invités. Quand il y avait du monde, son père avait plein de trucs sympas à dire sur lui, des trucs complètement à côté de la plaque, mais toujours positifs. C'était pour montrer qu'il était un bon père, bien sûr, mais pas seulement… Son père l'aimait bien. Et ça, c'était sympa de la part d'un type qui le connaissait si peu.

Ding, texto reçu, et Henri s'escrimait à nouveau sur son téléphone avec la tête concentrée du mec qui cherche à faire un trait d'esprit. Stan se leva ; avant de quitter la pièce, il embrassa la scène du regard, inventa un cadre dans sa tête et transforma la vision en tableau flamand. Sous ce prisme, il y avait une grandeur dans cette composition ordinaire. Un intérieur bien rangé et sans grâce. Deux sources de lumière, les deux écrans, traçant la dynamique de l'image. Une diagonale qui prenait naissance dans le regard de l'homme avide, captivé par le téléphone.

Stan frissonna et gagna le confort de sa chambre. Il fallait absolument qu'il se concentre un peu sur son travail. Malgré le soutien continu de ses camarades de classe, il avait complètement laissé de côté sa scolarité depuis Noël. Certes, il était accaparé par le miracle, mais ce n'était pas une excuse. Stan avait de plus en plus de mal à décrocher de son fil de pensée. Il s'enfonçait dans ses rêveries, et toutes les petites corvées du quotidien s'accumulaient dans un avenir sans cesse repoussé, installant un sentiment de dette qui ressemblait de plus en plus à un précipice. Évidemment, cette tension était aiguisée par la certitude qu'il allait devoir rembourser un jour, toutefois il y avait quelque chose de grisant dans cette dynamique. En rétrécissant son champ de conscience à la forme d'une ligne de fuite, il se sentait à la fois pleinement investi et tiré, en accélération constante même. C'était sans doute la cause de sa colère avec cette histoire de monstre ; écouter ses amis reviendrait à intégrer une ombre en périphérie de sa course, une ombre trop menaçante pour être ignorée. S'il trébuchait à ce stade, ce n'était pas seulement la promesse faite à Daniel qui volerait en éclats, mais tout le personnage qu'il avait mis des années à construire. S'il était honnête avec lui-même, il vivait depuis quelque temps avec la certitude que les enjeux s'étaient inversés, que son personnage était voué à imploser, qu'il serait révélé comme l'imposteur qu'il était et que tenir sa promesse était la seule chose susceptible de donner un sens au naufrage annoncé. Parce que bientôt, il en était absolument certain, il ne serait plus l'Enchanteur et, ce jour-là, sa vie ressemblerait au frigo sinistre d'une famille intolérante au gluten.

42.

Martinez, à l'image de la ville dont il s'était toujours senti le gardien, vivait des heures bien difficiles. Cet après-midi, face à cette furie, il se sentait particulièrement impuissant.

« Redites-moi ça tranquillement.

— Mon fils s'est fait poursuivre dans la rue par un adulte armé d'un tournevis et cinq adolescents. Ce n'est pas compliqué à comprendre tout de même. »

Martinez essuya ses lunettes et relut la plainte. C'était bien ce que le flic avait noté, et ça n'avait aucun sens.

« À votre connaissance, ce n'étaient pas des Taranis, vous savez ces jeunes…

— Je sais parfaitement qui sont les Taranis, merci, et non, ce n'étaient pas des Taranis.

— Et vous en êtes absolument certaine ?

— Absolument.

— Pourtant vous n'y étiez pas vous-même.

— Effectivement. »

Le commissaire marchait sur des œufs, cette femme appartenait à l'évidence aux notables de la ville. Il avait du mal à se concentrer, elle lui rappelait la sœur de Serge.

Le même dédain aux coins de la bouche. Il n'y a pas si longtemps, il serait rentré chez lui et il aurait mimé la scène à Serge qui serait parti dans un de ses fous rires d'enfant. Martinez était doué pour le faire rire. D'ailleurs, avec Serge, il avait compris une chose merveilleuse et insoupçonnable : il était doué pour aimer. C'était une révélation qu'il avait eue sur le tard. Mais pendant les cinq années bénies qu'avait duré leur relation, Martinez s'était découvert agile en amour comme d'autres le sont en sport ou en musique. Les gestes de tendresse, les attentions, la joie, la faculté de surprendre et d'écouter, le soutien inconditionnel, la légèreté dans le quotidien… tout lui était venu sans effort, sans doute parce qu'il avait beaucoup attendu. Il doutait que la harpie à son bureau soit sensible à la douceur de ses divagations. Pourquoi avait-il tant de mal à se concentrer aujourd'hui ? Il se sentait fatigué, un peu grippé aussi.

« Sans remettre en question un seul instant votre bonne foi, puis-je vous demander ce qui vous permet de l'affirmer ? »

Son interlocutrice pinça ses lèvres et se pencha en avant pour glisser en confidence :

« Je peux l'affirmer, cher monsieur, parce que mon fils est blanc et qu'il m'a décrit ses agresseurs parmi lesquels figuraient un Noir et un Maghrébin. »

Martinez était obligé de concéder la validité de l'argument ; il fit la promesse d'enquêter personnellement sur l'affaire, même s'il n'y avait pas eu d'échanges de coups, ni de témoins. Il lui demanda de repasser le lendemain avec son fils pour compléter le procès-verbal. Si la mère s'était déplacée seule, c'était parce qu'elle savait pertinemment que son fils, cette nuit-là, était allé se ravitailler en beuh ou MDMA auprès des revendeurs de Sayif. Elle fit mine d'accepter mais il était certain qu'il ne la reverrait pas.

Dès qu'elle eut quitté son bureau, il fut gagné par une grande lassitude. Les cent dernières dépositions à propos du tueur formaient un volume incohérent et parfois franchement surréaliste. Ce dernier épisode ne relevait pas le niveau. Un ogre qui poursuivait un gamin, un piège avec des jeunes qui surgissaient du mur... Le téléphone sonna et on lui annonça son rendez-vous suivant. Il dut fermer les yeux pour obliger son pouls à ne pas s'emballer. Il détestait cet homme mais s'il voulait obtenir quelque chose de lui, mieux valait ne pas trop le faire sentir.

Jean-Charles Abescas entra avec un sourire carnassier et Martinez eut aussitôt envie de le gifler. D'ailleurs sa main jaillit un peu trop rapidement quand il l'invita à s'asseoir.

« Je vous remercie d'avoir pris le temps de répondre à mon invitation. Je sais que vous êtes en tournée promotionnelle pour votre dernier livre.

— Vous avez suscité ma curiosité, j'imagine que vous ne m'avez pas convoqué pour une dédicace. »

Martinez connaissait son interlocuteur depuis plus de vingt ans. Quand il n'était qu'un bleu, il avait même participé à la sécurisation d'un des nombreux procès intentés au très fougueux professeur militant.

« Monsieur Abescas, pour aller droit au but, j'ai un service à vous demander. Je sais que vous avez beaucoup d'influence sur un certain nombre de jeunes gens dans cette ville, des jeunes gens qui s'illustrent souvent dans les manifestations quand ce n'est pas dans des batailles rangées. »

Abescas ne bougea pas d'un cil. C'est vrai que se dégageait une sorte de charisme sombre de cet homme. Pourtant, ce qu'il pouvait être laid, petit, maigre, voûté, gris...

Il ne lui rendrait pas la tâche facile, alors autant aller au bout de la corvée.

« Voilà, je voudrais prendre les devants pour la Fête du fleuve. C'est un cauchemar à organiser dans le cadre de l'opération Sentinelle. Si vous pouviez user de votre pouvoir de conviction, nous aider à ce que cette soirée se passe bien, je vous en serais extrêmement reconnaissant. »

Pour Martinez, il était physiquement pénible de sentir le plaisir que prenait son interlocuteur à cette entrevue.

« Vous voulez que je demande aux Antifas de bien se tenir au bal.

— C'est l'idée. »

Abescas joignit ses deux index devant sa bouche et mima une réflexion intense. Son sourire narquois n'annonçait rien de bon. Et là, Martinez fut impressionné par la facilité avec laquelle il décolla du réel. Dans le coin de son bureau, se tenait Serge, radieux, rigolard et doux. La sensation était quasi miraculeuse. Il n'était pas en train d'halluciner. Il savait très bien que Serge n'était pas là. Pas vraiment. Il ne se sentait pas envahi par le chagrin, le manque ou le regret. Il avait envie de rire. Dans sa tête résonnèrent les premières notes de *Notte e giorno faticar*. Ils avaient tellement fait les fous sur cet air-là. Serge mimait un Leporello irrésistible en tablier de cuisine. C'est comme ça qu'il l'avait converti à l'opéra, un sketch après l'autre. Martinez avait pourtant opposé une belle résistance, le cliché du gay qui aime l'opéra, c'était un peu trop pour lui. Mais rien ne résistait longtemps à Serge et personne à Mozart.

« Cher commissaire, vous semblez me voir en chef de bande, ce que je ne suis pas. Je ne suis qu'un intellectuel qui ne peut être en aucun cas tenu pour responsable de la réception de ses idées. »

Martinez aurait aimé se lever, faire face à ce pédant pour chanter à tue-tête : « *Voglio far il gentiluomo, e non voglio più servir.* » C'était foutu de toute façon. Bien sûr qu'il ne l'aiderait pas.

« Monsieur Abescas, j'espérais qu'on puisse avoir une discussion plus franche. Vous prêchez la désobéissance civile *("Ed io far la sentinella, la sentinella, la sentinella").* Un certain nombre de jeunes traduisent vos concepts en destruction de mobilier urbain et en bagarres rangées, ce qui est plus ("*non mi voglio far sentir, no mi voglio far sentir…*" Serge se marre, il est beau)… Accepteriez-vous, le temps d'une soirée, et prenant en compte les circonstances particulières créées par les attentats, de passer le mot à vos disciples ? Qu'ils se tiennent calmes un soir dans l'année pour le bien de tous ? Juste un soir ?

— Vous m'invitez à parler franchement, Martinez ? Vous êtes l'agent d'un État fasciste aux mains d'une oligarchie capitaliste qui a confisqué au peuple toute aspiration au minimum de justice sociale. »

(Serge ne rigole plus, il lui fait les yeux doux. « Ah non, je sais ce que tu vas faire, c'est pas du jeu. »)

« Prospérant dans un climat de peur orchestré par les lobbys de la finance internationale, vous quémandez ma complicité pour l'organisation de votre fête propagandiste. Même si j'avais les pouvoirs que vous me prêtez, je ne les mettrais jamais au service de l'ordre établi, Martinez. Jamais. »

Le policier se prit la tête entre les mains pour cacher son sourire. Abescas lui porta le coup de grâce.

« Et je vous en prie, renoncez à vous poser en "bon flic raisonnable" face au méchant gauchiste. Parce que c'est vous et les vôtres qui orchestrez la violence physique et sociale dans cette ville. »

(*Là ci darem la mano. Là mi dirai di si...*)

« Pour une vitrine cassée, Martinez, combien de bavures, de contrôles au faciès ? Vous pensez tenir la ville parce que vous avez réussi à contenir les barbares dans les ghettos. C'est votre *Pax Romana*, n'est-ce pas ? Et pendant que les pauvres et les immigrés survivent aux frontières de votre monde de gaspillage, vous laissez se pavaner les néonazis en centre-ville. »

(*Vedi, non è lontano. Partiam, ben moi, da qui...* tu chantes toujours aussi bien).

« "Un soir dans l'année" dites-vous ? Mais c'est précisément le problème, monsieur le policier. Parce que je vous demanderai en retour ce que vous comptez faire les trois cent soixante-quatre autres jours... »

(*Vorrei, e non vorrei...* mon chéri, remets ta chemise, il y a du monde dans mon bureau)

« ...pour rendre ce monde plus supportable. »

La colère feinte d'Abescas s'éteignit en un accent interrogatif tant il était évident que le flic auquel il l'avait servi semblait... émoustillé ? Martinez quitta son doux rêve pour remercier son interlocuteur d'être passé. Il lui fit signe de s'en aller sans même se lever pour le raccompagner à la porte. Abescas s'en offusqua évidemment, mais c'était toujours mieux que de lui révéler la bosse qui déformait son pantalon. Le fâcheux partit en maugréant, et c'est étourdi du souvenir de son amant que Martinez, pour la première fois depuis longtemps, croisa les bras derrière la tête, s'enfonça dans son fauteuil et se détendit.

43.

En rentrant du lycée, il avait trouvé sa mère dans la cuisine, s'employant à finir un paquet de cigarettes avec une avidité morbide. À son salut, elle n'avait répondu que par un feulement lointain. David ne s'était pas inquiété outre mesure, les absences d'Esther étaient fréquentes et facilement expliquées par la posologie erratique de ses antidépresseurs et son recours désinvolte à l'alcool pour les avaler. Il avait cru discerner un air vaguement épouvanté sur son visage, mais il était aussi familier de cette grimace maternelle. Il espérait qu'un homme de passage ne tarderait pas à passer.

Il fila s'enfermer dans sa chambre. Il avait un bilan de maths qu'il voulait réussir pour remercier Daniel des nombreuses heures passées à le remettre à niveau. La terreur des événements de la ruelle s'était atténuée sous le bonheur des visites à l'atelier où l'armée de Nooshin donnait forme aux premiers costumes. Les couturières l'avaient adopté. Elles le traitaient avec un mélange de tendresse et de respect qui ne cessait de le surprendre. Le financement de l'opération était aussi régulier que généreux grâce à Stan. Non seulement, elles avaient pu commander les plus belles étoffes, mais leur travail était rémunéré. Stan passait chaque semaine avec des rouleaux de cash dont personne ne questionnait la provenance. L'argent avait considérablement crédibilisé sa position auprès de Nooshin. David les apercevait souvent en grande discussion.

Dans la bande, tout le monde attendait que Stan se réconcilie avec Daniel. C'était absurde de consacrer ses jours et ses nuits à réaliser le rêve de quelqu'un à qui on n'adressait plus la parole. David se demandait si Stan n'avait pas besoin de s'écarter pour mieux se concentrer. Il avait l'air d'avoir vieilli ces derniers temps. Il était plus grave, moins souriant, et d'une façon étrange que David n'arrivait pas à définir, il paraissait aussi plus dense. Un après-midi où Assieh les avait retrouvés, elle s'était immobilisée un instant à côté de David, observant Nooshin et l'Enchanteur en train de deviser.

« Il a changé, ton pote. Mais c'était à prévoir. C'est énorme ce qu'il essaie de faire. »

David n'avait rien trouvé à répondre. Il ne prétendait pas comprendre les affres de Stan et encore moins les détails de son plan. Cela ne le frustrait pas. Lui aussi se concentrait mieux en réduisant les dimensions du présent à la tâche qui lui incombait. Il apprenait à coudre avec les meilleurs professeurs et s'y découvrait autant de dextérité qu'un crayon à la main. La vie était devenue presque formidable. Mais ce nouveau bonheur, cette existence inespérée s'accompagnait d'un sentiment de dette (tenir la promesse faite à Dan), d'un irrépressible chagrin (accepter que son ami serait bientôt un cadavre), et d'une inextinguible terreur (David avait bien vu un monstre dans la ruelle).

Se barricadant dans sa chambre, il tenta de chasser une idée saugrenue et déplaisante : la peur qu'il venait de lire sur le visage de sa mère dans la cuisine avait une odeur. Impossible. Pourtant il avait bien senti un relent de putréfaction qui lui rappelait les remugles de la ruelle. Un problème avec la poubelle ou l'évier sans doute. Il se mit à son travail, se nourrit de gâteaux pour ne pas avoir à ressortir, et s'endormit sur le troisième tome de la BD *Sandman*, celle qui met en scène Shakespeare faisant un pacte avec le petit peuple pour écrire *Le Songe d'une nuit d'été*.

Il se réveille au milieu de la nuit. Un bruit de fenêtre qui claque dans le salon. La température a chuté. Le froid s'engouffre sous sa porte et mon Dieu, oui, ce froid pue la charogne. Il ferme les yeux, remonte la couette. C'est forcément un cauchemar. Un gémissement parvient à ses oreilles. Et un poème que lui a récité Moh s'insinue dans sa tête, il n'est pas de Shakespeare pour une fois, mais de T. S. Eliot, et il se termine par : *C'est ainsi que finit le monde. C'est ainsi que finit le monde. C'est ainsi que finit le monde. Pas sur un boum ! sur un murmure…*

Il ne peut pas ignorer ce murmure parce qu'il ne fait aucun doute qu'il provient de sa mère. Est-ce qu'elle est avec un homme ? Non, c'est plus faible et plus triste et moins vital. Est-ce qu'il est en train d'arriver quelque chose à sa mère ? David a froid et peur. Peur de ne pas avoir le courage de se lever, de ne pas en avoir l'envie. Un râle. De toute façon, il fait trop froid pour ne rien faire et l'odeur est trop forte pour être ignorée. Alors il enfile son manteau qui traîne au pied de son lit. Quand il ouvre la porte de sa chambre, il est giflé par une bourrasque de froid et d'effluves nauséabonds.

Il progresse à pas lents dans le couloir. Les lumières sont éteintes mais la pénombre est parcourue d'étranges et sinistres zébrures, le noir est déchiré par des lueurs sombres, qui se découpent devant sa rétine. Il arrive au salon et c'est lui qui gémit en découvrant la fenêtre grande ouverte, et sur le minuscule balcon, sa mère, entièrement nue. Les réverbères projettent une nappe laiteuse dans le salon mais quelque chose résiste au cœur des ténèbres. Des points sombres, des trous vibrants qui produisent des bruits abjects de succion. David se fait violence. Il avance vers Esther, tend la main. Elle se retourne, un sourire affamé aux lèvres. Il se fige. C'est elle qui tend la main. Il lutte pour ne pas regarder son sexe, cette tache noire qui, elle aussi, ressemble à un trou dans la fabrique du réel.

« David. »

Mon Dieu, faites que ce ne soit pas son haleine ! Cette puanteur de charnier ne peut pas venir d'elle. La silhouette de sa mère se met à vibrer, David ne peut pas résister et s'approche. Elle agrippe ses cheveux d'une main gelée. Elle le serre dans ses bras. Il arrête de respirer pour chasser l'odeur mais ça ne marche pas. Elle serre plus fort. Trop fort, l'obligeant à reprendre sa respiration. Il est collé à la poitrine d'Esther et sa peau… elle s'effrite sur du noir à l'intérieur. Esther l'écrase toujours plus, l'entraînant irrépressiblement vers la rambarde. Elle l'étouffe, ses ongles s'enfoncent dans son dos. Elle commence à pencher leurs deux corps vers le vide, elle est trop forte. C'est impossible, ça ne peut pas être elle. Quelque chose dans les déchirures tire, tire. Il se sent déséquilibré, leurs deux bustes penchent par-dessus la rambarde.

La sonnerie du téléphone explose dans le silence. Driiing ! La sonnerie à l'ancienne de l'antique poste fixe. Driiing ! Pressante. Driiing ! Les taches noires s'affolent dans le salon. Driiing ! Esther desserre son étreinte et semble découvrir son fils. Driiing ! Elle le repousse à l'intérieur et se jette sur sa robe de chambre. Driiing ! Elle regarde partout autour d'elle, affolée. Driiing ! Elle s'assied sur le lit et implore un pardon muet. Driiing ! David décroche. Une voix basse, féminine et grave susurre : « *Tudo bem*, David. *Tudo bem.* »

David raccroche. Sa mère est en pleurs. Il va fermer la fenêtre, remonte les couvertures sur elle et s'allonge à son côté. En la prenant dans ses bras et sans trop savoir pourquoi, il répète inlassablement : « *Tudo bem, tudo bem, tudo bem.* » Il faut tenir cette nuit, juste une nuit, toute une nuit.

44.

Quand tu habites comme moi dans une cité et que tu vois un reportage *sur* la cité – surtout ceux de l'autre empaffé d'Antoine Ribeaudeau –, tu as l'impression qu'un cousin farceur a mis ton appartement à louer sur Airbnb avec pour seule photo celle que tu avais prise pour les assurances le jour où il y a eu un dégât des eaux dans tes toilettes. Mais il y a une chose que je trouve juste dans tous les reportages, c'est la déglingue. Mon quartier, c'est un truc qui a été bricolé il y a longtemps à côté de la ville parce qu'elle débordait, et que personne n'a pris la peine de réparer depuis.

On était samedi matin et je faisais l'expérience du cliché absolu en attendant l'ascenseur au neuvième étage. Mehdi m'avait demandé de descendre la vieille télé de M. Moktar mais prendre l'ascenseur du B, c'était une expérience qui ressemblait à un test d'audition chez un ORL combiné à la confection d'un grigri chez un féticheur sénégalais. Personne ne vivait ici depuis suffisamment longtemps pour se souvenir d'un temps où la lumière du bouton d'appel marchait encore. L'engin se manœuvrait donc à l'oreille. Il fallait d'abord appuyer sur le bouton, le consensus était

« deux pressions courtes suivies d'une longue », ensuite il fallait attendre trois secondes en été, cinq en hiver, pour capter un vrombissement sourd et appuyer une nouvelle fois. Ça, c'était juste pour se présenter poliment. L'ascenseur s'arrêtait aléatoirement à n'importe quel étage. Quand tu entendais le grincement des portes qui s'ouvraient, il fallait le rappeler. Mais attention, si tu appuyais pendant l'ouverture ou pendant la fermeture, la machine se vexait et filait au sous-sol. L'intervalle où les portes restaient ouvertes n'était pas court, au moins trois secondes, mais la nervosité poussait à la faute. Si deux personnes essayaient d'appeler l'ascenseur en même temps : sous-sol. Si quelqu'un essayait de le prendre alors qu'il était en mouvement : sous-sol. Si tu avais pété dedans la fois précédente : sous-sol (théorie de M. Moktar).

J'avais réussi l'épreuve du premier coup et ne pus m'empêcher de murmurer « merci » en poussant l'encombrante télé à l'intérieur. La descente était beaucoup plus simple, le pire scénario était de finir au sous-sol et d'avoir à remonter un étage. Évidemment cela ne se passa pas comme prévu. La boîte se bloqua dans un craquement sinistre et les portes s'ouvrirent entre deux étages. Je me retrouvai un mètre au-dessous du niveau du quatrième, identifiant la guirlande de fleurs séchées sur la porte de Mme Mukherjee à gauche. Ce n'était pas très haut. En utilisant la télévision comme marche-pied, je pouvais sortir en deux mouvements.

Je préférai m'asseoir sur le poste et lancer la playlist de mon téléphone. J'avais vu suffisamment de films d'horreur. Pas question de finir en fait divers. S'il fallait tenir jusqu'à l'arrivée des pompiers (un réparateur, il ne faut pas rêver), pas de problème. Les portes étaient ouvertes, on pourrait facilement me ravitailler en nourriture et boisson. La seule chose qui allait être dure à supporter, c'était l'odeur. Il devait y avoir une colonie de rats crevés tout en bas de la cage. Je nouai mon écharpe sur mon nez et me concentrai sur la musique. Je cherchais des plages d'illustration musicale pour *Le Songe*. Des gimmicks pour souligner les ruptures de dimension, la cour, la forêt enchantée… Il y avait cette chanson de Nick Drake qui me hantait depuis le début : *I was made to love magic, I was born to sail away, Into a land of forever, Not to be tied to an old stone grave, In your land of never, I was made to love magic…* Ce serait parfait pour signifier l'entrée sur le territoire des fées.

« Putain ! »

L'ascenseur a bondi. Je me recroqueville instinctivement, tête entre les mains. Mon cœur bat à tout rompre. Quand je reprends mon souffle et regarde devant moi, je m'aperçois que l'engin est remonté d'au moins trente centimètres. Les portes sont toujours ouvertes et cette fois, la sortie semble vraiment évidente. Aussi simple que de grimper une marche. N'importe qui sortirait maintenant. À moins d'avoir plus de soixante-dix ans et une hanche en plastique. C'est une option irrésistible. Je m'approche du palier qui m'arrive à mi-cuisses. Ce n'est rien. Plus facile que s'extraire d'une piscine. Je pose les mains sur le sol devant moi, c'est fait. Mon front n'ose pourtant pas franchir la frontière invisible de l'encadrement. Je me sens fiévreux, ma vision se trouble d'une multitude de points noirs, comme s'il pleuvait de la suie. Allez… cette trouille est irrationnelle. Et ce n'est pas l'ascenseur qui vrombit sinistrement, c'est ma lâcheté.

Eh bien je serai lâche ! Je capitule au ralenti, sacrifie ma dignité à la superstition, et me rassois en augmentant le volume dans les écouteurs. Il faut que je me concentre sur un flux de pensées heureuses. Pas facile. Les répétitions étaient un sujet anxiogène. La brouille entre Stan et Daniel, absolument déprimante. Et il y avait l'épisode de la ruelle. Le souvenir précis avait commencé à s'estomper dès le lendemain. À peine deux semaines plus tard, je ne savais plus faire la différence entre ce que j'avais vu et ce que Dan nous avait raconté. La cage hululait maintenant, un grand courant d'air devait s'être infiltré par une aération. Allez, une pensée heureuse ! Un mot s'imposa : « clavicule ». J'avais développé une obsession incongrue pour les clavicules de Jenny. Je guettais les moments où je pouvais les apercevoir à la faveur d'un tee-shirt léger. Le corps de Jenny était devenu pour moi une source permanente d'embarras. Avant, Jenny était un tout. Elle avait bien un corps mais c'était l'enveloppe de ce que j'associais à son prénom, une forme. D'ailleurs, quelque part dans ma conscience, ce corps était rangé en dehors de la zone de désir. Expliquer ça par les règles de l'amitié serait hypocrite. La réalité était que je fantasmais sur des filles comme Marie, Estelle et Nadia, des cruches splendides, filiformes et apprêtées. Dans le secret de mes fantasmes, c'est avec elles que j'enchaînais les acrobaties apprises sur Youporn. Jenny, j'avais commencé à la regarder après l'avoir classifiée. Du coup, c'était comme une exploration et tout m'étonnait. Ce qui me déplaisait, c'était la certitude qu'elle était plus forte que moi, pas parce qu'elle était boxeuse, juste parce que c'était visible : nous faisions la même taille, sans doute le même poids, sauf qu'elle avait des biceps et des abdos et moi des poignées d'amour vissées sur un torse maigrelet. Ça ne l'empêchait pas d'être sexy, c'était un corps de sportive, pas de bodybuildeuse, mais un petit chien macho, planqué dans mon inconscient, redoutait tout simplement qu'en cas d'ébat je n'eusse pas le dessus. Ce constat me déplaisait depuis que je ne pouvais plus nier l'attraction qu'elle exerçait sur moi. J'avais suffisamment de recul pour comprendre que je m'étais conditionné par des centaines d'heures de masturbation devant des actrices porno. Je n'en étais pas très fier mais ça ne servait à rien de le nier en bloc. C'est là qu'intervenaient les clavicules de Jenny. Parce que je ne pouvais pas les quitter des yeux, comme le dessin de son triceps à l'endroit où il se rattache à l'épaule, comme le creux de sa nuque, comme les fossettes irrésistibles que j'avais découvertes aux coins de son sourire, comme ses pommettes légèrement plates qui lui conféraient un air asiatique, comme la perfection absolue de sa bouche, comme le cercle doré qui entourait son iris gris-vert, comme en fait toutes les parties qui composaient le tout. Jenny était donc pour moi une somme d'objets de désir et…

Les portes se refermèrent, la machine se remit en marche et me déposa au rez-de-chaussée, l'habitacle parfaitement aligné au sol. Je tirai la volumineuse télévision, et sortis. Il faisait beau dehors, j'avais rendez-vous avec mes amis. Je contemplai une dernière fois l'ascenseur et chassai un frisson. Il me faisait vraiment penser à une gueule ouverte. Une gueule avec une haleine de cadavre.

45.

Jenny finissait ses salutations au soleil dans un coin de la salle de Xavier. Ça sentait la peinture fraîche et le cuir propre. Elle avait raté l'inauguration du club, mais son père s'y était rendu. Xavier était un de ses anciens élèves, un bon combattant qui s'était s'illustré par deux ceintures européennes. Comme beaucoup de champions en muay thaï, il n'avait pas pu pousser plus loin faute de moyens et s'était recyclé dans le coaching. Il avait passé de nombreuses années à enseigner chez Anton avant d'ouvrir enfin sa propre salle de MMA. L'attraction de la discipline sur les adolescents lui assurait une clientèle, mais le vrai rêve de Xavier était de réussir à pousser un champion à l'UFC. Il ne se faisait pas d'illusions sur la légalisation des championnats en France, le lobby concurrent de la fédé de judo était trop puissant. Ce serait l'Amérique ou rien. Et ses chances étaient minces, il faudrait beaucoup d'argent. Mais il y avait ce jeune homme qui le faisait rêver, Djimon. Il l'avait découvert chez Baranov et, avec la permission de son mentor, il l'entraînait à présent dans sa salle. À dix-sept ans, Djimon possédait déjà les qualités d'un athlète d'exception. Bon fils, élève sans problème, visage d'ange, il avait deux passions rarement conjuguées : le service dans l'église évangélique de son père, et l'entraînement. Techniquement, il avait encore beaucoup à apprendre, mais son agilité et sa vitesse étaient déjà impressionnantes et il avait un art de l'esquive inné. Xavier pensait profiter de l'année pour le renforcer sur la thaï avant d'attaquer le sol à la rentrée suivante. Depuis son changement de salle, Djimon continuait à retrouver Jenny chaque samedi matin. Elle était la seule *sparring partner* capable de le pousser en toute sécurité. Jenny adorait ces moments, une occasion de tourner à bon niveau sans pression. Elle traitait Djimon comme un petit frère, touchée par sa timidité chaque fois qu'elle le serrait dans ses bras ou lui ébouriffait la tignasse. Dans un coin de sa tête, elle savait à quel point elle lui plaisait, et dans un autre… eh bien ce n'était pas désagréable parce qu'il était sacrément beau gosse, Djimon.

Elle s'équipa et le rejoignit sur le ring. Au dernier moment, elle enfila aussi un casque, entre eux ce n'était pas vraiment nécessaire, mais il oserait vraiment allonger sa droite s'il la savait protégée. C'était une belle matinée, les fenêtres étaient ouvertes et le soleil éclairait la salle. Les élèves présents se regroupèrent pour profiter du spectacle. Xavier récapitula les enjeux des trois rounds thématiques qui devaient faire office d'échauffement. Pour l'aguerrir et l'aider à construire sa confiance, Xavier avait inscrit Djimon à plusieurs tournois interclubs sans véritables enjeux. Jenny, comme dans un jeu de rôle, avait pour mission de l'habituer à boxer face à des styles très marqués. Pour le premier round, elle annonça : « *Muay Bouk* », un boxeur qui avance tout le temps vers son adversaire en utilisant beaucoup ses poings. Xavier lança le chrono et Jenny se jeta allégrement sur Djimon, doublant, triplant les *jabs*, balançant des crochets assez larges.

Avec les jambes, elle se concentrait sur les *low kicks*. Djimon esquivait facilement. Il corrigea de lui-même ses appuis pour être bien de face et plus réactif en blocages. Xavier l'incitait à améliorer ses décalages. Il respirait formidablement bien. À son âge, sa décontraction et son attention étaient remarquables. Ses contre-attaques étaient un peu légères en revanche, il avait du mal à dépasser le stade du miroir et ne surprit pas une seule fois Jenny dans ses combinaisons. Le round touchait à sa fin. Une sonnerie de téléphone retentit. Xavier partit décrocher dans le bureau. Jenny but une gorgée d'eau, réajusta ses protège-tibias et régla le chrono pour le round suivant. Elle frissonna, le soleil venait de disparaître sous un nuage violacé et un courant d'air glacé avait balayé la salle. Elle espéra que l'odeur pincée qui lui serrait la gorge ne venait pas de ses gants. Il faisait bien sombre tout à coup. Personne n'avait pensé à allumer par une si belle journée. Mais le chrono les rappelait au combat. « *Muay Tei !* » Cette fois, elle allait lui opposer une boxe toute en jambes.

Tiens, Djimon a l'air effrayé, qu'est-ce qui lui prend ? Elle lui sourit autant que le protège-dents le permet. Elle baisse même un peu la garde et lance une très inoffensive jambe avant pour le remettre en confiance. Djimon en profite pour saisir le pied de son amie et la déséquilibrer. D'un coup de hanche puissant, il la projette lourdement au sol. Jenny a besoin de quelques secondes pour s'en remettre. Rien de grave bien sûr, mais la riposte est un peu excessive. Elle met ça sur le compte du malaise qui semble gagner le jeune homme. Il faut vite qu'elle injecte un peu de légèreté dans leur assaut.

« Bravo. On attend le retour de Xavier pour les saisies, OK ? Pour l'instant, travaille surtout les blocages et remises. »

Djimon fait signe qu'il a compris. Ils se tapent dans les gants. Jenny regagne le centre du ring. Elle enchaîne plusieurs *low kicks.* Il ne bloque rien. Il ne remise pas plus. Elle lui envoie un *high kick* qu'il efface d'un retrait du buste, l'élan de Jenny la fait pivoter sur elle-même mais elle choisit de ne pas compléter par un retourné, ce n'est pas le moment qu'il se sente trop dominé… Le choc est cette fois extrêmement brutal. Il vient la cueillir avec un coup de pied au plexus qui la propulse en arrière dans les cordes. Et il bondit vers elle, mais merde, qu'est-ce qu'il… Jenny évite sa droite de quelques millimètres, déviant la trajectoire d'un chassé de la main. Elle se glisse sur son côté et recule d'un bon mètre, échappant au coup de genou sauté qui vise son visage. Elle se décale au moment où il reprend ses appuis et profite de sa garde baissée pour lui balancer un crochet assassin au menton. Djimon tombe comme un sac aux pieds d'une Jenny stupéfaite. Xavier réapparaît à ce moment-là. Il se jette sur le jeune homme gisant au sol. Jenny arrache son casque, ses gants et s'agenouille devant Djimon. Il a repris conscience et les dévisage, sidéré. Un immense sentiment de honte envahit la jeune fille tandis que Xavier lui lance un regard désapprobateur. Elle se précipite sur son sac et s'enfuit.

46.

David, Daniel et moi étions attablés au fond du café. Le serveur mal luné avait exigé qu'on paye nos consommations tout de suite. C'était pas son genre. La cause de son énervement s'agitait en terrasse : quatre néo-punks et leurs deux chiens. Au zinc, les vieux commentaient la sauvagerie de la jeunesse sans nous épargner leurs regards désapprobateurs. Le mot « casseurs » avait pris la place de « voyous » dans leur vocabulaire. Je connaissais bien l'endroit et je ne me sentais pas intimidé par ces piliers de bar. Ils étaient fatigués, pas méchants. Des Blancs, des Noirs, des Beurs comme on disait de leur temps, réunis par la galère et l'addiction aux jeux à gratter. Ils s'étaient habitués à ce que le nouveau patron soit un Chinois. Ils étaient tous un peu racistes, surtout le patron. Je les entendais souvent s'échanger les préjugés comme des cartes à la belote. Ça taillait dur à coups de « tu peux pas nier que… », « toi, t'es réglo mais faut dire les choses pour ce qu'elles sont ». Je savais que j'aurais pu me joindre à eux sans même me présenter pour prendre part à leur discussion. Parce que les palabres sans fin, c'est un peu tout ce qui leur restait, alors ils n'étaient pas regardants sur les interlocuteurs à condition que chacun puisse y aller de son coup de gueule et de sa petite blague. Mais les « casseurs », ça c'était trop pour eux. Mon oncle Medhi avait une théorie là-dessus. Je l'avais entendu l'exposer à Sayif : « L'ironie, c'est que des types qui ont bossé toute leur vie pour des salaires de misère sont scandalisés par la destruction de vitrines de boutiques et de banques. La société de consommation a réussi à faire disparaître la lutte des classes de l'équation, mais elle ne sait pas bien par quoi elle l'a remplacée. »

Sayif était étonnamment d'accord sur ce sujet. Même pour lui, le libéral dévot, il fallait préserver une certaine tension entre les travailleurs et leurs patrons. Son argument était que la tension, c'est normal dans une société et qu'il fallait juste s'assurer qu'elle se fixe plus ou moins au bon endroit. « Les tensions hors sujet, c'est les plus dangereuses parce qu'elles se trompent d'objet. Elles peuvent éclater mais jamais se résoudre. » Moi, comme je l'ai déjà dit, je n'avais pas d'opinions politiques très tranchées. Je ne manquais de rien et j'aurais voulu pouvoir affirmer que mon éducation m'avait immunisé contre le matérialisme, mais ç'aurait été un mensonge. Car je constatais, surtout depuis le collège, que certaines choses pouvaient rendre votre compagnie désirable. Si une fée m'avait laissé le choix d'un vœu à douze ans, j'aurais sans doute opté pour la richesse, pour qu'on me dise que mes pompes étaient géniales, pour qu'on *like* mes photos à la plage sur Instagram, pour que l'attention des autres se pose sur moi et que je n'aie plus à la quémander. Les fées avaient dû juger mes aspirations bien médiocres car, le seul cadeau qui m'était tombé du ciel, c'était une acné ravageuse et persistante. À l'époque, mon goût de la lecture s'était nourri de mon complexe.

Je ne pouvais pas passer mes récréations à me planquer, cela m'aurait valu encore plus de moqueries, mais enfouir mon visage dans des bouquins avait représenté une solution acceptable. C'est cette manie qui avait fini par me faire remarquer par Daniel et Stan. Ils n'étaient pas plus populaires que moi en ces temps où l'Enchanteur n'avait pas pris son envol, mais leur amitié m'avait guéri de l'isolement. Ils m'avaient rendu la scolarité supportable et offert une forme de respectabilité dans la jungle de l'adolescence. Aujourd'hui, je devine que leur influence ne se résume pas à ça. Stan et Daniel m'ont aussi inscrit dans un archétype. Dès le début, ils m'avaient flatté en me traitant comme un érudit. C'était totalement faux mais je déployais des efforts considérables pour incarner le personnage. Avant de les rencontrer, je me réfugiais dans les livres. Après, j'y avais trouvé matière à vivre, et même mieux, une façon vivable d'être au monde. Il ne faut pas imaginer que j'arrivais à passionner les filles en leur parlant de Lady Macbeth, j'enchaînais toujours les râteaux, mais parfois je distinguais dans leur regard une expression intriguée, comme si elle me collait un post-it « à surveiller les prochaines années ». À mon échelle, c'était une promotion notable. Une autre qualité de mes nouveaux amis était qu'ils ne parlaient presque pas de drague ou de sexe. Daniel se sentait exclu des jeux de séduction à cause de son poids et de sa maladie. Quant à Stan, c'était plus mystérieux. L'Enchanteur était assez charismatique pour lever une armée, toutes les filles se seraient damnées pour sortir avec lui, et rien… Pas une histoire, pas un flirt. Je le soupçonnais d'être beaucoup trop difficile, d'attendre une romance à la hauteur de sa réputation. Mais je ne creusais pas la question. La chasteté de mes compagnons m'arrangeait. Je n'aurais jamais pu leur confier à quel point j'étais dévoré par l'envie de plaire et d'embrasser, et encore moins leur avouer mon goût pour la pornographie. Quand par la suite, David et moi étions devenus inséparables, sa pudeur et son innocence avaient contribué à m'entretenir dans l'idée que j'étais le seul obsédé de la bande. En revanche, David me regardait avec admiration, et c'était inestimable. D'autant que sa candeur cachait une intelligence affûtée. Avec lui aussi, il fallait que je reste alerte, que je trouve sans cesse de nouvelles façons de l'épater – on ne dira jamais assez à quel point la frime est un puissant ressort pédagogique. Je remerciai silencieusement David qui, à cent lieues de ces considérations, était en train d'expliquer quelque chose à Daniel.

« Tu sais que dans les folklores le petit peuple est souvent associé à la peur du vol d'enfants ? Les hobgoblins comme Puck ? Là, on a une version amusante de *trickster*, mais à la base je crois qu'ils fichaient vraiment la trouille aux gens. »

Il avait tellement changé. Je n'en revenais pas de le voir tenir sans la moindre timidité des conversations aussi savantes avec Dan. Il m'arrivait même de me sentir un peu jaloux de leur complicité.

Je demandai : « C'est quoi un *trickster* ? »

David prit un air si sérieux que c'en était un peu comique.

« C'est un archétype qu'on retrouve dans presque toutes les mythologies. Celui qui joue des tours, brise les lois et les tabous par une intervention magique. Loki chez les Nordiques, Puck dans *Le Songe…* »

Je commençais à bien connaître la pièce et récitai :

« *N'êtes-vous pas celui qui effraie les filles du village, écrème le lait, tantôt dérange le moulin, et fait que la ménagère s'essouffle vainement à la baratte, tantôt empêche la boisson de fermenter, et égare la nuit les voyageurs, en riant de leur peine ?* »

David s'assombrit.

« Oui, décrit comme ça, il a l'air inoffensif, mais dans *Le Songe*, Obéron et Titania s'engueulent à propos d'un petit Indien. Obéron le veut comme page et Titania ne cède pas. Ça passe comme un ressort comique. Mais il vient d'où, le môme ?

— Tu veux en venir où ? »

Daniel allait s'en mêler quand, sur la terrasse, un des chiens bondit en aboyant et percuta la table. Les choppes valsèrent, les jeunes bondirent à leur tour pour éviter d'être aspergés. La bière se répandit sur les chiens. Les verres se brisèrent au sol. Un des molosses s'entailla la patte. Fou de douleur, il se retourna contre l'autre dans un tourbillon qui effraya même leurs maîtres. Ils titubèrent à reculons, s'effondrèrent sur d'autres clients qui à leur tour firent tomber verres et tables, dans un chaos de bruit et d'invectives. Le patron surgit, furieux, balai serpillière à la main, insultant tout ce petit monde en cantonais. On s'empoignait et s'apprêtait à taper quand un cri puissant comme une hache vint fendre net l'algarade :

« STOOOP ! »

Tout se figea, les bras et les épaules pendaient ballants, les chiens se couchèrent en jappant, les punks dégrisèrent, le Chinois était surpris et admiratif. Nous, on contempla, ahuris, le tableau saisissant de Jenny vengeresse, qui fondit sur nous, se jeta sur la banquette et nous gueula dessus :

« Quoi ? Tout le monde me gave aujourd'hui ! »

On baissa les yeux pour siroter nos cocas. Manifestement, Jenny arrivait de la boxe et n'était pas repassée chez elle pour se changer. Je me dis que ce n'était pas le moment de le lui faire remarquer. Le patron du bar s'approcha et s'adressa à elle :

« Que désirez-vous, mademoiselle ? C'est la maison qui offre. »

Elle commanda une eau gazeuse en grommelant et se mit à dessiner sur la table avec du sucre. Daniel reprit le fil de la discussion pour expliquer à David, que selon lui, il n'y avait pas de signes du destin dans le choix de la pièce. Depuis l'Antiquité, la peur de la perte d'un enfant, ou la culpabilité de l'abandonner, avait contaminé les récits et les fables. Les créatures qui dérobaient les petits, de certaines versions de Lilith aux gobelins et aux fées, n'exprimaient pas la crainte de la jeunesse mais plutôt la peur de ne pas avoir su la protéger.

« Tu ne dois pas oublier que, avant le christianisme, le temps était conçu comme cyclique. En l'absence d'une promesse consolatrice après la mort, il faut beaucoup de magie à côté pour supporter le chagrin et le désespoir et… »

Daniel s'interrompit net. Il venait de se rendre compte combien son exposé entrait en résonance avec sa propre agonie. Une gêne s'installa entre nous, rompue par David.

« Je crois que la chose qu'on a vue dans la ruelle nous a vus elle aussi et je crois qu'elle nous attaque. »

47.

Après notre rendez-vous au café, Daniel nous avait demandé de le suivre à l'Enjolras, où il voulait nous faire part du résultat de ses recherches sur les égrégores. Je savais que Mehdi et lui se voyaient beaucoup ces derniers temps, et je me sentais blessé que mon oncle ait été appelé en renfort sans que l'on ait jugé bon de m'en avertir. En grimpant dans le tram, cet élan de jalousie se mua en sentiment de trahison : Dan venait de rompre un accord tacite en se confiant à Mehdi. Qu'avait-il raconté ? J'étais encore incapable de prononcer *monstre*, *Cassia*, *égrégore*, tous ces mots de dingue qui étaient entrés dans notre vie. J'étais rempli de doutes et faisais un effort pour ne pas le montrer. Et Daniel avait déballé tout ça à mon oncle ? Et le miracle ? Dan avait-il poussé la confidence jusqu'à révéler ce que nous œuvrions à réaliser pour lui ? Pour la première fois, cette entreprise m'apparut tout aussi irréelle que la croyance en une force maléfique qui rôdait dans la ville. Une bouffée de lucidité me fit nous considérer sous un jour nouveau et ce que j'entrevis me glaça : cinq ados complètement détraqués qui essayaient de transformer la mort de l'un d'entre eux en quoi… en une sorte de happening ? J'observais mes amis, coincés debout dans la masse des voyageurs, et je ne voyais plus les héros d'une épopée mais un ramassis de losers biberonnés à Youtube qui rêvaient leurs existences médiocres en flashmob. Toute la confiance, toute la foi que j'avais placée dans cette quête s'effondra. Ma colère contre Daniel se redirigea alors de façon foudroyante vers Stan. C'était sa mégalomanie qui nous avait menés là. Nous étions entrés dans son jeu parce qu'il nous avait offert l'illusion de nous croire meilleurs. Comme toutes les victimes de ses arnaques, il nous avait emprisonnés dans une fiction valorisante et nous récitions l'histoire qu'il avait écrite pour nous. Tout ça pour quoi ? Pour servir son règne de potentat de cour de récré. Le pire est que durant ce court trajet, rythmé par les inconnus qui montaient, descendaient, poinçonnaient, riaient, parlaient trop fort dans leurs portables, je distinguais un motif clair dans notre dérive. Ce qui nous liait, nous animait, et nous condamnait sans équivoque, était la morbidité sur laquelle reposaient nos affabulations et nos délires de grandeur. À la fin, qui étions-nous ? Une boxeuse en survêt qui puait la sueur ; un garçon efféminé torturé par une mère folle à lier ; un lâche qui cachait sa banale terreur d'être moche derrière des lectures prétentieuses ; un obèse cancéreux. Et Stan ? La piste de la morbidité me paraissait soudain si éclatante. Stan, bien sûr, qui ne se remettait pas de la mort de son frère Joachim et pensait se venger du sort en offrant à Daniel des funérailles dignes d'un roi vicking. Je voulais partir en courant quand les portes s'ouvrirent sur notre arrêt. La seule chose qui m'en empêcha était le besoin d'une sentence. Nous marchions vers notre jugement, un adulte allait mettre fin à nos conneries. On allait être ramenés à notre place. Et c'était mérité.

Je n'osai pas embrasser ma tante au comptoir de la librairie. Je me dirigeai vers l'arrière-salle, résigné et étrangement soulagé. Il y avait un confort indéniable à ce que tout s'arrête. Allez ! Juste un moment difficile à passer. Tout serait plus facile ensuite. Je pourrais enfin jouer sur ma console et mater des séries tranquille. Fini, les journées de dix-huit heures, fini, cette pièce qui me pesait, fini les ballades nocturnes, les manigances contre Prieur et Julien et, surtout, fini, tous ces putains d'efforts. À cette pensée, c'est presque rasséréné que je m'assis à côté de Mehdi autour de la table encombrée de livres et de cahiers. Tous ces livres aux titres étranges, qui n'appartenaient pas aux rayonnages de l'Enjolras. Mais d'où pouvaient-ils venir, tous ces bouquins sur… la magie ?

« Je vais vous résumer ce qu'on a trouvé, fit Dan sans autre préambule. J'ai dû demander de l'aide à Mehdi, ce n'est pas le genre de livres qu'on trouve en bibliothèque municipale ou sur Google.

— Jeunes gens, ajouta mon oncle, je crois qu'à cause de vous, un certain nombre de mes collègues me prennent pour un fou. »

C'était dit sur un ton badin. Je regardai Daniel et Mehdi s'échanger des carnets de notes, abandonnai tout espoir de maîtriser mon destin et écoutai l'exposé de Dan, médusé par le sérieux et l'attention que lui prêtait mon oncle.

« Vous savez ce que j'ai toujours pensé de l'ésotérisme… La lecture de tous ces bouquins a plutôt renforcé mes préjugés. Hors de ses dimensions ethnographiques et symboliques, la matière est aussi fumeuse qu'elle en a l'air. »

Je me pinçai ; mais, oui, nous étions bien en train d'avoir cette conversation.

« Alors, j'ai décidé de changer de perspective. Je me suis demandé comment progresser en partant de la preuve. Je veux dire, en commençant par le fait que nous connaissons la conclusion, et qu'il nous reste à trouver la démonstration. C'est bien sûr une procédure plus que douteuse mais je me suis souvenu d'un concept dont Stan m'a souvent parlé, la “suspension d'incrédulité”. C'est un truc de romancier qu'il utilise dans ses scénarios d'interventions. Dans une fiction, et particulièrement si elle repose sur un postulat irréaliste, le lecteur fait un pas vers le narrateur en lui offrant de suspendre son incrédulité, et la tâche du narrateur n'est pas de le convaincre que ce qu'il raconte est vrai mais de déployer une fiction vraisemblable pour ne pas briser ce consentement. En quoi cela peut-il nous être utile ici ? Face à une matière trouble et contradictoire, il me semble que trier dans ce fatras d'occultisme ce qui est cohérent ou pas avec notre histoire peut nous mettre sur la bonne voie. »

Et mon oncle opinait du chef. Ça, c'était hautement ésotérique pour moi. Daniel poursuivit :

« On peut distinguer deux concepts clés. Le premier tourne autour de l'idée que tout ce qui est de même nature dans le vivant, les tigres, les hommes, les arbres, partage de l'information. Mais je ne parle pas seulement de communication, je parle de stockage. Pour les shamans, c'est la croyance en une “âme-groupe” et en l'existence d'une mémoire partagée pour chaque espèce. Un peu comme une librairie planquée dans l'ADN.

— C'est un courant de pensée que les modernes n'ont pas abandonné, ajouta Mehdi, Jung le reformule sous le terme d'inconscient collectif. Teilhard de Chardin, un philosophe chrétien, parle de noosphère, littéralement la sphère de pensée collective humaine. »

Ils avaient donc répété ce numéro. Je m'accrochai à mon fauteuil.

« Jusqu'ici, pourquoi pas. Le deuxième concept est plus difficile à avaler. Les groupes seraient capables de produire une énergie psychique collective. On ne parle plus d'information, mais bien d'une forme de volonté commune. Ce qui, si l'on veut tirer un enseignement pratique de tout ça, nous conduit à formuler trois questions : quelle est la nature de cette énergie, où se condense-t-elle, comment l'annule-t-on ?

— Ce qui est à peu près aussi ambitieux que d'essayer de répondre à des questions du genre "qu'est-ce qu'une idée ?" et "où vont les rêves ?". »

L'intervention de Mehdi fit surgir un faible espoir en moi : était-il en train de prétendre entrer dans notre logique pour mieux la désamorcer en douceur ? C'était tout à fait digne d'un vieux maïeuticien comme lui, mais Dan n'était pas du genre à se laisser prendre à un piège aussi grossier et donnait l'impression de parler d'une seule voix avec mon oncle.

« C'est le piège en effet si on se contente d'une approche analogique. Le défaut de la pensée magique, c'est qu'en l'absence de recours à la science, elle cherche des systèmes de pensée compatibles pour donner à la théorie une apparence de vérité. Par exemple : la longévité des sociétés shamaniques aux quatre coins du globe et certains de leurs succès indéniables, comme dans le domaine de la médecine, sont des arguments empiriques en faveur des "croyances" shamaniques. C'est en ajoutant dans la balance Jung et Teilhard, dont les systèmes de pensée trouvent leur origine ailleurs mais se révèlent compatibles, qu'on crée l'illusion d'une vérité universelle. N'oubliez pas que je ne vous ai pas demandé de croire mais simplement de “suspendre votre incrédulité”. Ce que je vous propose est de sortir volontairement du réel et d'entrer dans la fiction. Ce que je vous propose, c'est d'enquêter sur la narration pour prévoir ses rebondissements. »

À ce stade de la démonstration, j'avais renoncé à prévoir quoi que ce soit. C'est Jenny, moins embarrassée, qui enchaîna :

« Tu veux dire qu'on est devenus des personnages et qu'on veut changer la fin de l'histoire ?

— En quelque sorte, approuva Dan.

— Le *trickster* ! fit David, excité. Vous ne m'écoutiez pas tout à l'heure ? La fonction du *trickster* est de contourner les lois physiques et morales des hommes en utilisant la magie. Et comme par hasard, on monte la pièce du *trickster* le plus célèbre au moment où la magie déborde dans notre ville ?

— Tu en conclus quoi ? l'interrogea Dan.

— Je ne sais pas. Ça me paraît évident mais je n'arrive pas à le formuler.

— Alors, continua Dan, en attendant, revenons sur nos questions, tu veux bien ? De quoi est faite cette énergie, où réside-t-elle… Si on savait ça, on pourrait s'y opposer, non ?

Je compris que mon oncle n'était pas en train de nous manipuler quand il ajouta :

« Daniel et moi n'avons trouvé aucune réponse satisfaisante à ces questions. Il y a bien chez Alexandra David-Néel des digressions sur le concept tibétain du *Tong pa gnid*, une forme d'énergie créatrice neutre inhérente à la nature du vide, mais ça ne mène nulle part. Et ça reste des imprécations de vieux moines esclavagistes. »

Au moins, Mehdi n'avait pas vendu son âme.

« Mais ça m'a rappelé une démonstration élégante, fit Dan. La théorie du big bang postule que toute la matière et l'antimatière existent en quantité finie dans l'univers. Tout ce qui *est*, matériel ou immatériel, est donc assemblé pour une durée finie par des atomes empruntés à une bibliothèque commune. Jusque-là, on est dans une théorie scientifique dominante. Et elle est déjà vertigineuse : la science, *de facto*, décrit aussi une théorie de l'interconnexion universelle. Tout est lié à tout, vient de tout et y retourne. Maintenant, au niveau subatomique, la matière perd rapidement les traits de quelque chose de solide, un noyau d'électron ne touche jamais un autre électron, c'est la charge d'énergie qui l'entoure qui réagit à une autre charge et crée par exemple une répulsion. En nous observant au niveau subatomique, rien de ce que nous sommes et de ce qui nous entoure ne ressemble à quelque chose de solide, mais plutôt à de l'énergie. C'est assez difficile à concevoir, bien sûr, mais cela introduit la question suivante : si ce que nous imaginons solide n'est que de l'information, en quoi ce “solide” diffère de notre imagination ? En bref, si tout est information, nos pensées sont aussi réelles que nous. »

Quelque chose avait fini par me happer dans cette démonstration, à me ramener malgré moi vers mes amis. Ce fut mon tour d'intervenir.

« Ce que tu dis, c'est que l'égrégore est fait d'informations. »

Dan m'adressa un sourire reconnaissant, mon trouble ne lui avait donc pas échappé.

« Ça répond à la question de sa nature, reprit David. Il faut qu'on sache où il se cache maintenant.

— Là où résident les informations ? proposa Jenny. Dans nos mémoires ? Dans les médias, sur les réseaux sociaux ?

— C'est ce que j'aurais tendance à penser, fit Dan. Le condensateur d'un égrégore spontané doit résider tout simplement là où l'âme-groupe des gens qui le créent s'exprime. Reste la dernière question : comment combat-on une information ?

— On la remplace par une autre, affirma Mehdi. Et on fait taire sa source pour qu'elle ne soit pas répétée. »

J'étais aussi excité qu'eux à présent. La sensation que nous avions progressé avait suffi à me faire remonter de l'abîme. Je choisissais mon camp en fait, mais sur le moment, seul me suffit de retrouver le goût d'appartenir.

« Dans la tradition ésotérique, reprit Daniel, les égrégores spontanés naissent de pulsions fortes, souvent négatives, et ils grandissent en se nourrissant du mal qu'ils causent. Ça pourrait correspondre aux meurtres. L'égrégore contaminerait des gens plus “perméables”, et leur ferait commettre ces actes.

— Comme des possessions ? demanda David.

— C'est une hypothèse qui expliquerait que la police ne trouve rien.

— Mais s'il est en train de prendre des forces… c'est dans quel but ?

— Libérer l'énergie accumulée. L'égrégore est tendu vers un événement de masse. Or le plus grand événement de la ville, c'est la Fête du fleuve. Ça nous donne un calendrier d'action. Si l'on s'appuie sur notre narration, il faut qu'on détruise le monstre à cette occasion, en l'étouffant sous une autre histoire, plus forte, plus belle, qui prenne sa place dans les mémoires, dans les médias et sur les réseaux sociaux. Et bizarrement, qu'est-ce qu'on essaie de faire depuis septembre ?

— Le miracle ! »

David l'avait crié mais ce cri était déjà dans nos têtes. Tout ce que nous venions d'échafauder révélait un jeu de résonances si parfait, si cohérent qu'il en devenait exaltant et effrayant à la fois. Mon sentiment d'irréalité avait été chassé par cette agrégation de sens et, plus efficacement encore, par deux éléments de preuve. En premier, si nos mémoires luttaient pour en chasser le souvenir, nous avions bien reconnu un monstre dans la ruelle. En deuxième, Dan avait révélé à mon oncle le miracle, et loin d'appeler les urgences psychiatriques, il nous proposait son aide. Mehdi dut ressentir mon soulagement puisqu'il déclara :

« Même un vieil athée indécrottable comme moi est terrifié par la puissance des foules. Et vous n'êtes pas les seuls à sentir que quelque chose ne va pas. Le commissaire Martinez, Sayif, moi. Nous utilisons d'autres mots, mais qu'est-ce qu'on en sait après tout ? J'ai accepté de soutenir Daniel à une condition. Je vous aide à trouver de l'information. Je vous encourage à mener à bien votre magnifique projet pour la Fête du fleuve. Je vous laisse même une certaine latitude dans votre… enquête. En revanche, et que ce soit bien clair, j'attends de vous une totale transparence, et bien entendu que vous ne vous mettiez jamais, jamais, en danger ! »

Il nous fallut faire un effort pour ne pas nous regarder. Il était évident que Daniel ne lui avait pas tout dit. Ça me rassurait. On parlait de monstres, de catastrophes à venir, de plans impossibles, et moi, j'étais simplement soulagé que mon oncle n'ait pas découvert que j'avais fait le mur. Pitoyable, je sais. En même temps, je n'ai jamais prétendu être le héros de cette histoire.

48.

Nous suivre plus loin dans ce récit requiert un acte de foi. Je me doute que c'est un pas difficile à faire. Aujourd'hui, je dirais que Jenny et moi avons été jetés dans cette nouvelle bataille par la force centrifuge de notre lien à Daniel. Cette année-là, nos vies tournaient autour de lui comme des satellites, alors quand il a modifié son orbite, nous avons suivi mécaniquement. Pour David, c'était différent. De nous tous, c'était le seul à être prêt depuis toujours. Il avait grandi avec une part de ténèbres, ses yeux étaient grand ouverts. Stan nous avait tourné le dos. On le croisait au lycée quand il daignait venir en cours. Bien sûr, nous espérions qu'il se réconcilie avec Dan. Bien sûr, il nous manquait. Éviter le sujet ne nous empêchait pas de nous inquiéter pour lui. Parce que nous savions qu'il se consumait à honorer sa promesse et que, en nous tenant à distance, il s'était isolé.

En fait, Stan était peut-être moins seul que je ne le pensais. Je me trompais sur tellement de choses, j'avais peur de tellement de choses, j'ai fait tellement d'erreurs. Je ne me cherche pas d'excuses, *la faute n'est pas dans nos étoiles mais en nous-mêmes.*

49.

Stan m'a raconté une fable un jour. Un cordonnier va voir son fils, un tire-au-flanc. Il lui dit : « Je t'ai trouvé une épouse. » Le fils proteste, une femme c'est beaucoup trop de soucis. « Mais c'est la fille du président de la Compagnie des chemins de fer, précise le père, elle est très riche. » Le fils répond : « C'est sûr que ça change tout... »

Le cordonnier file ensuite voir le président de la Compagnie des chemins de fer. De but en blanc, il lui demande la main de sa fille pour son rejeton. Le type le prend pour un fou mais le cordonnier ajoute : « Mon fils est vice-président de la plus grande banque du pays. » L'autre ajuste sa cravate, s'éclaircit la voix et dit : « C'est sûr que ça change tout... »

Le dimanche suivant, le père attend le président de la banque à la sortie de l'église. Il va se présenter et lui annonce : « On ne se connaît pas mais vous devriez nommer mon fils vice-président. » Le banquier rigole. Le père lui murmure à l'oreille : « C'est le gendre du patron de la Compagnie des chemins de fer. » Le banquier sourit : « C'est sûr que ça change tout... »

Stan prétendait qu'il était devenu l'Enchanteur le jour où il avait entendu cette histoire ; sans doute un autre de ses bobards mais, ce qui est sûr, c'est qu'elle résumait bien sa méthode. Il m'a fallu beaucoup de temps pour décortiquer l'immense machinerie que l'Enchanteur avait mise en place au cours de cette année. Quand j'ai enfin réussi à m'en faire une image globale, ma première pensée a été que mon pote était encore plus brillant que je ne l'imaginais. Et puis, en surimposant une chronologie au tableau que j'avais dessiné pour m'y retrouver, j'ai été pris de vertige. Et la question de savoir comment il y était parvenu avait été remplacée dans mon esprit par celle de savoir comment il avait tenu.

On avait compris depuis le début que réussir ce que nous demandait Daniel était dingue. Ce n'est pas un hasard si on avait baptisé l'entreprise « le miracle ». Une pièce de théâtre dont la première serait jouée sur le perron de l'Opéra le soir de la Fête du fleuve. Une pièce suffisamment belle pour attirer du monde. Et une fois le public réuni, faire débouler des musiciens, voir jaillir la troupe du ballet, enflammer la place en son et lumière, lancer une parade, éblouir la ville entière… Bien sûr que ça nous paraissait fou. Mais Stan avait décrété que c'était possible. Sur le moment, nous, on pensait qu'il avait toujours un coup d'avance, alors que dans sa tête, ça devait plutôt ressembler à une course contre une avalanche.

Stan a accompli un grand nombre de ses exploits dans ces semaines difficiles de février-mars où l'on n'était pas à ses côtés. Il a dû trouver de l'aide en dehors de la bande. La liste d'acteurs est longue au générique de notre miracle, des grands rôles et des plus petits qui auraient pu passer complètement inaperçus.

Maxence Boulouque, en voilà un à qui on doit beaucoup. Maxence n'avait pas trouvé grand-chose en menant sa petite enquête sur la directrice du ballet. Eugénie Brighelli vivait comme une bonne sœur et ne pensait qu'au travail. On ne lui connaissait pas plus de vie sociale que de vie privée. Le seul élément saillant que Maxence avait pu rapporter à Stan était sa haine virulente pour Augustin Quatremer, le jeune et très médiatique nouveau directeur de l'Opéra de Paris. Depuis qu'il avait fait l'objet d'un film dithyrambique, Eugénie avait remplacé tous les gros mots de son vocabulaire par le patronyme de son rival. Quand un élève arrivait en retard : « Vous faites votre Quatremer. » Quand un autre ratait un temps dans une chorégraphie : « Je veux du collectif, pas du Quatremer. » Quand il pleuvait dehors : « C'est une météo de Quatremer. » Au début, Stan n'avait pas su quoi faire de cette jalousie, et puis il s'était souvenu que la mère de Zhila était prof dans la prestigieuse école de journalisme de la ville et une idée avait germé. C'était comme souvent une idée un peu folle. Il s'était donc présenté à la mère de Zhila et lui avait confié une partie de ses ambitions pour le miracle. Il avait trouvé en elle un public attentif et bienveillant (Zhila lui semblait transformée depuis qu'elle répétait notre pièce). Elle l'avait aidé à convaincre deux de ses étudiants les plus doués de transformer leur projet de fin d'année en sujet sur Eugénie. Ils devaient de toute façon travailler sur le renouveau des formes d'interviews, et le décor de l'Opéra leur plaisait bien. Restait à rendre cette offre suffisamment alléchante pour conquérir Mme Brighelli et obtenir en échange la participation de sa troupe. Stan avait besoin d'un nom connu, d'une diffusion nationale. La seule personnalité du monde audiovisuel qui passait du temps dans notre ville, c'était l'affreux Antoine Ribeaudeau. Ça collait bien puisqu'il produisait des documentaires. Mais comment l'approcher ? Et surtout comment arracher son concours ? Stan avait demandé à Paulo s'il avait un dossier sur lui. La seule information utile qui en était remontée était le nom du bar où il traînait son érotomanie légendaire.

Paulo se donnait du mal pour nous aider. Je ne l'aurais jamais deviné, mais il réunissait pour l'Enchanteur toutes les informations sur le tournage du film de Kloos qui, à peine débuté, virait déjà à la gabegie. Comme prévu, le couple de stars se déchirait. L'obsession de notre kiosquier pour les potins hollywoodiens l'avait depuis longtemps rendu familier des meilleurs sites et blogs américains où agents, publicitaires et paparazzis se livraient des guerres de propagande. Depuis que Stan savait que Céline bossait sur le tournage, il se demandait le bénéfice qu'il pourrait en retirer. Clarence Faran et Michael Vellozi dans la région, c'était trop extraordinaire pour être négligé. Stan commençait à peine à imaginer la façon dont il allait jouer cette carte.

Il y avait aussi la petite Rom. Elle s'appelait Sorina. Stan ne l'avait pas oubliée. Il voulait lui donner une place dans le spectacle. S'il réussissait à mêler Eugénie au miracle, si la maîtresse de ballet voyait la gamine dans un rôle de première ballerine, si la petite se montrait à la hauteur… ça en faisait des « si »… Mais comme il l'avait rappelé récemment à Maxence : « Il y a tellement de choses terribles contre lesquelles on ne peut rien… mais il y en a tellement d'autres pour lesquelles rien n'empêche d'essayer. Moi, ça me rend malade de rester les bras croisés. Je ne supporte pas que cette fille n'ait pas sa chance, je ne supporte pas que David soit martyrisé par Julien, je ne supporte pas que Daniel n'ait jamais appris à faire du vélo, je ne supporte pas que chacun n'ait pas droit à son petit rêve. » Maxence lui avait objecté qu'il ne supportait pas grand-chose. Stan s'était marré et était allé se présenter à Sorina qui faisait la manche et les poches sur la place de l'Opéra.

Et puis, il y avait M. Dupré. Un rôle si insignifiant que j'ai hésité à le mentionner. Je sais qu'un soir Stan et lui se sont retrouvés dans la galerie marchande. Ça s'est passé quand Daniel faisait ses recherches sur l'égrégore avec Mehdi, et que ses visites à l'Enjolras le conduisaient à négliger son rendez-vous devant le salon de coiffure. Stan était venu le remplacer sur son banc, le temps de mettre de l'ordre dans ses idées. Dupré, fidèle au poste, thermos en main, ne lui avait pas adressé la parole tout de suite. Stan ne se souvient pas de ce qui les avait finalement amenés à discuter, en tout cas le vieil homme élégant savait déjà qu'il était ami avec Daniel. Dupré lui avait raconté des histoires de marionnettes, le rôle méconnu que cet art avait tenu dans la transmission de la culture orale en Europe. Il était intarissable sur le sujet, et plus particulièrement sur les métamorphoses qu'avait subies l'histoire du docteur Faust quand Marlowe et Goethe s'en étaient emparé. Stan avait écouté d'une oreille très distraite cet exposé érudit et Dupré avait fini par s'en rendre compte.

« Jeune homme, vous êtes ailleurs.

— Pardon. Oui… j'ai des décisions à prendre. Compliquées.

— Puis-je savoir si vous vous interrogez sur les conséquences de ces décisions ou sur leurs motivations ?

— Je dois demander des services importants. »

Stan désigna la vitrine du menton pour indiquer à Dupré qu'il parlait des coiffeuses.

« Vous craignez qu'elles vous les refusent ?

— J'ai surtout peur de ne pas demander les bonnes choses. »

Stan, tout à ses plans complexes, avait répondu de façon mécanique. Son attention fut aiguisée quand il se demanda soudain pourquoi il disait la vérité à ce vieux type qu'il ne connaissait presque pas.

— Ah, mais cela change tout, fit Dupré. Vous êtes donc bien dans la position de ce brave docteur Faust.

— Excusez-moi mais tout à l'heure…

— Vous ne m'écoutiez pas du tout, je sais. »

Stan n'a jamais été clair sur la démonstration qui a suivi. Dupré lui aurait tenu un discours sur Méphisto, la vraie nature du pari passé entre Faust et lui, quelque chose à voir avec « retenir le temps ». Il lui aurait aussi beaucoup parlé de démons, de Socrate et Goethe qui avaient tout compris… Bref, des trucs qui passionnaient plutôt Daniel. Je l'écris parce que je n'arrive pas à m'enlever un doute de la tête. À ce moment-là, Stan ne croyait pas un mot de nos histoires de monstres. Il n'était pas au courant des recherches ésotériques que nous entreprenions avec Mehdi. Stan vivait encore dans un monde rationnel. Et voilà qu'un voyeur hors d'âge l'entretenait de démons et lui balançait, décontracté :

« Ce qu'il vous faut, c'est un peu d'aide. Disons que le démon c'est moi. Vous me promettez un peu de votre âme – je ne saurai que faire de sa totalité – et, en échange, je vous porte chance dans l'entreprise qui vous attend dans cette boutique. »

Stan m'a dit qu'il avait topé en riant de bon cœur. Que ça lui avait même donné du courage. Qu'il s'était levé plus léger et avait filé rejoindre Assieh, Céline et Marie-Rose pour qu'elles l'aident à déployer ses stratagèmes.

C'est sans doute moi, après ce qu'on a vécu… Moi qui vois des diableries partout. C'est sans doute totalement anecdotique. Je l'écris quand même, au cas où. Parce que, si ça ne l'était pas, « c'est sûr que ça change tout ».

50.

Antoine Ribeaudeau n'avait objectivement aucune raison de se douter qu'il allait devenir le plus gros pigeon des arnaques de l'Enchanteur. Depuis dix ans qu'il avait lancé sa maison de production, il était devenu le roi de l'émission d'enquête en prime time. Nombreux étaient ceux qui avaient essayé de l'imiter, tenté de le discréditer, mais Ribeaudeau n'avait fait que renforcer son empire. Les recettes de son succès étaient simples. D'abord, il s'était inventé un personnage à une époque où personne n'y avait songé. Il s'était mis en scène dans ses reportages, entrant dans le champ de la caméra sur une grosse cylindrée, blouson de motard sur le dos, pour interviewer la veuve, la pute et l'orphelin. Toute la profession avait éclaté de rire mais les courbes d'audience les avaient fait taire. Au début, son attirance pour les starlettes de télé-réalité avait assuré sa présence continue dans les magazines people et sur les réseaux sociaux. Il s'était beaucoup calmé depuis, ses ambitions le poussant à incarner un modèle plus bourgeois.

Pour survivre à l'ennui érotique de cette mue, Antoine avait ouvert une branche provinciale de sa société dans notre ville. En théorie pour produire à la chaîne des sujets régionaux et des films institutionnels, en pratique pour passer une semaine par mois loin de Paris et pouvoir emballer des minettes qui acceptaient de signer des contrats de confidentialité avant de passer à la casserole. Sa vie sexuelle était parfaitement satisfaisante, et sa carrière, un modèle. Le paradis.

Le Clark était son club préféré. Le patron lui gardait les meilleures tables et assurait une protection efficace contre les paparazzis. Le spot lui offrait surtout un flot ininterrompu de débutantes sexy et accros à la notoriété. Ce soir-là, accoudé au bar, il passait en revue ses comptes Twitter, Facebook et Instagram (le seul boulot qu'il ne déléguait jamais). Il sirotait un pisco sour quand on le bouscula et il n'eut pas le temps de protester qu'une sublime créature s'excusait déjà, tout en épongeant le vin blanc qu'elle avait renversé sur sa manche. Elle laissa tomber sa poignée de serviettes et Antoine fut électrisé quand elle se redressa en appuyant une main sur sa cuisse.

« Ne vous inquiétez pas, dit-il, ce vieux cuir en a vu d'autres. »

Elle fronça ses jolis sourcils et lui répondit sur un ton faussement réprobateur :

« Pas si vieux… »

Elle l'avait reconnu et il trouva terriblement excitant qu'elle le plante là pour retrouver une jeune Black tout aussi séduisante. Il la suivit des yeux, fasciné par le petit éclat d'or à sa cheville. « OK, petit jaguar, la chasse est ouverte. » C'est lui qui se leva et les rejoignit, après avoir commandé une bouteille de champagne rosé.

« Mesdemoiselles, si je peux vous interrompre un instant… »

La petite Persane et sa copine le dévisagèrent sans un mot.

« J'ai cherché plein de façons originales de vous aborder mais tout sonnait faux. Alors, à défaut d'être spirituel, je propose de vous offrir un verre. À vous de décider si vous m'envoyez paître ou me faites une place à votre table. »

Les deux filles le toisaient sévèrement. La Black dégaina :

« On ne peut pas dire que vous avez cherché longtemps. »

Son amie enchaîna :

« Et je vous confirme que vous sonnez très faux. »

Antoine ne pouvait se souvenir de la dernière fois où une femme l'avait rembarré comme ça. Pour renforcer son inconfort, le barman en profita pour surgir avec son seau à champagne. Le silence des filles tournait au supplice, mais la petite bombe y mit fin en désignant la bouteille.

« Mais, ça, c'est assez spirituel pour moi. »

Et elle se décala sur la banquette en velours, faisant glisser ses jambes entrouvertes dans un ralenti à se damner. Il s'assit, sonné, et elle scella le pacte en posant sa main sur la sienne.

« Détends-toi, beau gosse. On est des filles difficiles mais sympas. En plus, on attend un truc important et on a besoin d'un peu de divertissement. »

La gêne se dilua bientôt dans les bulles et les rires haut perchés. Ces deux jeunes femmes étaient incroyables. Elles le mettaient à l'aise sans paraître sensibles à sa célébrité. Elles le taquinaient sans méchanceté, le flattaient en lui donnant le sentiment de valoir bien plus qu'un type trop vu dans le poste. Elles s'intéressaient à son enfance, à ses opinions davantage qu'à ses émissions. Il prit un plaisir inédit à faire preuve de modestie, à laisser transparaître des doutes et des fêlures.

Elles riaient de plus en plus fort à ses plaisanteries, Assieh s'accrochait à son bras, posant parfois sa joue sur son épaule dans une intimité troublante. Et elle profita d'une absence furtive de son amie pour lui glisser à l'oreille :

« Si tu commandes une deuxième bouteille, il faut me promettre que tu me tiendras bien dans la rue sur le chemin de ton hôtel. »

Il promit et elle lui posa un baiser au coin de la bouche. Marie-Rose les surprit à ce moment-là et lui en offrit un autre sur le front. La nouvelle bouteille apparut dans un fou rire général. C'est alors qu'un jeune timide vint se planter devant le trio. Antoine pensa qu'on allait lui demander un autographe. Il se trompait.

« Madame Radesh ? »

Assieh toisa le puceau qui rougit jusqu'aux oreilles.

« Excusez-moi, madame, mais c'est le pli de Miss Faran. »

Il le lui tendit et fila.

Antoine constata que l'enveloppe allumait des étoiles dans les yeux des filles. Assieh la décacheta précautionneusement pour en extraire une liste manuscrite et une photo qu'elle tendit à Marie-Rose.

« Regarde, elle a pensé à ma photo. C'est vraiment une grande dame. »

Antoine manqua de s'étrangler en reconnaissant le portrait.

« Mais, c'est Clarence Faran, ça ! Qu'est-ce que… »

Il fut stoppé net par le regard assassin d'Assieh. Elle fixa Marie-Rose. Antoine comprit qu'il s'agissait d'une délibération muette dont il était le sujet.

« OK, monsieur, je veux bien te raconter parce que j'ai l'intuition que t'es un mec bien. Mais si tu jures sur l'honneur que tu gardes mon secret. Et réfléchis avant de répondre parce que, si tu me déçois, mon seul objectif dans la vie sera de gâcher la tienne. Tu es certain que tu veux savoir ? »

Il jura. Assieh lui expliqua que leur meilleure copine bossait sur le tournage de Kroos et qu'elle maquillait la star. L'ambiance avec Michael, c'était pire que les rumeurs des magazines. Elle pourrait en répéter des trucs, Céline, mais c'était pas une cafteuse. Et elle était devenue super proche de Clarence qui aurait bien aimé donner un deuxième souffle à son couple mais bon, Michael était allé trop loin. Céline aussi avait confié sa vie à la star, et donc elle avait parlé de ses amies. Et en parlant d'Assieh, elle avait mentionné l'histoire des ouvrières de Jaquin. « Eh bien, imagine le karma : Clarence est dingue de la lingerie Jaquin ! Elle s'en fait livrer sous un pseudo chaque année. Et c'est là que tu vois que c'est une grande dame, parce que dès que Céline lui raconte le combat des ouvrières, Clarence, sans hésiter, elle dit : qu'est-ce que je peux faire ? »

Tous les sens d'Antoine étaient en ébullition. Clarence Faran, Michael Vellozi, Albert Kroos, six oscars à eux trois, le tournage le plus mythique et le mieux protégé de France, à trente kilomètres de ce bar. Et ces filles au cœur d'or, ces rares spécimens de filles canons non vénales, avaient un pied dans le saint des saints. Il se souvenait vaguement qu'il avait refusé à l'époque de consacrer un reportage aux ouvrières de Jaquin parce que des « grosses ploucs en train de perdre leur boulot, c'est pas bandant ». Mais ce soir il entendait cette histoire sous un jour nouveau et se demandait comment il avait pu passer à côté de la télégénie de la chose : de la lingerie, bordel ! Le coup de grâce tomba avec le dénouement. La star, touchée par la détresse de ces ouvrières, avait décidé de rendre visite à l'atelier pour leur faire de la publicité. *Clarence-putain-de-Faran !* Il masqua son excitation sous une compassion infinie pour Nooshin et son combat. Et c'est seulement quand Assieh s'arrêta de parler qu'il fit semblant de réfléchir avant d'avancer son pion.

« Tu sais ce que je me dis en t'écoutant ? Que ta mère, elle a une chance infinie. Pas parce qu'elle va rencontrer une star, même si ça peut l'aider. Non. Ta mère est la femme la plus chanceuse au monde d'avoir une fille comme toi. »

Une larme dessina une ligne de rimmel sur la pommette délicate d'Assieh. Elle serra fort la main d'Antoine qui déclara :

« Si tu as besoin d'aide. Je suis là aussi. »

Il mima un intense débat intérieur.

« Eh puis merde ! Faut bien que ça serve à quelque chose d'être célèbre. Si tu veux la télé pour ta mère et Clarence, on sera là, je te le promets. »

Assieh et Marie-Rose le regardèrent comme un chevalier en armure. Il s'attendait d'autant moins à ce qu'Assieh lui assène :

« T'es une belle personne, Antoine Ribeaudeau. Je suis heureuse de t'avoir rencontré. Mais ce ne sera pas nécessaire parce que Clarence a promis d'amener une équipe de CNN. Du fond du cœur, merci. Allons-y maintenant, j'ai très envie de toi. »

Même cette promesse de plaisir ne parvint pas à compenser sa violente déception. Le téléphone d'Assieh sonna mais elle rejeta l'appel. Antoine se leva, régla et s'en alla au bras de la jeune femme.

Marie-Rose finit sa coupe, passa son manteau, dit au revoir au patron et sortit à son tour. Une fois dans la rue, elle s'alluma une cigarette et attendit. Le jeune coursier réapparut sans tarder, lui taxa une cigarette et demanda :

« Alors ?

— Comme une lettre à la poste. Il faut dire qu'on a été bonnes. Franchement, l'histoire des soutifs commandés sous pseudo, je trouvais ça énorme ; mais t'avais raison, c'est passé. Ouh, là, là… je mérite un oscar et un bain chaud, moi. »

Pour un type qui avait élaboré un traquenard aussi brillant, Stan n'avait pas l'air triomphant. Ce qui n'échappa pas à Marie-Rose.

« Eh ben chéri ? T'es contrarié. Ne t'inquiète pas, je te dis qu'à partir de ce soir elle en fait ce qu'elle veut de ton coquelet peroxydé.

— Je me sens vachement coupable parce qu'elle s'est crue obligée de partir avec lui. C'est pas ce que je voulais, il suffisait qu'elle réponde au téléphone et elle pouvait s'échapper… »

Marie-Rose éclata de rire.

« Tu te sens *vachement coupable* ? Mais qu'est-ce qu'elle vous fait à tous ? Une vraie sorcière. Assieh est partie avec lui parce qu'elle en avait envie. La connaissant, elle se dit qu'elle l'a bien mérité. *C'est pas ce que tu voulais…* tu es mignon, tu sais ? »

Elle lui plaqua un baiser aussi bruyant que moqueur sur la joue et l'abandonna dans la nuit.

51.

Stan

Stan se débattait pour ne pas laisser la jalousie gâcher sa victoire mais Assieh avait fait voler en éclats le barrage qu'il avait patiemment érigé contre le désir. L'Enchanteur était célèbre pour son assurance, on partait du principe que, s'il ne draguait pas, c'était une question d'exigence. Le jour où on le verrait marcher main dans la main avec une fille, ce serait pour former un couple spectaculaire. Jusqu'ici, Stan avait pu entretenir cette fiction sans efforts. En réalité, il s'était persuadé que la sexualité représentait la limite de son système, le point de dévoilement. Le jour où il ferait l'amour pour la première fois, il ne pourrait pas feindre l'expérience, il ne pourrait pas cacher la petite taille de son sexe, il serait pathétique, gauche et décevant. L'abstinence représentait une position de repli efficace, même si le prix à payer était de s'interdire le moindre flirt de peur que la fille ne devienne pressante. Depuis qu'il avait rencontré Assieh, il était confronté à un désir qui se moquait éperdument de ses petits arrangements avec lui-même. L'idée même d'Assieh était devenue un vertige. La certitude que leur différence d'âge le disqualifiait ne changeait rien au sentiment d'urgence qui l'étreignait.

Et il avait fallu qu'il s'amourache d'une séductrice qui chassait les hommes comme d'autres les Pokémon ! Il avait tenté d'apprivoiser son envie en se cantonnant au rôle de spectateur du grand show de la coiffeuse. Mais depuis qu'ils se croisaient à l'atelier Jaquin, il arrivait qu'Assieh lui adresse des gestes et des regards complices. Elle avait déployé tant d'efforts de sévérité, le menaçant des pires foudres s'il roulait sa mère, que le moindre sourire prenait l'ampleur d'une victoire. Il ne se berçait d'aucune illusion et n'espérait gagner que son respect. Mais chaque minute de promiscuité gagnée, dérobée à la frustration, lui offrait des fragments de matière à fantasmes. L'addiction avait transformé Stan en collectionneur : une couture de bas, ses pieds nus sur le bureau de Nooshin, une bise maladroite échouée sur sa pommette, un interminable trajet en tramway où la foule l'avait pressée contre son épaule, le shoot d'adrénaline quand il avait capté sous le parfum vanillé une odeur plus âpre et personnelle… Stan accumulait ces reliques sur un autel et célébrait chaque nuit leur puissance érotique. Le jeune homme aurait beaucoup donné pour être délivré de cette forme nouvelle d'asservissement. Ce soir, un cap avait été franchi et imaginer Assieh nue contre Ribeaudeau était une torture. Stan ne prétendait pas la comprendre, mais comment pouvait-elle désirer un homme qu'elle méprisait ? Il était beau, c'est sûr. Ça suffisait ? C'était le manipuler qui l'excitait ? Ces questions tournaient à la migraine. Il devait encore traverser toute la ville à pied pour rejoindre le studio de Thibault Bouloque. Stan avait menti à ses parents en leur disant qu'il dormait chez Daniel, et le frère de Maxence avait été ravi de lui offrir l'hospitalité. Cela leur permettrait de faire le point au petit déjeuner sur l'avancée de leurs plans.

Stan était glacé jusqu'aux os et il aurait bien aimé prendre un taxi, or il n'en avait pas les moyens. Ironie du sort, vu que, ces derniers temps, il se promenait souvent avec de grosses liasses de billets dans la poche pour les ouvrières de Nooshin. Il releva le col de son blouson jusqu'au menton et décida de changer d'itinéraire. En coupant par le parc, il gagnerait un bon quart d'heure. Surpris de trouver la grille du Passage des Artisans ouverte, il s'y engagea, reconnaissant de ce raccourci providentiel, et espérant y être un peu à l'abri du vent. Dès qu'il eut passé la vitrine de la célèbre pâtisserie, il fut au contraire saisi par la morsure d'un souffle polaire.

Quelques pas plus loin il s'immobilise, frappé par un doute : la grille à l'autre bout sera-t-elle aussi décadenassée ? Dans l'obscurité à peine blanchie par les rayons de lune que filtrent les briques de verre des coupoles, il est impossible de distinguer la sortie. Il se retourne en se demandant s'il ne devrait pas revenir sur ses pas et croit voir une ombre bouger. C'est un coupe-gorge parfait. Il reste à l'affût du moindre bruit. Les bourrasques modulent des sifflements lugubres. Ses yeux se sont habitués à présent, les vitrines noires regagnent en transparence mais la vision fantomatique de leurs étals ajoute au sinistre. Stan s'approche de celle du marchand de jouets. Les deux grandes marionnettes dont il reconnaît les contours, Pinocchio et un diable fourchu, gisent inertes et désarticulées, les mains de bois enserrant leurs cous respectifs. Le plaisantin qui les a installées ainsi pour la nuit a réussi son tableau macabre. Stan se force à avancer, un pas après l'autre, anxieux à l'idée que quelque chose surgisse derrière la douzaine de vitrines rectangulaires devant lesquelles il lui faut encore passer. Une galerie de grands yeux morts. Un bruit de pas derrière lui. Il fait trop noir pour distinguer un éventuel poursuivant. Il devrait accélérer mais une voix irrationnelle lui intime de ne pas courir devant les yeux. « Faites que l'autre grille soit ouverte » prie-t-il en progressant. Devant la boucherie, il est saisi de nausée : une gigantesque tête de porc ceinte d'une couronne de boudins tient dans sa bouche un canard décapité. Les boudins sont lacérés et déversent leur magma sanguin sur les yeux clos de l'animal.

« Qui est là ? »

C'est sorti tout seul. Un nouveau bruit de pas lourd retentit sur les dalles. Stan scrute de toutes ses forces les ombres derrière lui, si fort qu'il doit s'en abîmer la rétine puisqu'il commence à voir des taches encore plus noires trouer les ténèbres. Mais celui qui se cache ne dit pas un mot.

« Bouge, mais bouge ! »

Parler à voix haute est un réflexe pour s'exhorter à se remettre en marche. Il bondit quand éclate à sa gauche une déflagration claire. Ça vient de l'autre côté du verre. Crack ! Encore une ! Quelque chose se casse derrière la vitrine. Il faudrait courir maintenant, mais comprendre semble encore plus important. Il s'approche. Ce qu'il découvre devrait le rassurer. D'une étagère certainement mal vissée, glisse imperceptiblement une pile d'assiettes qui tombent une à une. Crack ! Même dans le noir, il perçoit assez bien les masses et les volumes pour se dire que… l'inclinaison, le poids, la gravité… quelque chose est détraqué. La pile d'assiettes devrait tomber d'un coup. Là, on dirait qu'un doigt invisible est à l'œuvre. Plus que l'idée d'être poursuivi, plus que la fièvre morbide qui semble s'être emparée des boutiquiers du Passage, ce dérèglement des lois de la physique lui fait horreur. À la quatrième assiette, il se secoue enfin et parcourt en sprint la vingtaine de mètres qui le sépare de la sortie. Il pousse un cri de victoire en découvrant que l'issue est libre.

Sans ralentir, il traverse la place vide et se hisse sur l'arrêt de tramway pour attraper la grille du parc. Il sait qu'à cet endroit, elle n'est pas hérissée de pics. Sans difficulté, il l'escalade et se laisse glisser souplement de l'autre côté, soulagé d'avoir échappé au tunnel carnavalesque. Si quelqu'un l'a suivi dans le passage, ce dont il n'est déjà plus si sûr, il lui souhaite bonne chance pour reproduire son acrobatie sans se blesser.

Son enthousiasme est assez vite tempéré, la lune a disparu derrière des nuages noirs et les réverbères sont trop faibles pour éclairer son chemin. Pour échapper aux rondes, il doit suivre un trajet discret empruntant les plus petites allées, voire se faufiler dans certains bosquets. Cette nuit, il manque singulièrement d'inspiration dans le choix de ses raccourcis. Et penser qu'Assieh est bien au chaud dans le lit de l'autre crevard… Il parvient sans mal au bout du sentier qui débouche sur le pavillon chinois mais se plaque derrière un arbre en identifiant un bruit de chute loin derrière. Il lui semble percevoir des gémissements de douleur mêlés à… des grognements ? Des chiens ! Cette idée achève de le démoraliser. Il ramasse une branche, elle n'est pas très lourde mais tenir quelque chose à la main lui donne un peu de courage, et il se remet à courir, directement vers le pavillon qu'il contourne pour emprunter une longue allée montant vers un tertre. Courir l'aide à régler sa respiration et à canaliser en partie la peur. Il va atteindre le haut de la côte et passer le terrain de jeu pour les enfants quand il remarque quelque chose d'anormal. À deux cents mètres sur sa droite, une flaque de lumières colorées. Le carrousel est à l'arrêt mais allumé. Une réparation nocturne ? Ça veut dire qu'il y a quelqu'un. Stan est incapable de déterminer si cette idée le rassure ou l'inquiète davantage. Ce n'est pas son chemin de toute façon. Il passe les balançoires et le sentier pentu qui le sépare de la mare. Après cela, il ne sera plus très loin d'une sortie praticable. Il se fige. Loin devant lui, dans le noir, deux taches claires percent l'obscurité. Deux taches blanches. Un chien, immobile. Impossible d'en déterminer la taille à cette distance, tout en lui crie qu'il est énorme. Un aboiement sinistre retentit dans la nuit. Stan pourrait en pleurer de découragement car le bruit a crevé le silence dans son dos. Il trouve le courage de se retourner. En contrebas, sur sa piste, deux molosses marchent tête basse, dans sa direction, avec l'intention évidente de se jeter sur lui. Ils sont encore à une cinquantaine de mètres. Il n'a pas besoin de jeter un œil dans l'autre sens pour savoir que le troisième s'approche aussi à présent. Ils l'ont encerclé et vont passer à l'attaque.

Un géant au long manteau surgit alors comme un forcené des buissons. Il se jette sur un des deux chiens qu'il parvient à saisir par le cou et, dans un mouvement qui requiert une force prodigieuse, il lui fait décrire un soleil au-dessus de sa tête pour le fracasser contre le dossier d'un banc en pierre. Le bruit de la colonne cassée net est aussi sinistre que le hurlement de l'homme quand le deuxième monstre referme sa gueule sur son avant-bras. Stan ne distingue que des silhouettes dans ce combat mais, vu la masse de la bête, il est certain que son sauveur va finir manchot. Il hésite une fraction de seconde à lui porter secours. Cependant, découvrant le troisième prédateur lancé à ses trousses, il prend ses jambes à son cou. Instinctivement, il court vers la lumière, de toutes ses forces, à s'en faire exploser le cœur. À dix mètres du carrousel, il constate qu'il est désert. À cinq, que la porte de la cabine de l'opérateur du manège est ouverte. Il se jette dedans, retombant lourdement sur sa hanche gauche qui lui paraît se fendre sous l'impact tant la douleur est vive. Il parvient à repousser la porte de la guérite avec ses pieds, pile au moment où le chien bondit lui aussi. L'impact du molosse sur la porte est si violent que la vitre se brise. Stan se recroqueville, terrifié. Il n'y a plus de bruit, le chien doit s'être assommé. Des larmes coulent sur ses joues glacées. « Lève-toi », se répète-t-il. Il doit se redresser avant l'animal. Il hurle en se coupant la main sur un éclat de verre. Et il hurle quand la tête du monstre jaillit à quelques centimètres de son visage dans l'encadrure de la vitre brisée. Le chien enragé fait claquer sa mâchoire puissante dans le vide, de plus en plus fou à mesure qu'il s'entaille la gorge sur les débris de verre encore attachés à la porte. Stan regarde autour de lui à la recherche d'un objet lourd. Il est surpris de constater qu'il tient encore le bâton. Comparé aux crocs qui continuent de danser devant lui, ce bout de bois lui fait l'effet d'une badine. Stan est aspergé de bave et de gouttes du sang de la bête. Dans un mouvement désespéré, il prend à deux mains son bâton et le plante de toutes ses forces dans la tête du chien. Il se croit mort avant de remarquer que plus rien ne bouge hormis ses propres jambes qui tremblent follement. Il rouvre les yeux et constate que la branche s'est enfoncée de dix centimètres dans l'orbite du chien. L'humeur grisâtre qui s'écoule doit être du jus de cerveau. Il a toutes les peines du monde à pousser la porte. L'énorme carcasse y est incrustée, la tête du molosse à moitié tranchée sur le rebord.

Quand il parvient enfin à s'extraire de la cabine, il se retrouve nez à nez avec les chevaux de bois du manège, leurs bouches sculptées, grandes ouvertes, semblent saisies d'effroi. Le parc est à nouveau silencieux. Les nuages se sont dissipés et on y voit un peu plus clair. Stan fait quelques pas et constate qu'il n'a rien de cassé. Il passe sur l'autre rive de la grande mare, où une autre vision cauchemardesque l'attend : une vingtaine de canards et deux cygnes baignent dans leur sang sur la pelouse. Il n'a pas la témérité de se mettre à la recherche du géant qui s'est battu avec les premiers chiens. Il doit fournir un nouvel effort, surhumain, pour s'échapper de cet enfer en grimpant et enjambant la haute grille. Il retrouve la ville qu'il aime décidément de moins en moins.

52.

Depuis que j'avais reconsidéré l'approche de son rôle, Jenny s'en sortait plutôt bien dans l'interprétation de Titania. Elle manifestait une soif de compréhension des enjeux dramatiques du *Songe* que j'avais du mal à étancher. D'abord parce que *Le Songe* est une comédie, et qu'à la réponse « mais pourquoi font-ils ceci ou cela », j'étais trop souvent tenté de répondre : « Pour faire rire. » Ensuite parce que mes connaissances étaient limitées à mes intuitions et que mes intuitions se forgeaient au fil des questions de ma troupe. En donnant systématiquement la réponse la plus propre à me sortir de l'embarras, je ne poursuivais pas la vérité mais bien la motivation. J'entrevoyais d'ailleurs que mes camarades me concédaient volontiers une forme d'autorité en échange de réassurance. Dans l'analyse comme dans la direction, ils se moquaient de mon expertise réelle, ce qu'ils exigeaient de moi était plutôt de l'ordre de la dynamique. Une part de moi en tirait une conclusion aussi banale qu'euphorisante : « Tant que ça avance, c'est que je fais forcément quelque chose de bien. » Une voix plus souterraine tentait parfois d'attirer mon attention sur l'étrange coïncidence entre la façon dont je menais mon équipage et les méthodes de l'Enchanteur. Cette voix insinuait même que, si la trajectoire était grisante, les forces à l'œuvre méritaient un peu plus de lucidité. En clair, nous avions bâti un vaisseau sur des mensonges, nous l'avions mis à la mer, constatant qu'il flottait nous avions levé les voiles, et chaque nouvelle journée qui nous éloignait du port d'attache nous renforçait dans l'illusion que nous étions marins. Peut-être n'étions-nous à la fin que les passagers éblouis d'une coquille de noix sur laquelle le hasard nous avait embarqués ; de simples passagers, le regard attiré par les étoiles, inventant du sens aux rapports que nous découvrions dans l'harmonie de leur permanence, incapables de percevoir sous nos pieds, dans les abysses, la seule raison de notre agitation, un courant implacable et sans dessein.

Je ne partageais avec personne ce genre de réflexions. Daniel devait déjà lutter contre un monstre et contre la maladie. J'aurais eu peur d'épouvanter David. Quant à Jenny, il me plaisait de lui présenter un visage plus audacieux. Son besoin de comprendre les motivations des personnages pour s'approprier le texte nous valait de longues discussions où elle me livrait enfin quelques bribes d'informations sur sa véritable personnalité.

Cette soirée-là, nous venions de travailler la deuxième scène de l'acte I où les acteurs amateurs, farfelus et disons-le passablement abrutis, j'ai nommé Bottom, Quince, Flute, Snout, Snug et Starveling, se demandent comment éviter d'effrayer leur public et rivalisent de crétinerie pour alerter l'auditoire sur le caractère factice de leur « art ». Ils sont dépourvus de tout talent et se préoccupent uniquement de ne pas se faire mal voir du duc Thésée. Ils se posent notamment beaucoup de questions sur le rôle d'un lion dont la seule ligne de texte se résume à un rugissement. Quince propose une première solution.

— *Je vous accorde que, si nous affolons les dames par nos cris, elles conserveront tout juste assez d'esprit pour vouloir qu'on nous pende ! Aussi, messieurs, pour elles, j'entends rugir tout doux, comme une tourterelle, Mélancoliquement, messieurs, en* si *bémol ; ce seront des rugissements de rossignol !*

Et cela ne suffira pas à les rassurer, dans la première scène de l'acte III, ils ont l'idée de faire précéder leur représentation de prologues destinés à désamorcer les pièges de la fiction.

— *D'ailleurs il suffira qu'on prévienne du nom de l'acteur, qui pourrait s'y prendre de manière qu'on l'aperçût, un peu, à travers la crinière, et qui dirait avec sa voix la plus polie : « Mesdames… je vous prie… » ou « je vous en supplie… n'ayez pas peur !…. j'aurais trop de désagréments si je vous effrayais par mes rugissements… je suis Snug !…. Et pour que vous vous tranquillisiez : je ne suis pas lion ; je suis menuisier ! »*

Jenny se demandait pourquoi Shakespeare semblait prendre tant de plaisir à se moquer du théâtre. J'évitais de me réfugier une fois de plus derrière un : « Pour faire rire. » J'avouai que je n'y avais pas suffisamment réfléchi. Il se moquait peut-être des dramaturges prêts à tout pour contenter leurs mécènes ou bien d'une compagnie concurrente. Il me revenait aussi vaguement en mémoire que le Barde avait eu des problèmes avec les autorités. Jenny eut la gentillesse de se contenter de mes suppositions. Mais ce soir-là, alors que ma propre troupe pliait bagage et que j'inspectais les coulisses, vérifiant que personne n'avait rien oublié, cette interrogation ne voulait pas quitter mon esprit. La question entrait en résonance avec ce que nous avait raconté Dan sur la suspension d'incrédulité. *Le Songe* oscillait entre deux univers, le jour et la nuit, les hommes et les fées. La loi et la magie. Et sur cette ligne de partage, le poète faisait avancer en funambules des acteurs dont le principal souci était de casser l'illusion, de mutiler la fiction. J'avais l'intuition que quelque chose d'important m'échappait. Je pensais à David qui ne cessait de revenir à Puck, chaque fois que nous évoquions le Mal qui s'emparait de notre ville. De la même façon qu'il pressentait un parallèle entre ce *trickster* et notre rôle dans une histoire qui nous dépassait, je soupçonnais que si je parvenais à répondre à la question de Jenny, je comprendrais quelque chose de plus vaste, de plus fort, de vital. Mais dès que mon esprit se mettait à vibrer d'excitation, une réflexion de Daniel venait éteindre le feu de cette ébullition, la tendance de ce même esprit à confondre la vérité et la récurrence. Je repensais aux passagers sur le navire, aux étoiles, à la consolation si forte de découvrir une harmonie, une consolation sublime mais opportune et illusoire. Je tournais en rond. J'avais peur du naufrage. Assis sur le devant de la scène, avec le sentiment de mon insignifiance pour seule certitude, je fixais les masques de carnaval peints sur les murs de la salle qui semblaient tous me crier : « N'oublie jamais que tu n'es pas un lion. » Je cherchais une pensée suffisamment heureuse pour me remettre en route. Dans la salle obscure, je ne trouvais pas d'étoiles mais l'image de Jenny s'imposa. Jenny et ses clavicules, Jenny pour preuve d'harmonie dans le chaos. *L'amour ne voit pas avec les yeux mais avec l'imagination…* Une autre illusion, donc. Il était temps que Stanislas revienne parmi nous, c'était lui le maître des faux-semblants. Tant que l'Enchanteur ne serait pas à nos côtés, nous n'aurions aucune chance contre ces ombres dont je pressentais qu'elles étendaient leur domaine, comme pour se venger de notre incrédulité.

53.

Julien n'en revenait pas d'avoir graphé une image aussi puissante. Trois mètres sur douze de grâce et de furie qui lui causaient un mélange d'appréhension et d'orgueil. Il voulait encore renforcer les ombres sur l'embouchure du fleuve ; cependant il avait faim et les yeux lui piquaient. Il rangea les bombes avant de refermer la porte de la grange. Cambrieux lui avait donné un double des clés, ce qu'il avait trouvé très classe. Hormis son nouveau mécène, personne ne devait voir son travail avant la fin. Marc-Henri n'avait pas été souvent là de toute façon. Entre l'université, les invitations incessantes à des colloques, les émissions de télé et de radio, il donnait plus l'impression d'être un visiteur du Castel que d'y habiter. Et quand il était présent, il passait le plus clair de son temps enfermé dans son bureau où seule Mounette avait le droit de pénétrer, pour faire le ménage et lui porter ses collations.

Julien avait laissé passer l'heure du déjeuner, mais ici on s'en moquait. Dans la salle commune, il retrouva quelques retardataires attablés devant une daube et s'installa dans la rumeur paisible des conversations et du cliquetis des claviers d'ordinateurs. Depuis qu'il était devenu un habitué du Castel

Taranis, Julien n'arrivait pas à se faire une opinion tranchée de ce qui s'y tramait. Passé le premier émerveillement, et même si son statut de recrue providentielle ne s'était pas érodé, il sentait se construire en lui une résistance à l'esprit de corps qui unissait les fans de Cambrieux. Il venait presque un jour sur deux travailler à sa fresque et passait le moins de temps possible à table avec les autres. Cette bande de néo-skins, et son frère le premier, lui paraissaient trop gonflés de leur propre importance. Ces mecs n'échangeaient que des banalités de comptoir mais dans un jargon truffé d'expressions prétentieuses, de considérations géopolitiques foireuses, articulant leurs discussions sur des références auxquelles il était évident qu'ils ne comprenaient strictement rien. Assister de façon continue au spectacle d'abrutis qui se prenaient pour les princes de la « race blanche », ça le mettait mal à l'aise. En revanche, il devait leur accorder une chose, ils étaient organisés et obtenaient des résultats. Leur activité principale tournait autour du bureau des *omen*, un mot latin qui signifie « présage ». Cambrieux avait développé pour ses ouailles un jargon héroïque, puisant dans différentes cultures et mythologies. Sa stratégie, c'était la prophétie performative, le « bureau » devait traquer la moindre rumeur liée aux immigrés, l'éditer pour la rendre effrayante et accompagner son développement sur le web avec l'attention d'un jardinier qui fait pousser une plante vénéneuse. Cambrieux était adoré d'une partie des médias, les chaînes de télé l'invitaient régulièrement pour jouer sa partition de provocation, où il jonglait habilement avec des informations invérifiables, empilées pour créer l'illusion d'une conclusion irréfutable. À ce jeu, il était imbattable. Quand ses contradicteurs prouvaient la fausseté d'un de ses arguments, un fait divers bidon ou une statistique inventée, Cambrieux avait déjà dix anecdotes d'avance et le spectateur était écrasé sous le poids de l'accumulation. Pour les producteurs, c'était un bon client. Il ne faisait pas exploser l'audience, mais produisait à jet continu de la séquence éruptive facile à reformater en replay et ses petites phrases faisaient un carton en retweets. Cambrieux était devenu incontournable sur la Toile. Julien saluait l'intelligence du bonhomme, qui se préparait à la deuxième étape, la parution de son prochain gros bouquin, *L'Exode immobile*, déjà annoncé comme un « brûlot lucide », un « glaive de vérité » et autres expressions emphatiques, soigneusement disséminées sur les forums adéquats par ses troupes. Ce qui gênait Julien dans tout ça, c'est que dans cette usine à fabriquer des mensonges, les ouvriers étaient si endoctrinés qu'ils croyaient aux conneries qu'ils inventaient.

Depuis deux semaines, les Taranis ricanaient devant une application qu'ils développaient à la demande de Cambrieux : une sorte de concours où il fallait se filmer en train de gifler un inconnu dans la rue. C'était le niveau… Pour toutes ces raisons, Julien était resté sur ses gardes et, progressivement, sa gêne s'était transformée en peur, parce qu'il était suffisamment accro à la violence pour en flairer l'odeur. Et c'est exactement ce qui mijotait sur les feux du Castel, à côté de marmites de daube, de poule au pot, de blanquette ; entre les rayonnages de livres de Drumont, Gobineau et Carl Schmitt ; sous les braises de l'âtre médiéval assez large pour faire rôtir un hérétique ; dans les vapeurs méphitiques des réseaux sociaux ; dans l'attente joyeuse et affamée de tous ces garçons laids… Un gros gâteau de merde et de sang levait lentement au four et Julien pressentait que le banquet final visait le Grand-Guignol. Or lui n'aimait pas la violence collective. Julien, ce qu'il aimait, c'était le coup qui part, celui qu'on reçoit, le plaisir de faire geindre ou de se retrouver à terre étourdi, la giclée acide dans la gorge, le bleu, la foulure, la brûlure, la plaie, ce qu'aimait Julien était tout à fait banal : c'était que ça fasse mal et constater qu'on y survivait.

Il se resservit une deuxième assiette. Mounette lui filait la pétoche mais c'était un sacré cordon-bleu. Avec elle, c'était facile de manœuvrer, tant qu'on aimait sa cuisine, on restait dans ses petits papiers. Aujourd'hui, elle avait l'air épuisée et vidait lentement une bouteille de vin de paille, en observant ses petits oiseaux s'activer. Quand il passait à table, Julien prenait soin de s'asseoir le plus loin possible d'elle. Mounette, dès qu'elle s'immobilisait, se transformait en goule. Entre ses paupières d'un gris de cendre, son regard écœurait par la disgrâce de deux pupilles semblant couler dans le bas de leurs iris. Mais le pire était sa bouche. Sa mâchoire inférieure, tirée par ses bajoues, entraînait sa lèvre inférieure reliée à la supérieure par des fils aqueux translucides. Et de cette valve pourrie, montait un bruit de siphon boueux.

« Tu m'as l'air soucieux, mon roitelet. »

Il sursauta et se composa un sourire. Il savait qu'il ne fallait surtout pas la prendre pour une conne.

« Peut-être un peu, Mounette, mais votre cuisine, c'est comme un câlin. »

La vieille gloussa de plaisir et se pencha vers lui.

« Tu peux tout me dire, tu sais. Je vois bien que tu n'es pas comme les autres. Tu me rappelles un peu mon Jean quand il était petit. »

Marc-Henri avait eu un frère, mort dans un accident de la route cinquante ans plus tôt. Globalement la famille avait l'air d'en avoir bien bavé au retour d'Algérie.

« C'est ma peinture, Mounette. Maintenant que votre fils m'a donné ma chance, j'ai peur de décevoir. »

Il avait appris à rester toujours proche de la vérité pour masquer les mensonges. Mais il ne s'attendait pas à ce qui allait suivre. La vieille prit un instant de réflexion puis se leva et passa son châle sur ses épaules.

« Allez.

— Quoi ?

— Montre-moi.

— Mais ce n'est pas fini.

— Montre-moi ! »

Ce n'était pas prévu. Ce n'était pas une bonne idée. Il débarrassa son couvert et prit le chemin de la grange, la vieille sur les talons. Traversant le jardin, il eut le temps de se demander s'il ne serait pas plus judicieux de partir en courant et de laisser cette bande de fous loin derrière lui. Il déverrouilla la lourde porte coulissante et laissa Mounette s'avancer.

« Julien ? »

Elle était étrange, sa voix, altérée, émue.

« Julien… mais c'est incroyablement beau ce que tu as fait… »

Il était donc écrit que son premier public, le premier encouragement de sa nouvelle vie d'artiste proviendrait d'une vieille sorcière fasciste. Pourquoi pas…

« Julien, je dois avouer que ces histoires de graffitis… j'avais des doutes… c'est pas des choses de chez nous mais ça… c'est du grand art, mon oiseau. En revanche je ne savais pas que mon fils t'avait déjà mis dans la confidence. »

Julien ne comprit pas l'allusion mais préféra s'abstenir de commentaire. Il se plongea dans la contemplation de son œuvre. Il ne savait pas pourquoi il avait choisi ce thème. Ce n'était pas follement original, mais ça avait de la gueule. C'est toujours beau une ville en flammes.

54.

« On était obligé d'en prendre une aussi chère ?

— Tu comptais emporter ta tirelire avec toi, Daniel ? »

Il se figea sur le trottoir, outré. Cassia lui caressa la joue, un sourire narquois aux lèvres. Dan finit par pouffer.

« Tu es l'hallucination la plus lamentable de l'histoire des délires palliatifs, tu sais ça ? Tiens, rends-toi utile, je veux bien dilapider mon patrimoine mais je dois économiser mes forces. »

Il lui tendit l'étui à guitare.

« Et la galanterie, tu en fais quoi, mon ange ? »

Elle le laissa bras tendu et reprit sa marche dans la rue. Ils étaient presque arrivés à la statue du centaure. Dan trottinait derrière elle en grommelant :

« Parfait. Vraiment parfait. Et je fais quoi ensuite ? Je me plante devant lui, et je lui sors : "Tiens, je me suis dit que t'en avais marre des montres et qu'une guitare, c'est cool pour faire la manche ?" Et là je prends un pain dans la gueule et… »

Bak était affalé sur la grille d'aération. Emmitouflé dans un grand manteau rapiécé, il dessinait des motifs compliqués sur le plâtre qui recouvrait sa jambe gauche. Dan s'avança prudemment mais le clochard semblait ne pas avoir remarqué sa présence. Il redressa la tête, et joignit ses mitaines en un geste de prière, marmonnant dans le vide des propos incohérents.

« Mami Wata, Mami Wata, j'ai grand amour pour toi mais j'ai aussi très mal. »

Il ne se comportait pas de façon plus anormale que d'habitude, pourtant Dan n'était pas rassuré à l'idée de se retrouver seul avec lui. Ce serait quand même stupide de finir étranglé par un junky. Il se racla la gorge pour attirer son attention mais le colosse faisait des grands gestes implorants dans le vide.

« Alors ne me dis pas que tu veux autre chose de moi. Je suis tout cassé là. Il faut que je me repose-zac et que je fume beaucoup. »

Daniel remarqua les nombreuses montres Iko à son bras gauche, un bracelet d'aiguilles et de couleurs vives cliquetant à chacun de ses mouvements. Il devait s'en servir pour tabasser des passants parce que les cadrans étaient défoncés et maculés de sang séché. Cassia observait l'épave avec un regard de compassion que Dan ne lui connaissait pas. Elle était si changeante. La plupart du temps, elle ressemblait à un garçon manqué en colère, et à d'autres comme maintenant, à une haute déesse androgyne capable de fendre le bitume d'un souffle. Il prit son courage à deux mains et se plaça devant le clochard.

« Monsieur Bak ? »

L'autre se pencha carrément, comme si Dan l'empêchait de converser avec quelqu'un dans son dos. Mais dans son dos, il n'y avait personne, seulement sa propre chimère.

« Me dérange pas, petit homme, tu… »

Bak le fixa enfin, il parut surpris, puis reporta son attention derrière lui.

« Mami Wata, tu le connais celui-ci ? C'est l'ami du gars-mon-frère, c'est ça ? Mais, il peut te voir ? »

Dan sentit ses jambes se dérober, il dut faire appel à toute sa volonté pour ne pas laisser le vertige le faucher. Cassia lui fit gentiment signe de s'écarter pour s'accroupir près du clochard. Quand elle posa sa main sur le plâtre, le clochard soupira d'aise. Elle lui dit :

« Il voit, Bakary. »

Bak ouvrit grand la bouche, révélant un paquet de dents en or.

« Tu vas mourir, petit homme, c'est ça ? demanda-t-il à Dan.

— Euh… il paraît, oui. »

Son cœur battait la chamade. Daniel avait accordé un certain degré de réalité à Cassia ; mais que sa corporalité soit validée par un autre, même un grand camé à la cervelle notoirement grillée, c'était recevoir une confirmation qu'il aurait préféré ignorer. Bak dodelinait de la tête, tout cela semblait avoir plus de sens pour lui.

« Tu as une armée d'enfants pour faire la guerre à l'*ajogan*… Les enfants finissent mangés par la terre.

— Ils ne sont plus des enfants, et il y a quelques hommes braves qui les aident, affirma Cassia en continuant de caresser le plâtre.

— Les chiens m'ont fait grand mal, Mami Wata, je déteste les chiens. Ne me demande plus rien. Comment va Stan-mon-frère, d'ailleurs ? »

Dan n'en revenait pas. Stan maintenant ? Cassia poursuivit sans relever son trouble.

« Il s'en est sorti. Grâce à toi, l'Enchanteur est en vie. Et il commence à ouvrir les yeux. Tiens, Bakary, c'est pour te remercier. »

Elle fit signe à Dan de lui offrir la guitare. Bak saisit l'étui, en sortit l'instrument et l'accorda.

« Tu veux une chanson pleine de chaleurs amoureuses, Mami Wata ?

— Telle n'est pas mon humeur. Joue-moi une chanson de nèg'marron.

— Quelque chose comme ça, alors... »

Bak fit résonner dans la nuit une ligne de basse funky qu'il frappait sur la première corde en faisant claquer le bois sous son pouce. Cassia applaudit.

« Oh, tu me connais bien.

— On dit qu'il a donné, on dit que Dieu donnera. Tu connais la chanson, Iemanja. Qui je suis pour douter, ô nega ? Mais comme dit la chanson si Dieu ne donne pas, qu'est-ce qu'il va se passer, ô nega ?

— Chante, fit Cassia. »

Elle enleva son blouson de cuir et se mit à danser devant eux. Toute douleur quitta Dan, il se sentit instantanément lavé de la peur, du chagrin. Cassia faisait rouler ses hanches, levait ses bras haut dans le ciel et, quand ses doigts effleuraient ses coudes, Dan sentait une vague de chaleur l'envelopper. Bak l'accompagnait d'un chant syncopé guttural et rieur. Dan n'avait aucune idée du genre de musique qu'il était en train d'écouter, c'était joyeux et colérique, farceur et désespéré. Sous le centaure de pierre, il s'essaya à bouger en rythme avec Cassia.

« *Diz que deu, diz que dá, E se Deus negar, ô nega...* »

Des passants, charmés, faisaient cercle autour du mendiant et du petit gros qui se dandinait, pour se balancer à leur tour sur la mélodie envoûtante. Trois jeunes gothiques pâles aux mouvements empruntés, un couple d'élégants se déguindant à petits pas synchronisés, une vieille dame squelettique virevoltant dans un imperméable aussi carmin que ses bottines, une enfant à la tignasse de paille juchée, triomphante, sur les épaules de son père culturiste, cette improbable assemblée d'êtres humains ensorcelés partagea une danse, et pour quelques minutes le monde fut beau et Dan heureux d'y vivre.

Quand Bak cessa de chanter, la petite foule applaudit chaleureusement avant de se disperser, laissant Dan étourdi.

« Ça raconte quoi, cette chanson ?

— Un coup de gueule contre Dieu, ça fait du bien de temps en temps.

— C'est normal que ça me parle, alors. »

Il alla s'asseoir à côté du géant qui reposa la guitare et se roula un joint. Ils demeurèrent un moment, complices dans le silence. Cassia s'était évaporée, emportant la chaleur.

« J'ai peur, souffla Dan. »

Bak passa son bras autour du jeune homme et lui tendit son pétard.

« Moi aussi, petit frère. Surtout pour samedi.

— Il se passe quoi samedi ? »

Bakary émit un sifflement sinistre.

« Bak ! Il se passe quoi samedi ? »

L'Haïtien referma les pans de son manteau autour de lui et frissonna.

« Le début du carnage. »

55.

Depuis, je pense qu'être mêlé à une tragédie collective, c'est faire l'expérience d'une collision : la façon dont on est intimement affecté dépend beaucoup de l'angle d'impact. On est nombreux à avoir vu nos vies percutées ce samedi-là, et je suis certain que pas un d'entre nous, quand il ferme les paupières pour s'en souvenir, ne convoque la même image.

56.

Henri Danner avait décidé de couper par le parc et s'était arrêté devant les rubans de police autour de la mare. Il se tenait immobile, le regard perdu dans quelques mètres carrés d'herbe, incapable de décider si les ombres qu'il discernait étaient des flaques de sang séché ou le souvenir en surimpression des dizaines de photos relayées dans la presse et sur les réseaux sociaux. Dans les revues scientifiques qu'il aimait lire, on parlait de plus en plus de « réalité augmentée ». Mais, en fait, la réalité était toujours augmentée par la connaissance, le sentiment, la mémoire. La technologie proposait de l'enrichir d'informations, une couche sédimentaire supplémentaire qui concourait peut-être à nous éloigner un peu plus d'une juste perception des choses. Henri, c'était dans une réalité dégradée qu'il évoluait. Depuis la mort de Joachim, il luttait pour mimer les gestes indispensables alors qu'il se mouvait avec des entraves, pour prononcer les mots de circonstance alors que sa langue pesait une tonne, pour manger sans appétit et sans goût, écouter sans envie de comprendre, et aimer avec tristesse. Même le sentiment de culpabilité ne parvenait à le rattraper que de façon intermittente. Il savait qu'il ratait quelque chose avec Stanislas, il voyait à quel point son fils s'était éloigné, isolé, réinventé hors de la famille. Sa femme, comme lui, trouvait une consolation médiocre à l'idée que leur fils avait puisé dans cette distance une indéniable force. C'est en partie pour cela qu'Henri avait laissé Stan s'impliquer autant dans la maladie de Daniel. Même si les mécanismes psychologiques à l'œuvre semblaient aussi évidents que dangereux. Il était mal placé pour lui faire la leçon, Stan s'en sortait visiblement mieux que lui. La directrice de l'école, avec laquelle il en avait longuement parlé, lui avait donné raison sur ce point. Elle pensait que Stan était incroyable, c'est le mot qu'elle avait employé, incroyable. Il menait apparemment une vie parallèle entièrement vouée à rendre service aux autres. Il avait même réussi l'année dernière à débloquer une situation de crise complexe quand l'accès à l'école avait été bloqué plusieurs jours par les Antifas. En ce samedi de grande mobilisation sociale, il y avait d'ailleurs fort à craindre que les blocus reprennent et Mme Guyot devait être en train de surveiller ses grilles. C'était une femme formidable, elle avait toujours suivi l'évolution de Stan avec compassion. Par gratitude, Henri avait décidé de ne pas monter en épingle l'histoire du graffiti de ce connard de Julien Vachet.

Quittant enfin la contemplation de la pelouse pour reprendre son chemin, il se sentit accablé par une peur informe. Dans le ciel, de lourds nuages gris rampaient sur la ville avec la lenteur d'un glissement de terrain. Les fleurs perdaient leurs couleurs, les colonnades de l'aqueduc en ruine paraissaient repeintes à la cendre et les lignes des sentiers dessinées au fusain. Il se reprocha d'avoir traîné trop longtemps, il n'avait pas de parapluie et si l'orage éclatait, il devrait se présenter à son rendez-vous dégoulinant. L'hôtel qu'il avait choisi offrait une entrée discrète dans une ruelle derrière l'Opéra. Mais s'il voulait être à l'heure maintenant, il lui faudrait remonter tout le cours Saint-François où il risquait de croiser des connaissances. Henri n'avait pas peur de se faire surprendre par sa femme. Laurence n'en avait rien à foutre. Elle avait essayé l'adultère comme remède au chagrin bien avant lui. Mais même si leur couple n'était plus qu'une façade, résistant à la démolition par sens du devoir parental, Henri éprouvait toujours un profond respect pour son épouse et ne souhaitait pas l'exposer à des rumeurs désagréables. Elle avait conduit élégamment ses propres affaires extraconjugales et il se devait de lui rendre la pareille. Une pensée lui rendit le sourire : la grande manifestation ! Le cortège remonterait jusqu'à l'hôtel de ville. La manif lui offrirait un alibi en cas de mauvaise rencontre. Il préférait étonner en laissant croire qu'il était devenu un homme de gauche plutôt que de se faire pincer en train de coucher avec la femme d'un autre.

Le commissaire Martinez associerait toujours cette journée à un écran de smartphone, objet qu'il prendrait conséquemment en horreur pour le reste de sa vie. S'il n'avait jamais cru au karma, les derniers mois avaient fini par le convaincre qu'il avait beaucoup péché dans une vie antérieure. Sa carrière ne tenait plus qu'à un fil, le préfet et le maire ne le soutiendraient plus longtemps et l'opprobre le guettait. « Le mystère du parc », comme l'avaient baptisé les journaux, n'avait fait que resserrer l'étau qui suffoquait la ville. La première hypothèse avait été que les chiens eussent contracté la rage mais l'autopsie venait d'invalider cette piste. De toute façon, la rage n'aurait expliqué que le massacre des canards et des cygnes. Martinez, déjà décrédibilisé par son échec à mettre sous les barreaux le tueur en série, en était réduit à répéter en boucle aux médias qu'il était trop tôt pour tirer des conclusions, entérinant la débâcle en matière de relations publiques. L'affaire avait beau ne consacrer que des animaux, elle n'allait pas s'effacer de l'actualité poliment. Ses éléments étaient trop intrigants : les trois molosses n'étaient pas tatoués et n'avaient pas été réclamés par leurs propriétaires. Mais c'étaient des bêtes bien nourries, au poil lustré, certainement pas une meute sauvage qui se serait donné rendez-vous au parc pour partager un festin de palmipèdes. Deux des chiens avaient fini la colonne brisée, le troisième à moitié décapité, encastré dans la cabine du carrousel. À l'évidence, deux hommes s'étaient débattus, on savait où ils avaient escaladé l'enceinte, leurs empreintes n'étaient dans aucun fichier, pas un témoin pour les identifier. Pourquoi avaient-ils allumé le carrousel en pleine nuit ? S'étaient-ils fait surprendre par les bêtes ? Qui était victime de qui dans cette histoire ? La ville se serait bien passée de cette charade. Et comme si cela ne suffisait pas, voilà que débarquait une nouvelle menace, aussi puérile que détestable. Une nouvelle application qui faisait fureur chez les ados : un défi brutal, le *slap challenge*, consistant à se filmer en train de gifler quelqu'un, et à récolter des points selon l'appréciation du public. Les premiers jours, le phénomène était resté cantonné aux établissements scolaires. Mais rapidement certains joueurs, obsédés par leur classement, avaient fait monter les enjeux en s'en prenant à des passants dans les rues. L'impact sur l'opinion était terrible. En pleine période d'attentats, des gamins encapuchonnés brutalisaient le quidam. Si Martinez n'y mettait pas un terme rapidement, cela finirait par des lynchages. D'après les services techniques de la police, l'appli n'avait rien d'un bricolage. Quelqu'un de résolu, de capable et de bien financé était à l'origine de cette mauvaise blague. Il y avait de quoi devenir dingue. Or, ce jour-là, on attendait des milliers de personnes sur le tracé de la manif, cela faisait beaucoup trop de candidats au pétage de plombs.

Martinez surveillait la formation du cortège. Les compagnies de CRS étaient réparties sur le parcours, ses propres agents en civil infiltrés dans la foule grandissante. Les coordinateurs du service d'ordre de la CGT s'étonnaient de ne pas avoir à repousser les casseurs qui essayaient d'ordinaire de se placer en tête. Et si, pour une fois, ça se passait bien ? L'orage en train de se former au-dessus de leurs têtes pouvait laisser espérer une pluie diluvienne. Il fallait juste qu'il éclate. « Faites qu'il éclate. » Au moment où il formula cette prière, Martinez fut saisi d'un doute superstitieux : était-il vraiment judicieux de souhaiter que quoi que ce soit éclate dans la poudrière qu'était devenue sa ville ?

Pendant ce temps, place de l'Hôtel-de-Ville, Cambrieux s'était confortablement installé sur une terrasse suspendue où il dégustait des côtelettes d'agneau sous le regard des serveurs étonnés qu'un client ait insisté pour déjeuner dehors. Certes la vue était imprenable, mais si l'on en jugeait à la noirceur du ciel et au vent mauvais en train de se lever, il y avait peu de chances qu'il finisse son repas au sec. Le professeur avait pourtant demandé la table la plus exposée, collée à la rambarde. Sanglé dans son Barbour kaki, il rongeait méthodiquement les os. Le stratège s'apprêtait à tester la première étape de son plan de bataille. Une simple escarmouche sur le chemin de la victoire qu'il espérait remporter lors de la Fête du fleuve trois mois plus tard. Il vida goulûment son verre qu'il souilla de jus de viande. Il contempla cette couronne d'un brun poisseux, vérifia d'un coup d'œil que personne ne le surveillait, et la lécha comme le font les enfants avec le sucre autour des cocktails de fruits. Il but un verre encore, presque d'un trait avant de s'essuyer la bouche. Il ne s'était pas senti aussi jeune depuis des années. Cette ville, il la mettrait à ses pieds. Les notables ne pouvaient pas comprendre les ressorts de son ascension. Bientôt, ils le supplieraient de leur montrer la voie. Il consulta sa montre, la manifestation devait s'être mise en marche. Il avait le temps de commander un dessert. Et une seconde bouteille de vin ? Ce n'était pas raisonnable. Allez… ce n'était pas tous les jours qu'on lançait une révolution.

Coumba Larochelle se regarda dans la glace et se trouva très belle. Elle se concentra pour graver l'impression flatteuse dans sa mémoire, il ne faudrait jamais oublier à quel point cette guêpière dessinait bien ses hanches, comme ses seins étaient lourds et pleins sous la transparence de la soie, ses jambes longues et galbées, ses chevilles fines. Elle se sourit, puis elle ôta tous ses dessous, les jeta dans la corbeille de la chambre d'hôtel, passa une culotte en coton, enfila son jean, son chemisier, rechaussa ses baskets. Coumba avait cinquante-trois ans et elle pouvait séduire n'importe quel homme, c'est ce que lui avait rappelé le père de Stanislas. Par deux fois, ils s'étaient retrouvés dans une chambre comme celle-ci. Cela avait été tendre, complice, amical, courtois, sans passion et sans regret. Il n'y aurait pas de troisième fois, c'est ce qu'elle venait de décider. Elle allait quitter la chambre, maintenant, et elle lui enverrait un texto dans la rue. Il ne devait pas être très loin, il ne lui en voudrait pas, il comprendrait, c'était un homme qui comprenait beaucoup de choses, un homme tellement plus fort qu'il ne le pensait. Coumba savait qu'il serait d'abord un peu déçu – et elle n'aurait pas aimé qu'il en fût autrement – mais que tout de suite après il serait aussi un peu soulagé. Elle savait qu'il cherchait auprès d'elle exactement ce qu'elle avait trouvé : un peu d'oubli. Faire l'amour avait été une bonne façon d'oublier que sa perte à elle était à venir alors que la sienne s'était déjà produite.

Coumba sortit par la porte dérobée de l'hôtel et, une fois dans la rue, elle changea d'avis, lui donnant rendez-vous sur la grande place. Ils prendraient un café, comme deux vieux amis, au vu et su de tous, une chose qu'ils pourraient refaire aussi souvent qu'ils le souhaiteraient. Il suffisait de retirer le sexe de l'équation et la culpabilité s'évanouirait.

Alors qu'elle remontait la ruelle contournant l'Opéra, elle se sentait légère et heureuse. Pendant une heure, elle n'avait pas pensé à Daniel, et même maintenant que son fils retrouvait le chemin de ses pensées, elle n'éprouvait que de la joie à l'idée de prendre sa bouille ronde entre ses mains. Dieu qu'un peu de tendresse physique pouvait soulever des montagnes de peine. Son téléphone vibra, Henri avait simplement écrit « oui, un café avec toi » suivi d'un smiley. Cet homme était merveilleux. Dommage que la météo ne soit pas plus accordée à son humeur, elle risquait de finir trempée si l'orage perçait avant qu'ils ne se soient mis à l'abri. Aucune importance. C'était Henri qui la faisait se sentir à l'abri.

Julien n'avait aimé ni le film *V pour Vendetta* ni le comics dont il était tiré. Le masque de son héros, ce visage blanc et émacié, à la moustache noire et au sourire espiègle, était devenu un symbole de la révolte contre l'ordre établi. Il devait sa popularité aux hackers d'Anonymous, et à d'autres mouvements contestataires comme Occupy Wall Street. Julien trouvait ironique que le personnage qui avait inspiré le masque, Guy Fawkes, n'ait été ni plus ni moins qu'un terroriste catholique prêt à faire exploser un Parlement protestant au nom de la vraie foi. Mais ça, c'était au XVIIe, Hollywood était passé par là, la cause s'était effacée sous le merchandising. Les jeunes anars paradaient sous l'effigie d'un martyr des guerres de religions, et c'est l'outil que Cambrieux avait choisi pour allumer la mèche. Le vieux avait du talent, il fallait le lui reconnaître. Mais Julien avait de gros doutes sur la finalité du projet. La première partie du plan était simple, distribuer le plus de masques possible, surtout aux jeunes et de préférence aux basanés. Les lycéens avaient répondu en nombre, ils s'arrachaient les Fawkes et rivalisaient déjà en clowneries sur Facebook Live. Son frère lui glissa :

« Je crois que j'ai vu Martinez. Je te laisse. »

Julien mit son propre masque, la consigne était de se faire discrets. Les Taranis ne devaient pas être associés à la suite des événements.

Stanislas remontait la manif tout en bas du parcours quand il reconnut Mehdi et Isabelle, assis sur un banc. Il alla les saluer. Mehdi râlait contre sa femme qui l'avait obligé à se reposer sous prétexte qu'il avait un peu mal au dos.

« J'en ai vu d'autres, quand même, grogna-t-il. Tu cherches tes amis, mon garçon ? Ils sont beaucoup plus haut, je crois. Je ne vous savais pas si engagés. Bah, ce n'est pas pour me déplaire, mais prenez soin de Daniel. Et j'espère que… »

Il se tut abruptement et Stan comprit que le vieil homme était passé près de commettre une bourde. Mais laquelle ? En tout cas, sa remarque lui paraissait justifiée : depuis quand on s'intéressait à la politique ? Il laissa mon oncle et ma tante et accéléra le pas. Maintenant qu'il nous savait proche, un sentiment d'urgence le gagnait, la crainte inexpliquée d'avoir trop attendu avant de revenir vers nous.

Jean-Charles Abescas luttait pour ne pas afficher le plaisir qu'il éprouvait à se tenir au premier rang du cortège, entre les ténors de la gauche descendus de Paris, et les intellectuels attirés par les caméras. Il ignorait comment Cambrieux lui avait dégoté ce placement VIP et il s'en moquait. Son vieil ennemi lui avait proposé cette faveur en échange d'un coup de main facile : passer la consigne aux Antifas de ne pas gâcher la journée. Cambrieux faisant le passe-plat pour la mairie ? On aurait tout vu. Mais, puisqu'il avait décidé de défiler, Abescas avait tout intérêt à ce que ça se passe bien.

Quel succès, cette manif ! Il faudrait bien une heure pour que la queue du cortège les rejoigne sur la place de l'Hôtel-de-Ville. En attendant, il y avait des interviews à donner, des slogans à chanter, des poses à tenir pour les objectifs.

Il leva les yeux et reconnut la silhouette aux cheveux blancs. C'était bien Cambrieux qui se tenait accoudé à la rambarde du premier étage et qui levait son verre dans sa direction.

Déjà, au téléphone, Daniel m'avait semblé assez délirant. Il redoutait que l'égrégore ne puise dans la manif une énergie massive, « c'est comme offrir de la poudre au feu », répétait-il en boucle. Selon lui, on s'était tellement fixés sur la Fête du fleuve qu'on avait négligé la possibilité d'un autre événement réunissant une foule énorme. Il m'avait parlé de colère, de contagion, d'étincelle… et arraché la promesse de le retrouver à la statue du centaure avec Jenny et David. Je n'avais pas tilté sur le lieu du rendez-vous, et quand on a débarqué, ça nous a fait un choc de découvrir Daniel en grande discussion avec le racketteur de Stan. D'autant que Dan et Bak semblaient avoir accordé leurs délires.

L'improbable duo nous guidait à présent dans la foule. Il y avait trop de monde, trop de bruit, de cris, de pétards, de cornes. On devait jouer des coudes pour les suivre. Les yeux exorbités par la peur, Daniel cherchait partout les signes d'une catastrophe imminente. Et il y avait ce mot qu'il psalmodiait dans sa course. *Carnage.*

Martinez n'en revenait pas mais tout se passait plutôt bien. Il y avait un monde fou, des chars, des délégations syndicales, des familles, quelques poussettes, et un paquet de lycéens, mais pas un seul casseur en vue. Les CRS étaient au repos. Il avait fait fouiller quelques ados mais dans leurs sacs, on ne trouvait ni bombes lacrymo, ni cocktails Molotov… rien. Il n'était pas enchanté par le grand nombre de gens masqués, cela rendait les identifications d'éventuels perturbateurs beaucoup plus difficiles. Mais, en l'absence de tout débordement, il n'avait pas de raison de sévir. Seule incongruité : il lui semblait avoir reconnu Aurélien Vachet dont la présence dans une manifestation de gauche était surréaliste.

Un petit Black en surpoids au regard paniqué passa juste à côté de lui, suivi d'un immense rasta, l'Haïtien de la rue de Jappe. Trois autres gamins peinaient à leur coller aux basques. Il se dit qu'il les avait déjà vus quelque part, surtout le grand frisé et le petit brun qui… mais oui ! L'incident devant l'Enjolras…

L'image que garderait Cambrieux de la journée était l'incompréhension teintée de méfiance qui s'était dessinée sur le visage d'Abescas quand il l'avait repéré dans la foule. Vu le calme dans lequel se déroulait la manifestation, son vieil ennemi avait tenu ses promesses. Parfait. Ça lui laissait le champ libre pour lancer l'opération. Deux ou trois belles prises, un beau montage, et il aurait ce qu'il lui fallait pour souffler sur les braises jusqu'à la Fête du fleuve. Il afficha sur son téléphone le numéro du jeune Kamel, un des pigeons de la liste des *high scores* du *slap challenge*. Il avait reçu le code secret et la mission « bonus ». Ils étaient trois à avoir relevé le défi, appâtés par les cinq cents euros promis au vainqueur. La dématérialisation du monde rendait les grands bouleversements très abordables. Il appuya sur « Go » et se leva. De toute façon, ce ne serait pas très spectaculaire et il ne jouirait du résultat qu'une fois les vidéos téléchargées. Il serait le seul à savoir que quelque chose avait démarré aujourd'hui.

Henri se débattait dans la foule, il avait repéré Coumba un peu plus loin et il voulait l'aider. La foule était plutôt disciplinée mais il lui restait à franchir un mur compact d'une trentaine de personnes et ses « pardon » répétés en agaçaient plus d'un. C'était un peu comme nager la brasse dans de la mélasse humaine. Coumba faisait un effort pour lui sourire par-dessus les têtes, or il voyait bien qu'elle n'en pouvait plus. « Excusez-moi », « pardon », « mais où il croit aller celui-là ? », « pardon », « ça ne sert à rien, ne poussez pas », « pardon ».

Jenny saisit Dan par les épaules et le força à se tenir immobile un instant.

« Maintenant, tu nous expliques ce qu'on cherche vraiment. »

Il faisait peine à voir, ruisselant de transpiration, essoufflé.

« Dan, ajoutai-je en renfort, dis-nous. Tu crains que le monstre débarque ? »

Cela me paraissait insensé, le jour n'était pas le terrain de chasse de l'égrégore. Dan reprit son souffle, il s'essuya le front.

« Je ne suis sûr de rien, dit-il. J'espère que je me trompe. Mais Bak a eu une vision. Et c'est Cassia qui m'a amené à Bak. Il dit que tous ces gens en colère, ça nourrit l'égrégore et qu'il suffit d'une étincelle pour que ça éclate. C'est ce qu'on cherche, une étincelle. »

David nous glaça en formulant l'évidence.

« Mais même s'il se passe quelque chose, qu'est-ce qu'on est supposés y faire ? »

Je ne me sentis pas rassuré en lisant sur le visage de Daniel qu'il n'en avait pas la moindre idée.

Julien pouvait partir maintenant. Sa mission était accomplie, il avait distribué tous ses masques. Dans cette foule, il lui serait impossible d'assister à la suite. De toute façon, il ne reconnaîtrait même pas les joueurs s'il les avait sous le nez. En revanche, *eux*, ils les reconnaissaient parfaitement. Qu'est-ce qu'ils faisaient là, ces petits merdeux ? Ils étaient bien du genre à manifester, remarque. Ils parlaient avec l'épave qui glandait tous les jours sous la statue du centaure. Il avait l'air dans tous ses états, le petit gros. Et cette conne de Jenny. Il fallait avouer qu'elle avait de l'allure dans son blouson en jean. Il lui aurait bien tiré la natte un grand coup en arrière. Sans trop savoir pourquoi, il se rapprocha.

Henri parvint enfin jusqu'à Coumba. La foule les pressa l'un contre l'autre. Il l'entoura de ses bras pour la protéger. Ils échangèrent un sourire complice, déjà nostalgiques de ce moment où ils se retrouvaient enlacés sans craindre le regard des autres, et qui marquait la fin de leur aventure.

Stan déboula sur la place. Il ne cherchait plus à repousser l'idée : ce ciel et cette lumière, ces zébrures sombres en périphérie de sa vision… soit il était en plein choc post-traumatique à la suite de sa nuit dans le parc, soit… il se hissa sur un banc, cherchant à nous distinguer dans la masse. C'est le regard de David qu'il croisa en premier.

Daniel remarqua Julien qui se dirigeait vers nous mais c'est un ado derrière lui qui retint son attention. Portable en main, il filmait un pote masqué sous sa capuche verte, bousculant à grands coups d'épaule un rang de manifestants pour gagner un peu de champ. Le jeune à la capuche gifla alors un grand type malingre en K-Way rouge. La gifle n'était pas très forte. Personne ne l'entendit claquer. Le type réajusta ses lunettes et se massa la joue, plus surpris que blessé. Les deux abrutis avaient déjà pris la fuite, laissant derrière eux une travée vers laquelle les regards se portèrent mécaniquement. Un cri aigu retentit. Une femme était tombée sur leur passage, une femme âgée qui peinait à se relever et se tenait la hanche en gémissant. Un autre jeune, masqué lui aussi, mais qui n'avait rien à voir avec les deux premiers, la soutenait.

Soudain apparurent les papillons sombres, ces taches de suie qui dansaient en l'air, et il fit tout à coup si noir que de nombreuses personnes levèrent les yeux au ciel. Une odeur pestilentielle s'éleva du sol, un relent de putréfaction qui prenait à la gorge.

Un mec baraqué, au blouson recouvert d'autocollants aux slogans politiques, bondit à la poursuite des deux premiers lascars. Au passage, son coude heurte le type au K-Way rouge qui, cette fois, a vraiment mal, une douleur tranchante qu'étrangement, chacun a l'impression de ressentir avec lui. Les émotions se propagent par déflagration dans cette portion de foule. Le type au K-Way se tient les côtes et son regard scanne ses voisins, à la recherche d'un sens, bientôt à la recherche d'autre chose. Le lycéen qui a aidé la dame bousculée s'est avancé, sans doute pour voir s'il peut être utile à quelqu'un d'autre. L'homme au K-Way marche vers lui et arrache son masque d'un mouvement rageur qui propulse son poing sur la pommette d'un vieil homme à chapeau qui tombe comme un sac.

La foule expire, l'homme au K-Way se tient immobile et navré, le masque en main et le regard criant « je n'ai pas fait exprès », mais le jeune homme le repousse violemment et hurle : « Vous êtes malade ! » Jenny, sans hésiter, s'interpose entre l'adulte et l'adolescent. Elle leur commande d'aider plutôt le vieil homme par terre. Dan rugit : « Regardez ! » Il fait nuit en plein jour. Je comprends ce qui attire Daniel : c'est comme un tourbillon de feuilles mortes mais ce sont ces affreuses taches sombres qui trouent l'air. Et ce feu sur le sol se met en mouvement, progressant comme la trombe d'une tornade. Je ne sais si nous sommes les seuls à la voir mais sur son trajet, les gens sursautent comme piqués par des serpents.

Courant dans son sillage, on s'enfonce dans une forêt d'épaules, de bras, de poings qui nous martèlent. J'ai agrippé le dos du blouson de Dan et tire par la main David qui gémit. Jenny ferme la marche avec Bak, mais lui peine à suivre à cause de sa jambe. Les regards que je croise sont pleins de fureur et de dégoût. Je dois déjà être couvert de bleus et un choc au menton a empli ma bouche d'un goût ferreux. Je lutte contre l'instinct de me recroqueviller, mains sur la tête, certain que je serai immédiatement piétiné.

Les cris, les invectives et les insultes gagnent en volume. Elle commence à avoir mal cette foule. Les corps bringuebalés deviennent allergiques les uns aux autres. Daniel s'arrête enfin, je me cogne à lui et nous sommes tous deux jetés au sol par une paire de types masqués qui foncent en sens inverse. J'ai le temps de constater que l'un tient encore son téléphone à la main.

Une femme chute sur moi. Elle se débat comme si c'était moi qui l'écrasais. Ses doigts trouvent une prise sur ma gorge et c'est en m'étranglant qu'elle se redresse. Je sens ma joue râpée par le bitume. Stan et Jenny me tirent vers une autre trouée. Je reprends mon souffle tandis que Stanislas m'essuie le visage avec un mouchoir. Les griffures de mon cou laissent couler un filet de sang sous mon tee-shirt.

Dan et David sont sains et saufs mais, à côté d'eux, un homme vocifère en se tenant la joue. C'est un grand gaillard chauve qui protège d'une main une enfant dans son dos. Celui qui l'a giflé a déjà pris la fuite mais le chauve est révulsé de colère et il cherche autour de lui une cible sur laquelle fixer sa rage. C'est à ce moment que j'entends Daniel appeler : « Maman ? » Et effectivement, derrière le type furieux, je découvre Coumba Larochelle paniquée, protégée par un bras qui appartient à Henri Danner.

Je n'ai pas le temps de me demander ce qu'ils foutent là, le grand chauve pousse un cri sauvage et bondit sur deux gamins qui, eux aussi, portent l'effigie de Fawkes, renversant une demi-douzaine de personnes sur son passage, parmi lesquels Henri et Coumba. L'enragé a saisi par le cou le garçon et la fille dont il frappe les têtes l'une contre l'autre. Sa propre enfant qu'il a abandonnée derrière lui crie un « Papa » désespéré tandis que la marée se referme sur elle. Un autre homme, de petite taille, essaie d'accrocher son bras pour qu'il cesse de démolir les deux ados dont les masques sont tombés et dont les visages ruissellent de sang. Le géant laisse choir ses victimes et se retourne sur le petit homme pour l'étrangler. Le feu noir l'entoure et je vois exactement la même chose que le soir de la ruelle : un halo sombre en combustion dessine autour de lui une gueule béante.

Une femme, peut-être celle du petit homme, crie pour attirer l'attention du chauve tandis que son bras fin fend l'air. Elle tient dans sa main un pavé et j'entends clairement le craquement quand la pierre percute le visage. Le sang gicle sur tout le monde autour. La brute chancelle. Il ne tombe pas. Il titube, cherche son équilibre. Sa mâchoire pend, atrocement décrochée sous sa bouche. Mais la bête l'entoure toujours et je sais que ce n'est pas fini.

Partout des appels à l'aide et des cris de détresse. Ça pue la tripe, la merde et la peur. Un fracas d'effondrement métallique ! Mon regard pivote vers la masse intriquée des corps à terre où se débattaient quelques secondes plus tôt Henri et Coumba. À la place : du vide ! Un rectangle parfait d'une dizaine de mètres carré, découpé dans la matière compacte de la foule. En voyant des corps vaciller en bordure et disparaître avalés par le sol, je comprends qu'une large grille d'égouts a cédé. Daniel et David, plus réactifs, se tiennent déjà à quatre pattes au bord du gouffre et tendent la main pour aider les victimes à remonter à la surface. Mes amis parviennent à hisser une femme qui pourrait être Coumba. Je pense qu'il faut que je me bouge pour aller les aider, il y a encore le père de mon ami là-dessous, mais je me sens englué dans la vibration qui monte de toute part ; je ne peux voir au-dessus de la crête des têtes qui m'entourent. La démence a contaminé la place comme une flaque de pétrole embrasée.

Les sirènes des policiers se mêlent à présent au concert. Je trébuche sur un corps au sol, un jeune homme en sanglots, et je n'ai même pas l'instinct de le relever. Je fais au contraire un pas brusque en arrière et percute Jenny. Mon regard suit le sien vers le géant chauve mutilé et sa gamine au centre qui n'ont pas bougé. Lui tremble de tout son corps, les bruits qu'il produit ne sont plus humains. David se précipite dans le cercle. Jenny le suit et je me demande s'ils comptent vraiment s'attaquer à la bête qui les fixe et fait un pas vers eux. Jenny monte sa garde, le poing que l'homme lui balance va lui fracasser les avant-bras ; mais Julien Vachet, sorti de nulle part, lui fonce dessus au même moment, épaule en avant. L'homme vacille, son crochet manque sa cible, Jenny en profite pour le repousser d'un coup de pied qui le fait reculer sans toutefois entamer sa détermination. C'est alors que David vient se poster à côté de Jenny : « S'il vous plaît, monsieur. S'il vous plaît, elle a peur. » Il protège de son corps fragile celui encore plus minuscule de la fillette. Elle n'est plus qu'un long tremblement de larmes. Devant ce spectacle, le bonhomme, foudroyé, tombe à genoux, et se met à pleurer à son tour. La vibration qui l'entoure se dissipe et les quelques mètres carrés de massacre que nous occupons sont parcourus par un vent plus frais. La petite fille se jette sur son père à terre et enveloppe sa tronche meurtrie de ses bras.

Henri et Coumba nous rejoignent, Coumba boite, Henri semble avoir un bras cassé. Il crie : « On bouge ! » Dans le chaos, il a repéré une file de gens qui évoluent dans la même direction, loin du centre. Nous nous accrochons les uns aux autres et suivons le courant. Les coups pleuvent encore mais nous tenons bon. Le plus dur est de heurter du pied des gens au sol et de ne pas s'arrêter. Henri ne nous laisse pas ralentir. Nous frôlons des CRS. Ils tentent de canaliser les gens qui se jettent sur eux. Henri tient bon. On parvient enfin en périphérie de la place, la foule s'effiloche autour de nous, se déversant dans deux rues. Je distingue les visages sidérés de quelques personnes qui ont trouvé refuge dans des restaurants et boutiques. Henri nous regroupe dans un renfoncement qui abrite une petite fontaine. Il se rince les mains et entreprend de nous débarbouiller, l'un après l'autre. Il nous inspecte pour savoir si on souffre de blessures graves. J'ai beaucoup de mal à respirer, la peur me fait suffoquer et les sanglots que je sens monter en moi restent bloqués dans ma gorge. Coumba couvre Daniel de baisers. Jenny vient me prendre dans ses bras. Henri nous laisse nous remettre quelques secondes, il scrute la place enfin vidée du gros de la foule. Les premiers secours se pressent partout au chevet des innombrables blessés. Dans le ciel, les nuages sont toujours aussi noirs quoique moins opaques. L'orage n'éclate pas mais une pluie douce se met à tomber. Henri nous extrait de notre stupeur. « Les hôpitaux vont être pris d'assaut, je vous emmène tous chez mon docteur pour qu'il vous examine. Vous avez faim ou soif ? Vous voulez qu'on passe par une boulangerie ? » C'est une question tout à fait saugrenue, or ce sont aussi les premiers mots qui calment les battements furieux de mon cœur. Daniel me glisse un « Bak ? Tu as vu Bak ? » Je fais non de la tête. Stan me tape dans le dos et me dit : « Content de vous avoir retrouvés. » Daniel le serre dans ses bras en gueulant : « T'as pris ton temps, enfoiré, t'as pris ton temps. » Et nous quittons le théâtre du carnage.

LIVRE III

UN MIRACLE

57.

Mounette éteignit son petit poste de radio, replaça son dentier et réajusta sa perruque sur sa tête. Puis elle se figea un instant devant sa collection. C'était modeste bien sûr mais c'est tout ce qu'elle avait pu sauver d'Algérie. C'était son petit trésor à elle, c'est à cause de sa collection qu'elle avait insisté pour vivre au sous-sol, contre l'avis de son fils. Parce que l'art craint la lumière du jour, tandis que ses vieux os se satisfaisaient très bien des rayons filtrés par les soupiraux. Et puis cette pièce immense lui avait permis de faire son atelier à côté de sa chambre. Quelle belle vie, pour finir, elle s'était créée auprès de son fils ! Quel beau fils, un digne héritier, même s'il avait pris d'autres chemins. Sur la table des simples, elle empaqueta la pelote dans un foulard de soie, cela faisait longtemps qu'elle n'avait pas eu entre les mains un si beau bézoard. Elle nettoya le tour de poterie, ramassa les déchets de glaise et rangea ses brocs. Quel travail tout de même. Quel travail… Il ne fallait pas baisser les bras devant la vieillesse, les anciens plus encore que les jeunes avaient besoin d'idéal. Mounette verrouilla soigneusement le cadenas de son atelier, puis traversa la chambre, grimpa l'escalier de bois, ferma à double tour la porte d'accès – même Marc-Henri devait respecter son chez-elle, c'était pas la place d'un enfant, les endroits de sa mère.

La grande salle était vide. Elle ranima le feu. C'est qu'il faisait un peu frisquet ici. Elle ramassa les assiettes qui traînaient sur l'immense table et les gobelets entre les ordinateurs. Elle ne leur en voulait pas, ils étaient très bien élevés dans l'ensemble, les garçons. Et ils ne ménageaient pas leurs efforts, une belle jeunesse, ils méritaient qu'elle leur file un coup de main. Elle était pas du genre à se vanter, ça non. Discrète et efficace, Mounette. Elle se rendit dans la cuisine et alluma ses feux. Et coupe, coupe, tranche, tranche, râpe, râpe, sale, poivre, crisse la couenne, le beau paleron sur son lit tout blanc, et les jolies herbes, et le bon vin rouge, non là tu glougloutes trop, je baisse le gaz. La porte s'ouvrit et un pas lourd retentit. C'était son bel enfant qui rentrait voir sa maman.

« Tu vas, mon fils ? »

Marc-Henri l'embrassa et se servit un verre de vin.

« Ce ne sera pas prêt avant neuf heures, mon chéri, je croyais que tu rentrais tard. Tu veux du saucisson, un peu de pâté ?

— Je n'ai pas faim. »

Elle s'interrompit, essuya ses mains à son tablier et lui caressa la joue.

« Tu es bien sombre. Tes vidéos ne sont pas comme tu voulais ?

— Si, si, elles sont très bien. Mais c'est tellement horrible ce qui s'est passé. Tout ça…

— Tout ça, c'est pas ta faute, mon lapin, c'est la marée qui monte, mais elle va t'amener là où tu veux, tu verras.

— Tu as sans doute raison, maman. »

Elle l'embrassa sur le front, fière. Il faisait du bon travail, son oiseleur. Et elle serait toujours là pour le soutenir et l'aider. Mais sans se vanter. Discrète et efficace, Mounette.

58.

Quatre jours après le carnage, Daniel n'était toujours pas retourné en classe. Il avait passé de longues heures au chevet de sa mère qui se remettait lentement de ses blessures, prenant de véritables tours de garde avec son père pour qu'elle ne soit jamais seule. Il sentait bien que leur sollicitude commençait déjà à l'étouffer et que sa patience devant leur incompétence à s'occuper des tâches domestiques les plus élémentaires atteignait ses limites. Dan avait évité de trop regarder la télévision, les journalistes n'avaient rien à dire de l'événement et ce n'est pas là qu'il trouverait des réponses. En quelques recherches sur internet, il avait appris que les bousculades meurtrières n'étaient pas si rares. À Phnom Penh, en 2010, lors d'une fête nationale, trois cent soixante-dix-huit personnes avaient trouvé la mort sur un pont. Quelques mois auparavant, en Allemagne, dix-neuf victimes dans un tunnel pendant une *love parade*. Plus tôt encore, au Mali, vingt-six personnes écrasées lors d'une fête religieuse. Les fêtes religieuses, c'était clairement le truc à éviter. Rien qu'à La Mecque : mille quatre cent vingt-six pèlerins avaient péri écrasés en 1990, deux cent soixante-dix en 1994, cent dix-neuf en 1998, deux cent cinquante et un en 2004, trois cent soixante-deux en 2006… Après venaient les événements sportifs. Match Pérou-Argentine à Lima en 1964 ? Trois cent vingt morts. Stade du Heysel en 1985 ? Trente-neuf morts. Sheffield en 89 ? Quatre-vingt-seize morts… Dans chaque cas, inutile de s'attarder sur les causes : rumeur, irruption de violence, contagion de la peur… Le point commun de ces massacres sans bourreaux, c'était la ferveur, qu'elle soit festive, sportive ou religieuse. Dan essayait de ne pas voir des signes partout, mais dans le dernier bouquin ésotérique qu'il avait lu, on mettait en rapport matchs de foot et création d'égrégores spontanés. À ses yeux, c'était une tautologie déguisée en déduction. Là où il y avait foule, il y avait plus de risques de bousculade. Si la bousculade était mortelle, elle marquait les esprits. L'esprit cherchait du sens là où il n'y en avait pas et certains recouraient à des explications magiques comme d'autres aux extraterrestres. Bon, avec un peu de cynisme, la conclusion était plus simple encore : religion et football étaient mauvais pour la santé, un point c'est tout. Mais l'ironie ne l'amenait pas plus loin et il se concentra sur son premier parti pris : prendre l'expérience pour preuve. Aucun doute, il avait senti la présence de l'égrégore. Il l'avait même vu se faufiler comme un feu sombre entre les gens, il l'avait vu tout aussi clairement s'emparer de ce mec qui s'était jeté sur les deux ados masqués. Il avait vu, senti, entendu, et c'était sa raison qu'il devait mettre en veilleuse.

Il fallait qu'il sorte, qu'il marche, qu'il trouve quelque chose, un motif, une piste, n'importe quoi. Parce que le pire restait à venir. Un égrégore spontané était né de la peur des gens, ce monstre avait une forme de conscience puisque, à en croire les récits de ses amis et l'intuition de David, l'égrégore savait qu'ils l'avaient remarqué et s'en était pris à chaque membre de la bande, sauf à Stan mais Stan ne croyait pas en lui ; tout ça était logique, une logique de roman fantastique mais pourquoi pas. Comment concilier tout ça avec la manifestation ? Certes, une foule en colère pouvait attirer le monstre, cependant le monstre était la créature de la foule ; il pouvait se retourner contre elle. Toutefois, la règle des égrégores spontanés voulait qu'ils soient aussi éphémères que les pulsions agrégées qui les avaient créés. Ça ne cadrait pas avec le prologue des meurtres d'adolescents et cela infirmait son intuition que le pire était à venir.

« À moins que… souffla Cassia à son oreille.

— Ah, tu es là, toi ? »

Il n'avait pas fait attention au trajet et se retrouvait sur les quais. Alors qu'il admirait le vaste fleuve, il se fit la réflexion qu'il avait glissé dans le printemps sans s'en rendre compte. Cassia, en débardeur blanc, souriante à son côté, semblait lire dans ses pensées et lui fit enlever le lourd manteau d'hiver qu'il avait enfilé machinalement.

« Quel jour sommes-nous ?

— Le 20 mars, mon ange. Tu peux enlever le bonnet aussi. Tu seras mieux, crois-moi. »

Ils s'assirent sur un banc. Daniel prenait plaisir à sentir le soleil caresser son visage. La lumière était dorée et l'eau scintillait à ses pieds.

« Qu'est-ce que je n'arrive pas à voir, Cassia ? Qu'est-ce qui m'échappe ?

— Si tu rates un truc évident, c'est peut-être parce que c'est une chose à laquelle tu ne veux pas croire ?

— Cassia ?

— Oui ?

— Je sais que la nature de nos relations n'est pas clairement définie, mais… j'ai le droit de te demander une faveur ?

— Bien sûr.

— Tu peux éviter de parler comme dans un manuel de développement personnel, s'il te plaît ? Ça m'exaspère. »

Elle hésita un instant entre vexation et rire, il ne lui laissa pas le temps de se décider.

« OK. Je joue le jeu. On fait fausse route depuis le début. Le monstre est réel, le monstre a un plan, il se nourrit de la peur de la ville mais il n'est pas le jouet occasionnel de la ville…

— Continue.

— L'égrégore n'est pas spontané !

— Et pourquoi as-tu rejeté cette hypothèse depuis le début ?

— Parce que croire à la magie, c'est une chose. Mais croire aux magiciens, c'est beaucoup me demander.

— Dans ces cas-là, on parle plutôt de sorcier… »

59.

Daniel n'était pas revenu, Stan était absent une fois de plus. Comment pouvait-il continuer à ce rythme, même en tenant en compte le traitement de faveur que lui accordait la direction ? Deux rangées sur ma gauche, David était concentré sur le bilan de maths. Je me sentis gagné par un sentiment de flottement. Ma vie s'était séparée en deux mondes distincts, exactement comme dans *Le Songe*. Dans le premier, que je nommais *la cité,* j'étais un élève de seconde ; j'avais des problèmes d'acné ; je n'avais pas assez révisé pour ce contrôle ; je me demandais si acheter une paire de Stan Smith ferait de moi un suiveur ; je me promettais de me mettre à faire des pompes et des abdos quotidiennement ; j'avais la dalle ; je renonçais à essayer de répondre au troisième problème de la deuxième page ; je me demandais comment capitaliser sur le fait que Jenny m'avait tenu la main pour tenter un baiser. Dans l'autre monde que je nommais *les bois,* ma ville était assiégée par un monstre et nous étions les seuls à le savoir ; ce bilan de maths n'avait rien à m'apprendre sur la façon de survivre à cette épreuve ; Stan nous avait donné rendez-vous à tous le samedi d'après et j'étais aussi impatient qu'effrayé à l'idée de cette réunion ; j'avais endossé la responsabilité de monter une pièce de théâtre effroyablement complexe ; un de mes meilleurs amis était supposé crever d'un cancer, mais je lui trouvais meilleure mine depuis qu'il avait une amie imaginaire appelée Cassia ; on mentait à tous les adultes qui nous entouraient sauf à mon oncle ; et bien sûr, dans *les bois* aussi, je me demandais comment capitaliser le fait que Jenny m'avait tenu la main pour tenter un baiser.

Il m'était proprement impossible de déterminer lequel de ces deux mondes était le plus irréel pour moi. Et je me découvrais un trait de caractère déplaisant : je devais admettre que j'étais incroyablement influençable. Si à un seul moment de cette aventure, Stan ou Dan avait dit « on arrête », je n'aurais opposé aucun argument. Et l'idée que je puisse, moi, émettre la proposition que nous étions dépassés par les événements me donnait mal au ventre. Mon goût pour le romanesque m'avait conditionné à me rêver en héros. Je dois l'avouer, je passais une grande partie de mes journées à me projeter dans des rêveries puériles et grandioses où je m'imaginais tour à tour justicier des rues mal famées, grand dramaturge, comédien adulé, explorateur téméraire, champion sportif, directeur d'une ONG en territoire de guerre… Et la pudeur me fait jeter un voile sur mes rêveries romantico-érotiques ; dans ce domaine aussi j'étais un homme d'exception. Dans la vraie vie, et cette expression s'appliquait depuis quelques mois à *la cité* comme aux *bois*, j'étais un figurant qui essayait de glisser quelques lignes de dialogues pour exister. En y repensant, même mon aventure théâtrale était une farce. Le rêve de mettre en scène une pièce ? C'est Stan qui me l'avait insufflé. Un jour où je faisais le malin à brasser des citations du Barde, il avait dit : « Tu devrais mettre en scène une pièce de Shakespeare » et, flatté, j'avais répondu : « C'est mon rêve. » Après, bien sûr, ça l'était devenu : je suis le genre d'homme qui a du mal à se dédire, ça va contre l'image que j'ai façonnée de moi dans mes rêveries. Sur ce paradoxe, j'avais développé quelques qualités factices : je ne savais pas remonter seul les ressorts de ma destinée mais il m'était odieux de décevoir. Je ne reculais pas facilement devant le danger de peur de paraître lâche. De même, mon obsession de la vertu censurait efficacement mes pulsions honteuses. Je payais cher ces mérites de façade, devant composer avec la certitude qu'aucune de mes qualités n'était naturelle. Dans le scénario où je sauvais Jenny d'un péril – un de mes films mentaux préférés du moment – je sais que la voix qui me poussait à agir ne hurlait pas un vibrant « me voici mon amour » mais plutôt un bavardage geignard du genre « pourquoi es-tu allée te mettre dans ce pétrin, je vais passer pour qui moi, maintenant, si je ne fais rien »… J'étais un adolescent ivre de gloire dont le panache était un accessoire de théâtre emprunté dans les loges. Et en l'occurrence, un adolescent qui venait de foirer magistralement un autre contrôle de maths.

Les copies furent ramassées et la classe se précipita hors des murs. Il faisait enfin beau et c'était soudain plus facile de chasser les images de la tragédie.

Je ressentis ce nouveau pincement qui accompagnait chaque apparition de Jenny. Il fallait qu'elle soit un peu à l'ouest pour ne pas remarquer à quel point sa présence me troublait. Elle avait l'air tendu et fixait un point derrière les garçons qui jouaient au foot. Je mis un moment à comprendre que c'était Julien Vachet. Son hostilité à l'endroit de l'ancien bourreau de David n'avait pas été désamorcée par sa surprenante intervention lors de la manif. Bien au contraire.

« Mais pourquoi il a fait ça ? marmonna-t-elle.

— Julien est une brute, il y avait une bagarre, il a foncé dans le tas, c'est tout.

— N'empêche que sans lui…, tenta David.

— Ah non, tu vas pas recommencer…

— Et qu'est-ce qu'il foutait là ? continua Jenny. »

On avait déjà fait le point entre nous au téléphone après les événements et c'était un sujet sur lequel personne n'avait de théorie valable. De toute façon, la grande discussion était pour samedi, quand nous pourrions enfin échapper de nouveau à la sollicitude de nos parents respectifs.

« Il faut que je sache. »

Avant que nous n'ayons pu esquisser un geste, Jenny avait traversé la cour et tenait Julien contre le mur. De loin, on aurait dit un petit couple en train d'échanger des secrets. La situation ne me plaisait pas mais toute prétention à défendre Jenny était grotesque. Une part de moi était rassurée par le calme qui se dégageait d'eux, l'autre part était mal à l'aise. Cela ne dura pas, Julien reprit son chemin sans que Jenny l'en empêche. Elle revint vers nous, toujours aussi pensive.

« Alors ?

— Je lui ai demandé pourquoi il était intervenu.

— Et ?

— Il a dit qu'il ne savait pas.

— Et ?

— Il avait l'air sincère. »

On n'eut pas le temps de commenter cette étrange affirmation. Il nous fallait remonter vers les classes. Au tableau, Mme Badet avait écrit une phrase de Flaubert, extraite d'une lettre adressée à Huysmans : « L'art n'est pas la réalité, quoi qu'on fasse, on est obligé de choisir dans les éléments qu'elle fournit. » Et la voilà partie sur le combat du romantisme et du réalisme dans *Madame Bovary*. J'étais supposé être un bon élève en français et j'avais rendu une copie insipide sur le roman, qui m'avait valu la meilleure note de la classe. Je veillais toujours à rendre la copie que le prof avait envie de lire. Mais cette fois, ce pragmatisme m'avait coûté. Parce que je la haïssais violemment, la Bovary. Je n'étais pas abruti au point de ne pas me sentir concerné par son addiction à la « rêverie éveillée ». Néanmoins, ce qu'elle en faisait, mon Dieu, quelle indigence… Pourquoi transformait-elle son refus du réel en passions si médiocres ? Pourquoi Flaubert avait-il avili l'esprit romanesque en l'insufflant dans cette machine à créer du vide ? Pour Mme Badet, l'affaire était simple : l'auteur prouvait que l'idéalisme n'avait pas sa place dans un monde mesquin. Le geste artistique de Flaubert était éclatant, magistral, son roman était l'acte de création salvateur, pas le personnage.

« Monsieur Vachet, vous avez peut-être une réflexion à nous faire partager ? »

La question me fit l'effet d'une gifle. Ça, c'était une petite révolution. Depuis l'affaire du graffiti, Julien ne se faisait plus remarquer en cours. Mais de là à ce qu'un professeur prenne le risque de l'interroger ?

« Vous pouvez peut-être commencer par nous dire si le livre vous a plu ? »

Toute la classe retint son souffle.

« Ouais. »

Mme Badet laissa s'apaiser le bruissement étonné de ses élèves et repartit à la charge.

« Peut-être nous ferez-vous l'honneur de nous expliquer pourquoi ? »

Cette année-là, nous avions déjà vécu plus d'événements extraordinaires que la plupart des gens en une vie. La réponse que fit Julien ? Le sérieux, le calme, sa façon de développer son opinion ? C'était surréaliste.

« J'aime bien parce qu'elle ne s'excuse pas.

— Pardon ?

— Elle a une vie de merde, elle prend son plaisir où elle peut, elle emmerde le monde et surtout sa famille. Et quand elle n'en peut plus ? Rideau ! Et il y a ces deux phrases géniales à la fin : "Tous s'approchèrent. Elle n'existait plus." Elle leur fait un bras d'honneur, quoi. En partant, elle leur laisse l'ennui. »

Mme Badet était trop stupéfaite pour s'offusquer du ton de Julien. Je sentis, quant à moi, des picotements désagréables tout le long de ma nuque. Ce renversement me déplaisait souverainement. Julien avait replongé la tête dans ses cahiers, manifestant la fin de la discussion. Je n'avais qu'une hâte, que ce maudit cours se termine. Il fut interminable.

Quand la journée s'acheva enfin, on fila au kiosque. Jenny avait décidé de me torturer en faisant répéter pour la dixième fois à David le récit de l'intervention de Vachet.

« Redis-moi, mais avec ses mots exacts, s'il te plaît. »

Je n'en pouvais plus de toute cette attention accordée à l'un de nos pires ennemis, et ça bouillait à l'intérieur, c'est sans doute pour ça que je saluai Paulo en lui hurlant au visage :

« Une grosse journée d'enculés, aujourd'hui ! »

Mes amis me dévisagèrent. Paulo haussa les épaules.

« Vous direz à votre ami Stanislas que j'ai des infos pour lui. Sur le tournage. »

Nous n'avions pas la moindre idée de ce dont il parlait mais nous nous étions habitués à ne plus être dans la confidence des magouilles de Stan. Ça aussi, ça commençait à m'énerver. À partir de maintenant, c'était décidé, je voulais tout savoir. Du moins c'est ce que je croyais…

60.

Sayif se fit déposer par son chauffeur devant le troquet de Momo. En entrant, il eut la mauvaise surprise de trouver Idriss au comptoir. Ce gamin était une écharde dans son talon. Sa mère, une femme brave et belle, avait été sa maîtresse et il prenait un soin particulier à veiller sur les femmes qui avaient partagé son lit. Les autres enfants de cette beauté kabyle filaient droit, mais l'aîné était un danger en puissance.

La visite hebdomadaire de Sayif chez Momo concluait sa tournée des quartiers. Il s'était imposé cette discipline depuis qu'il avait pris le pouvoir. Il passait de bâtiment en bâtiment pour recueillir les doléances des habitants, et tenter de dissiper les tensions avant qu'elles ne deviennent ingérables. Poubelles et ascenseurs, dératisation et occupation des cages d'escaliers composaient l'essentiel des récriminations. Un de ses lieutenants tenait à jour une liste des plus nécessiteux, essentiellement constituée de mères célibataires immigrées. Sayif administrait une communauté hétérogène survivant à la marge de la ville grâce aux aides sociales, aux emplois de ménage, aux chantiers, et à l'argent de la drogue dont il redistribuait une part non négligeable pour soulager la misère et s'assurer un semblant de paix sociale. Sayif était plus un pragmatique qu'un bienfaiteur, il ne se faisait pas d'illusions sur son rôle dans cet écosystème fragile. Quand une mère en larmes l'implorait de l'aider à garder ses fils dans le droit chemin, l'enveloppe de cash qu'il lui donnait pour les nourrir et leur acheter des fringues provenait d'un business dans lequel ces mêmes gamins tremperaient sans doute un jour sous ses ordres. Ça ne l'empêchait pas de dormir. Pour lui, le monde se divisait entre ordre et chaos. Seul l'argent permettait d'y insuffler un peu plus de bien-être et un peu moins de sauvagerie. C'était son désaccord de fond avec Mehdi. Son vieil ami croyait que les peuples prospéraient sur un socle de valeurs communes, Sayif non. Il se voyait comme le patron d'un ministère occulte aux missions d'intérêt public : d'une part le trafic entretenait une zone d'économie grise qui assurait la survivance d'une population marginalisée dans son accès au travail. D'autre part, l'objet de ce trafic était le premier anxiolytique national et permettait d'anesthésier en douceur les angoisses légitimes. Enfin il finançait une mission de sécurité indispensable : repousser les vrais barbares. Les réseaux albanais étaient de plus en plus expansionnistes, leur came était infecte et c'étaient des salopards de trafiquants d'humains. Il fallait aussi lutter contre le business d'armes des Tchétchènes. Sayif chassait les Kalachs dans les quartiers comme si c'étaient des œufs de Pâques et avait même empêché la vente d'un lance-roquettes. En début d'année, on avait beaucoup parlé d'un lot de bombes incendiaires mais cela s'était révélé une rumeur. Enfin il y avait ce maillage informe du Pôle Emploi des djihadistes à surveiller. Globalement, Sayif remplissait ses fonctions mais, dès que la ville s'enrhumait, les alliances tacites menaçaient de s'effriter et son empire de vaciller sur ses bases. Cette fois, la ville avait chopé la malaria. On pouvait suivre le progrès de l'infection à l'odeur et la bousculade meurtrière de la manif ressemblait à un pronostic vital mal engagé. Martinez l'avait alerté, si la situation se dégradait encore, si l'on n'arrêtait pas le tueur en série, si le sentiment d'insécurité faisait virer l'intramuros, l'intérieur se tournerait vers son périphérique pour donner un visage familier à sa peur. Et son visage le plus familier, c'était un jeune à capuche. C'est pour ça que Sayif allouait des ressources considérables à l'enquête. Ses hommes avaient interrogé tout ce que la ville comptait encore d'observateurs nocturnes : les tenanciers de bars, les videurs de boîtes, les gardiens de nuit, les punks à chien, les SDF… Sayif avait personnellement approvisionné l'Haïtien, en échange de sa coopération. Il éprouvait une affection sincère pour ce type-là. Dans une autre vie, Bakary avait été un musicien assez connu de Port-au-Prince. Ses parents avaient été exécutés sous Duvalier, sa mère, une prêtresse yoruba, étant soupçonnée d'influencer les milieux populaires. Cela avait été le premier coup pour lui. Quand sa femme et ses deux filles avaient péri dans le tremblement de terre, Bak avait perdu la raison et entamé un long exil qui s'était tristement soldé par son naufrage sous la statue du centaure de la place de Jappe. Bakary s'était révélé, pendant les premières années, un excellent observateur des spasmes illicites de l'intramuros. La misère et la drogue avaient eu raison de ses dernières forces mentales. Désormais, il sombrait dans les élucubrations mystiques léguées par sa mère et prétendait qu'un *ajogan*, une sorte de démon, hantait la ville. On en était là, se disait Sayif. Les gens voyaient des démons, et même Martinez y trouvait une certaine logique.

Sayif passa de table en table pour saluer les clients puis s'installa dans un coin. Il devait faire un point avec Momo sur les affaires, ensuite il aurait son rendez-vous mensuel pour surveiller son petit projet artistique, et après il pourrait enfin rentrer chez lui. Rien de bien excitant ne l'attendait à la maison. Une autre soirée solitaire, la prière, un plat congelé, Netflix et la promesse de se coucher tôt.

À peine assis, il eut la mauvaise surprise de voir Idriss se diriger vers lui. Il sut à l'instant que sa fin était arrivée. Il n'était pas armé, son homme le plus proche, Ahmid, l'attendait dans la voiture, probablement en train d'écouter Rire et chansons. Il allait crever là, par excès de confiance. Il ne restait à Idriss que deux pas à faire pour brandir son flingue et le lui vider dans la poitrine.

« Bonsoir Sayif », lança timidement Idriss.

Mais qu'est-ce qu'il lui avait pris ? Le caïd se recomposa immédiatement un visage sévère. Idriss regardait ses pieds.

« Sayif ? J'ai beaucoup réfléchi… »

La suite fut sans surprise. Sayif écouta, indifférent, la contrition du gamin. Il s'agissait d'un entretien d'embauche. Une petite surprise l'attendait tout de même au bout du monologue. Idriss demanda à un autre ado qui se tortillait devant le bar de les rejoindre. Pour preuve de sa bonne volonté, il voulait que Sayif entende une histoire suffisamment étrange pour l'intéresser. Son pote se lança alors dans une confession que le gangster eut tout d'abord beaucoup de mal à suivre. Il avait participé à un jeu sur son téléphone, une sorte de concours de gifles, et il avait été sélectionné pour un défi potentiellement rémunérateur. Il devait réussir à frapper un inconnu dans la foule de la manifestation – Sayif dressa une oreille plus attentive – mais une fois sur les lieux, il avait renoncé en reconnaissant deux Taranis qui l'avaient passé à tabac un mois auparavant. Ça lui avait coupé toute envie de traîner dans les parages mais il s'était demandé ce que ces fachos pouvaient foutre dans une manif de gauche, à distribuer des masques chelous.

« C'est tout, » conclut Idriss à la place de son pote.

Sayif le congédia en promettant de réfléchir à cette histoire. Il n'avait aucune idée de comment recouper ces informations entre elles mais il avait l'intuition qu'il tenait quelque chose.

En sortant du café, Idriss fit un effort pour cacher sa joie. Il avait marqué des points. Bientôt, on lui ferait passer un test. Il commencerait en bas de l'échelle. Il se donnerait du mal et gravirait les échelons pour se rapprocher du caïd. Alors le temps viendrait d'accomplir son grand œuvre : il saperait son empire et écraserait sans pitié cet enfoiré de gangster. C'était bon d'avoir un but dans la vie.

61.

Stan avait donné rendez-vous à Daniel sur la terrasse d'un bar éphémère en aplomb du fleuve. C'était une journée magnifique. Les hautes maisons des quais vantaient la puissance de la ville, leurs fenêtres scintillaient au soleil. Sur la promenade, une bande de hipsters comptait bruyamment les points sur un terrain de pétanque, un groupe à la sensualité sévère s'essayait au tango, un autre qui venait de Chine suivait la main dressée d'une étudiante, sur un banc deux vieilles femmes chics étaient plongées dans leurs revues de mots fléchés ; de nombreux joggers réglaient leur foulée sur la musique dans leurs écouteurs ; le ciel avait tourné le cadran d'une saison et tout le monde était prêt à laisser loin derrière les chagrins de l'hiver. Stanislas regardait tous ces gens et il les trouvait émouvants. Daniel, lui, les trouvait fragiles. Il suffirait que les nuages reviennent, qu'un litre de sang coule sur le trottoir, un geste mauvais de plus, et la peur balaierait tout dans un souffle si puissant que même les immeubles majestueux s'écrouleraient dans le fleuve. Il n'empêche que pour l'instant, ils essayaient de vivre et c'était un beau spectacle.

« C'est quoi, alors, ce rendez-vous mystère ? demanda Daniel.

— On a le temps, d'abord je dois te raconter quelque chose. »

Stan se lança dans le récit de la nuit qui l'avait opposé aux chiens et il avoua à Dan qu'il avait ressenti, tout à fait clairement, la présence d'un ennemi surnaturel. Le froid d'outre-tombe, les effluves, les zébrures sombres dans l'air, les particules noires… tous les signes qu'ils avaient à nouveaux remarqués lors de la manifestation. Daniel écouta en silence, ne lui reprocha jamais d'avoir été si long à ouvrir les yeux. Il lui révéla qu'il était bien suivi ce soir-là, mais par un homme qui voulait le protéger. Quand Stan apprit qu'il s'agissait de Bak, il ne fut étrangement pas si surpris que ça, toutes les pièces prenaient leur place sur l'échiquier. Quand Daniel lui expliqua que c'était Cassia qui avait confié cette mission au clochard, Stan s'interrogea sur les raisons pour lesquelles Bakary était le seul à part Daniel capable de la voir. Aucun des deux n'avait la moindre intuition à ce sujet. Enfin, Daniel récapitula tout ce qu'il avait appris dans ses recherches sur les égrégores.

Le sentiment d'être à nouveau côte à côte, unis dans l'épreuve, leur offrit un peu de courage. Bien sûr, ils réfléchirent à demander de l'aide, à leurs parents, au commissaire Martinez, ils évoquèrent même Sayif… Ils firent le choix de repousser cette manœuvre à plus tard. Avoir mêlé Mehdi avait eu des résultats mitigés ; l'oncle de Dan s'était montré utile, mais la présence de deux de leurs parents à la manifestation prouvait que cela avait aussi engendré une surveillance accrue de leurs activités. Et pour la suite, il allait leur falloir se montrer audacieux et imprévisibles. Daniel craignait surtout que la révélation du miracle ne plonge ses parents dans un abîme de chagrin. Au sujet du miracle, Stan donna à Daniel un compte-rendu partiel de ses avancées. Les quelques secrets qu'il gardait encore n'avaient pour motivation que de ménager d'agréables surprises à son ami. D'ailleurs, il chercha une montre à son poignet pour regarder l'heure et sourit en le trouvant nu.

« Il est quelle heure, Dan ?

— Seize heures trente, pourquoi ?

— On doit y aller. »

Ils quittèrent les quais et s'enfoncèrent vers le vieux centre. Ils évitèrent de passer par la place de l'Hôtel-de-Ville où les bouquets de fleurs jonchaient encore les dalles, empruntant d'étroites ruelles qui ramenèrent leurs pensées à la nuit où ils avaient fait face au Mal pour la première fois. Quand ils parvinrent devant l'entrée de la galerie marchande, Daniel eut une impression désagréable.

« Qu'est-ce que t'as ? demanda Stanislas. On va couper par là, ce sera plus rapide. Au fait, tu as téléchargé la chanson dont tu m'as parlé sur ton téléphone ? Tu peux me dire comment tu l'as choisie ? »

Daniel se laissa faire et suivit son ami en lui racontant comment Bak avait fait danser Cassia et une petite foule de passants devant la statue du centaure au son d'un air brésilien. Dès le retour à la maison, il avait fait des recherches sur Youtube, l'original était de Chico Buarque, mais c'est la reprise d'une chanteuse de rock qui l'avait décidé. Ce serait la chanson du miracle, *Partido alto*, un métissage endiablé de samba et de funk, avec une intro de basse à réveiller les morts et un riff de guitare électrique à faire danser tous les anges du ciel. Stan sourit quand son ami se figea, livide au centre de la galerie, incapable de répondre au salut amical de M. Dupré, devant la vitrine du salon de coiffure.

« En parlant d'anges…, tu as rendez-vous, mon pote. »

Daniel était prêt à prendre ses jambes à son cou mais Stan avait envisagé cette possibilité et les trois grâces surgirent de leur officine pour s'emparer du petit bichon apeuré dans un tourbillon joyeux. M. Dupré souleva sa casquette à l'intention de Stanislas en signe de respect. L'Enchanteur suivit son ami dans le salon, et tandis que les jeunes femmes lui passaient une blouse, il lui prit son téléphone et le brancha à la sono, il était temps de tester sa chanson. L'effet des premières notes sur les coiffeuses lui confirma que son ami avait fait le bon choix. Dan, qui manquait de cheveux mais pas de chance, eut donc droit au plus long massage crânien du monde et à un ballet d'amazones qui virevoltaient autour de lui, le couvrant de gestes d'une sensualité jusqu'ici entrevue uniquement en rêve. Elles dansaient et riaient et caressaient et massaient et dansaient et embrassaient, et dansaient encore. Toute la beauté du monde.

Passé les premières minutes où la gêne tentait encore de s'interposer, Daniel se laissa aller au plaisir. Il rit comme un enfant, se détendit enfin, et finit par pleurer de bonheur, ce qui émut les nymphes et les fit redoubler de cajoleries. Dans ses pleurs, elles n'auraient su lire que venait de faire irruption une nouvelle prémonition. Daniel accepta d'entendre une vérité qu'il gardait enfouie depuis quelque temps déjà. Il n'était absolument pas anodin qu'à ce stade de l'année il soit encore valide, encore debout, encore vibrant et présent, autonome, presque fort. Il avait plusieurs fois lu cette même interrogation dans les yeux de ses parents. Mais à présent que le dernier combat s'annonçait et même si son prologue était ce séjour au paradis, il ne pouvait plus repousser l'évidence.

« Cassia ? appela-t-il, encore couché, la tête dans le bac.

— Oui, mon ange ?

— Il me reste assez de forces, assez de temps pour ce que je dois encore accomplir ?

— C'est une question qui devrait occuper chaque minute de chaque vie d'homme, tu ne penses pas ? »

Dan approuva. Il sécha ses larmes, chercha du regard son ami Stanislas et lui demanda :

« Remets la chanson encore une fois. »

62.

À quoi tient la persistance du désespoir ? Sept jours auparavant, nous rentrions en claudiquant d'une scène de bataille et, ce matin, Jenny, David et moi attendions sur notre banc devant le kiosque, joyeux et insouciants, discutant de séries et de musique. Il avait suffi que notre bande se ressoude, que Stan et Dan se reparlent, pour que l'on retrouve notre assurance. Le désespoir se révélait donc en pratique aussi fragile que le bonheur.

Peut-être cette constatation s'accordait-elle particulièrement bien à notre âge, peut-être un peu mieux encore à mon caractère versatile. Mais il me semble qu'il y avait autre chose à l'œuvre dans ce règlement, un principe de groupe, propre à l'adolescence. Je pense que notre bande possédait un corps collectif et que si chacun de ses membres se concevait inachevé et grossier, ensemble nous formions un corps harmonieux et agile qu'on promenait crânement dans le monde, un corps qui ne craignait pas les regards, qui parlait fort, chantait juste, courait vite, dansait bien, dégageait une autorité naturelle et légitime, séduisait sans efforts et ne s'effaçait devant personne. Cette forme parfaite se nourrissait de notre complémentarité. On s'était tacitement distribué des fonctions, on incarnait des archétypes librement consentis. Aujourd'hui j'en suis certain, les stratégies intimes que nous avons déployées pour interpréter ces rôles nous ont façonné aussi sûrement que l'éducation de nos parents. La bande nous offrait une des premières promesses de l'humanité : celle que le pluriel est vivable et fécond. On pressentait sans doute déjà ce que cette promesse avait d'inaugural et de décadent ; passé ces années-là, elle ne serait plus jamais tenue de façon aussi magistrale, il faudrait y substituer d'autres, le couple, la famille, la vie de bureau, aux formes plus contraintes et forcément moins agiles. La bande, dans sa perfection, portait déjà la nostalgie de sa déréliction, c'était peut-être là le pigment de sa troublante beauté.

Stan et Dan arrivèrent ensemble. Le premier fila s'entretenir avec Paulo tandis que le second s'asseyait avec nous. Daniel avait une expression rêveuse. Je redoutais de mauvaises nouvelles sur sa santé. La règle sur ce sujet était très stricte, nous devions faire comme si de rien n'était et seul Stan, quand Dan disparaissait pour des hospitalisations prolongées, nous informait succinctement de la progression de la maladie. « Une année, sans doute moins. » C'est ce que nous gardions en tête depuis l'été et l'année était plus qu'engagée.

Stan acheva son conciliabule avec Paulo et nous rejoignit. Il glissa dans son sac un lourd dossier que lui avait confié le kiosquier et nous entraîna dans le tramway sans nous révéler notre destination. Nous étions habitués à ce que notre ami ménage ses effets, et de toute façon, rien ne pouvait entamer la joie de nos retrouvailles. Stan nous fit descendre au parc et nous mena jusqu'à la promenade centrale. L'objet de notre réunion était de faire le point sur notre combat contre l'égrégore et sur les progrès de notre plan initial pour le miracle dont la date arrivait à grands pas. On ne s'attendait donc vraiment pas à retrouver Yvan, appuyé sur son vélo. Stan le salua, chassant toute illusion de coïncidence. Je n'étais pas ravi à l'idée que ce grand dadais, même s'il s'en sortait bien dans *Le Songe*, se voie ainsi ouvrir notre cercle.

« Tu as tout ? » demanda Stan.

Yvan lui tendit un sac et Stan se tourna vers nous un grand sourire aux lèvres.

« On aura tout à l'heure la conversation que vous attendez. Mais il y a un problème plus urgent à régler. »

Il sortit du sac un casque qu'il posa sur la tête de Daniel.

« Mon vieux, aujourd'hui, tu apprends à faire du vélo. Et je te préviens, on ne part pas d'ici avant que tu aies réussi à tenir ton cul sur ces deux roues. »

Je m'interrogeai furtivement sur le sens des priorités de Stan mais fus aussitôt happé par l'enthousiasme général. David et Jenny s'étaient jetés sur Daniel pour l'équiper de pied en cap. Il protesta pour la forme, cependant, une fois les coudières, genouillères, et protège-poignets solidement attachés, il accepta de se faire photographier malgré le ridicule de son nouveau look. Le plus dur nous attendait. Notre débutant était assez lourd et nous étions contraints de nous relayer par deux pour courir à ses côtés. Ce n'est pas faire injure à sa mémoire que de révéler qu'il ne démontra aucun talent naturel dans cet exercice. Les promeneurs étaient assez saisis par le spectacle de ce gros garçon trop âgé pour l'exploit banal qu'il tentait d'accomplir. Les quelques moqueurs furent vite chassés par Jenny et une bande de petits vieux sur les bancs de l'allée décida de nous aider. Après avoir assisté à un nombre incalculable d'essais infructueux, les anciens se levèrent pour encourager Daniel bruyamment, encore et encore, jusqu'à ce qu'il prenne enfin suffisamment d'élan pour se lancer en solitaire. On dégoulinait de sueur. Néanmoins, quand on le vit réussir son premier virage autour de la fontaine, un sourire de vainqueur du Tour de France sur le visage, on explosa de joie. Il s'arrêta au milieu de nous et les vieux se jetèrent sur lui. Dan enleva son casque, il accepta de bonne grâce les louanges de ses groupies avant de rendre son vélo à Yvan.

Stan nous entraîna alors un peu plus loin à la terrasse d'un café. Il nous restait un peu plus d'un mois avant la Fête du fleuve et, si les préparatifs du miracle avaient avancé, plusieurs étapes majeures restaient à franchir. Le monde s'était déréglé autour de nous. Les événements sensationnels se succédaient si vite que nous ne pouvions prétendre à la moindre forme de rationalité. Après le carnage et la rapidité avec laquelle nous avions repris une vie aux contours habituels dès le lundi suivant, nous devions admettre que nos histoires de monstres et de meurtres s'étaient inscrites dans nos esprits comme des motifs récurrents de nos existences.

« C'est une hypothèse, fit Daniel, mais on ne peut plus l'ignorer. Tout ce que nous vivons confirme les grands traits des légendes sur les égrégores. Le monstre se nourrit de la peur et de la colère, il peut se retourner contre ceux qui le chassent, nous en avons tous fait l'expérience. Il reste le soupçon qu'il ne soit pas spontané mais qu'il ait été… en quelque sorte invoqué. »

Le pas était difficile à franchir. Stan enchaîna :

« Vous savez que j'ai été le premier à douter. Mais après ce que j'ai vu dans le parc, je pense qu'on ne peut plus rien écarter. Dan m'a expliqué sa théorie hier, et quelques heures plus tard, quelqu'un d'autre ma raconté un truc qui m'a troublé.

— Attendez, interrompit Jenny. Pour que les choses soient claires, Daniel, tu parles de magie noire ? »

Ce n'est pas parce qu'on était abreuvés de films d'horreur et qu'on avait grandi avec Harry Potter pour ami imaginaire qu'on était prêts à accepter ce nouveau palier dans la dinguerie aussi facilement. Je partageais l'incrédulité de mon amie.

« Sérieux ? On va courir après un sorcier maintenant ?

— Vous vous souvenez que, dans les écrits sur les égrégores, revient souvent la notion de condensateur ? Un objet qui donne une forme à l'énergie négative jusqu'à ce qu'elle explose et remplisse sa besogne ?

— Tu avais dit que le condensateur, c'est l'âme collective, intervint David.

— Et je pense que je me suis trompé. Peut-être que c'est quelque chose de plus réel et qui a été fabriqué. »

Dan faisait des efforts pour imposer sa nouvelle théorie, mais sa pédagogie commençait à m'exaspérer.

« Stan ? Tu marches là-dedans ?

— Si on regarde l'ensemble comme une histoire qui se déroule, c'est assez logique. »

Je ricanai en entendant prononcer le mot « logique » ; Stan fit semblant de ne pas le remarquer.

« Et dans ce cas, continua-t-il, on peut se demander qui aurait intérêt à ce que tout aille de plus en plus mal. »

David et Jenny l'écoutaient à présent avec le plus grand sérieux. C'est en partie pour ne pas leur déplaire que je décidai de ne plus intervenir.

« Cambrieux, lâcha David. Plus ça craint, plus on l'écoute.

— Hier soir, j'ai vu Sayif, ajouta Stan. Il dit que ce sont les Taranis qui ont distribué les masques de Fawkes à la manif. Et que c'est eux qui ont développé le truc des gifles sur Youtube. »

Là, je ne pus m'en empêcher.

« Mais ça n'a aucun sens !

— Justement, reprit Dan, aucun…

— Julien était bien là, commenta Jenny. »

Nous étions là à manipuler les pièces du puzzle quand je butai sur le détail que personne n'avait relevé.

« Sayif ? C'est quoi cette histoire ? Depuis quand tu parles avec Sayif ? Depuis quand il est mêlé à nos histoires celui-là ? »

Stan eut l'air profondément gêné.

« Disons, balbutia-t-il, que ça fait un petit moment. On avait besoin de son aide et il nous l'a donnée.

— On ?

— Enfin, moi. Je lui ai demandé, moi.

— Mais de quoi tu parles ?

— Sayif est notre… sponsor. »

Depuis des mois, nous évitions soigneusement de demander à Stan d'où sortait l'argent avec lequel il payait les ouvrières de Nooshin. Je n'en suis pas très fier mais la révélation eut pour effet de nous réduire au silence. Nous venions de prendre une petite place dans le monde du crime organisé, une promotion sociale dont on se serait passés.

« Écoutez, enchaîna Stan, je sais que tout donne l'impression de nous échapper. C'est parce qu'on s'y prend mal. Depuis le début, on court d'horreurs en catastrophes. C'est ma faute, je vous ai laissé tomber trop longtemps.

— C'est la faute de personne, fit Jenny. Dis juste ce que tu veux qu'on fasse. »

Stan se tourna vers Daniel pour avoir son approbation et répondit :

« On reprend l'offensive. On part à la chasse au monstre. »

63.

Donc, quelque part dans la ville, quelqu'un manipulait des énergies prédatrices. Qu'on appelle cela magie noire, sorcellerie, vaudou, peu importe, cela se réduisait à un pouvoir ancien, premier, et au-dessus de tous les autres : le langage et sa capacité à articuler tout ce que nous percevons comme la réalité.

Et notre faute collective m'apparut clairement. Le ressentiment qui montait d'une partie de la population était nourri par la culpabilité d'avoir éduqué ses enfants à ne plus croire un mot de leur propre histoire, à remettre en question jusqu'à la langue dans laquelle elle s'écrivait. Ce rejet ouvrait des brèches dans lesquelles pouvaient s'insinuer des forces comme Cambrieux pour planter un récit d'une autre logique, un récit qui, auparavant, nous aurait paru à tous comme un corps étranger.

Existait-il une parade devant un tel péril ? Stan et Daniel partageaient l'espoir que oui. Malgré les indices à ma disposition, j'étais encore incapable de mettre un mot exact sur ce qu'ils s'étaient mis en tête d'accomplir. Mais cela revenait plus ou moins à réparer le langage.

64.

Jenny sonna à la porte du QG des Taranis après les cours. Une voix métallique grésilla dans l'interphone.

« Bonjour, je voudrais voir Marc-Henri Cambrieux, s'il vous plaît. »

On ne lui ouvrit pas. Elle laissa passer deux minutes et sonna de nouveau. Cette fois personne ne répondit mais elle entendit la porte de la maison claquer et des pas crisser sur le gravier. Le portail glissa. Devant elle se tenait Aurélien Vachet, déconcerté, et derrière lui son frère Julien, livide. L'aîné lui bouchait l'entrée en la toisant méchamment.

« T'es qui toi ?

— Jenny Baranov.

— Et qu'est-ce que tu viens foutre là ?

— Je veux voir Cambrieux. »

Aurélien ricana et se tourna vers son frère.

« T'y crois à celle-là ? »

Julien était pétrifié. Il ne dit rien.

« Et pourquoi il aurait envie de te voir ?

— Parce que j'ai la rage et que je veux vous rejoindre. »

Aurélien hésita avant de la tirer sans ménagement à l'intérieur et d'ordonner à son frère : « Tu la laisses pas sortir. » Il fila vers la grande bâtisse. À peine eut-il le dos tourné que Julien la poussait dehors.

« Mais à quoi tu joues ? C'est pas des rigolos les gens là-dedans. Barre-toi, vite.

— Je veux voir Cambrieux, Julien. Je suis prête à balancer la bande pour le graffiti à l'école, et à t'innocenter.

— Je t'en supplie, fais pas ça ! »

Jenny fut stupéfaite. Stan avait parié que l'aveu permettrait de montrer patte blanche. C'était la fondation du mensonge qu'elle s'apprêtait à servir au kapo du Castel. Mais alors qu'Aurélien revenait en l'invitant à le suivre, elle eut le temps d'enregistrer la panique de Julien. Tout allait trop vite pour qu'elle puisse adapter sa tactique à ce retournement de situation et elle pénétra dans la grande salle du rez-de-chaussée totalement désorientée. Il y avait du monde autour de la table. Découvrant une inconnue, les Taranis baissèrent les écrans de leurs ordinateurs portables. À l'autre bout de la pièce, côté cuisine, présidait Marc-Henri absorbé par des vidéos sur son téléphone. Aurélien fit stopper Jenny au niveau de la cheminée, prenant un malin plaisir à lui serrer le bras jusqu'à lui faire mal. Elle le laissa faire et se concentra sur sa respiration. Cambrieux leva son regard vers elle.

« Qu'est-ce qui nous vaut le plaisir de votre visite, mademoiselle ? »

La politesse du maître était contredite par l'hostilité palpable de ses disciples. Elle baissa les yeux en signe de soumission. Stan avait insisté là-dessus.

« Je voudrais me rendre utile, monsieur. »

Quelques Taranis ricanèrent, mais un regard de Cambrieux les ramena au silence. Il se pencha en avant, l'air sincèrement attendri.

« Eh mais je sais qui c'est ! fit Aurélien. C'est la fille de ton école, Julien. Elle est dans la bande du petit fils de pute et du négro. C'est quoi cette histoire ? Pourquoi tu fais semblant de ne pas la connaître ? »

Jenny sentit sa tête prise dans un étau. Plusieurs types s'étaient levés dans son dos, le bruit de leurs chaises raclant le sol la fit frémir. Elle essayait de trouver une idée pour se sortir de ce guêpier or rien ne tenait. La tension monta d'un cran lorsque Cambrieux demanda à Julien d'une voix menaçante :

« Julien ? Tu nous expliques ? »

À la stupéfaction de Jenny, Julien vint crânement à son côté et il passa un bras autour de ses hanches.

« OK. OK. Désolé, Marc-Henri. C'est ma meuf. »

Jenny produisit un effort surhumain pour ne pas bondir. Aurélien ouvrit grand la bouche, visiblement dérouté par cette révélation.

« En fait, ça fait un moment qu'elle veut nous rejoindre, je lui ai proposé de faire les présentations mais c'est une forte tête. Elle ne voulait pas avoir l'air pistonnée. »

Jenny était encore totalement absorbée par cette main posée avec autorité dans le bas de son dos, par cette épaule contre la sienne. Ce contact non consenti lui faisait monter des envies de frapper.

« Je t'avais dit que ça n'avait aucun sens, mon cœur. Ce n'est pas une secte ou un régiment ici. Il ne faut pas lui en vouloir, Marc-Henri. Elle est russe. »

Pour achever de convaincre son auditoire, Julien lui posa un baiser sur la tempe. C'était un baiser tendre et moqueur qui singeait à merveille la banalité de l'intimité. Et Jenny eut la seule réaction susceptible de la sauver de ce pétrin : elle rougit de la tête aux pieds. Cambrieux laissa échapper un rire joyeux et l'invita à s'asseoir avec eux pour goûter les gâteaux de Mounette. Julien lui demanda la permission de montrer d'abord la fresque à sa petite amie – depuis le temps qu'il lui en parlait – et le vieux chef la lui accorda gracieusement. Jenny qui n'avait plus prononcé un mot se vit prendre par la main et traîner dans le jardin jusque dans la grange. C'est seulement là, après avoir vérifié qu'ils n'avaient pas été suivis, qu'il lâcha sa main. Collé à son oreille, il chuchota :

« Tu veux quoi ? Et dis-moi la vérité parce qu'on est tous les deux dans la merde jusqu'au cou maintenant. »

Jenny n'eut pas de mal à se décider. Julien représentait sa seule chance.

« On pense qu'il se prépare un truc grave ici.

— Qui te l'a dit ? »

La confirmation involontaire de leurs soupçons lui glaça les os. Au même moment, son attention fut attirée par la fresque tragique qui couvrait le mur blanc derrière Julien.

« Personne, mais on sait que vous avez distribué les masques, on sait que vous êtes derrière ce truc stupide sur internet. On ignore encore comment relier tout ça… qu'est-ce qui se passe vraiment ici, Julien ? Dis-moi, s'il te plaît. »

Le jeune homme recula d'un pas et sembla se plonger dans la contemplation de son œuvre. Ce n'était pas de l'hésitation que Jenny lisait sur son visage ; plutôt une forme de lassitude.

« Tu vois ça ? »

Elle vint se placer à côté de lui. Un incendie dévorait la ville et son fleuve. Le sens du détail et de la composition… ce graffiti à la bombe et au feutre lui rappelait les tapisseries de la Renaissance.

« C'est tellement beau », fit-elle.

Julien soupira.

« Merci, mais le problème… »

Il continuait de faire face à l'image.

« … C'est que ce n'est pas une allégorie. Cambrieux a décidé d'allumer un grand feu pour la Fête du fleuve. Du genre dont personne ne se remettra. »

Jenny eut peur. Et dans un élan, elle attrapa la main de Julien. Il la serra fort.

« Je vais t'aider. »

Elle tremblait de tout son corps.

« Après ce qu'on t'a fait au lycée ? Pourquoi tu t'es interposé le jour du carnage ? Pourquoi tu… »

Il l'attira contre lui et l'embrassa passionnément. Submergée par les doutes et les questions qui la harcelaient jusqu'au vertige, Jenny ressentit une certitude : l'envie que ce baiser dure le plus longtemps possible.

65.

« Vous voulez vraiment qu'on reprenne tout depuis le début ? Encore une fois ?

— S'il vous plaît, madame Brighelli. Votre art consiste à faire naître la grâce dans l'effort. La moindre des choses est que nous ne reculions devant aucun effort pour que vous incarniez cette grâce à l'écran. »

L'étudiant était parvenu à prononcer cette phrase en gardant son sérieux et il n'en était pas peu fier. Quand Stan lui avait fait apprendre sa réplique, il était parti dans un long fou rire. Mais l'Enchanteur avait vu juste, l'argument faisait mouche. Eugénie Brighelli ravala son impatience et retourna s'asseoir au centre de la salle de répétition transformée en studio d'enregistrement. C'était reparti pour une heure d'autofiction narcissique et de considérations barbantes sur l'avenir du ballet en France. L'étudiant ne pouvait pas lui en vouloir. Après tout, cette femme hautaine était le pigeon d'une sacrée arnaque.

« Bon, on reprend. Stanislas ? Je crois que Thibault a besoin de toi. »

Stan finit d'équiper Eugénie de son micro cravate avant de rejoindre Thibault Boulouque qui piétinait à l'entrée de la salle, anxieux. Le véritable objectif de ces répétitions était de tenir Mme Brighelli à distance du tournage en parallèle qui se déroulait dans les coulisses et les vestiaires. Eugénie savait qu'une deuxième équipe était chargée de produire les illustrations du reportage. Elle s'était tout de même étonnée que Ribeaudeau confie le gros du shooting à son jeune assistant et supervise en personne les plans de coupe. Mais l'étudiant s'en était sorti avec le baratin préparé par Stan : Ribeaudeau prenait très à cœur son rôle de producteur et ne voulait pas risquer de parasiter le sujet en interrogeant lui-même Eugénie. Autrement dit : l'interviewer ne devait pas être plus connu que l'interviewée.

Au moment de quitter la pièce, Stan eut un haut-le-cœur en croyant apercevoir un cafard sur la cheville de la maîtresse de ballet. Le temps de cligner des yeux et l'animal avait disparu. Thibault l'entraîna au pas de course dans les coursives pour gagner les coulisses.

« Là, il faut que tu viennes avec moi. Ribeaudeau commence carrément à avoir les mains baladeuses. »

Stan sentit la rage monter en lui. Il détestait Ribeaudeau parce que son aventure avec Assieh se prolongeait, et il se détestait encore plus d'en avoir tiré parti. Tout ça pour un plan dément qui risquait à présent de lui exploser au visage.

Eugénie pensait que Ribeaudeau produisait un reportage à sa gloire et elle avait accepté, dans ce cadre, de monter une chorégraphie originale pour la Fête du fleuve.

Ribeaudeau, quant à lui pensait qu'il tournait un reportage sur le « corps des danseuses ». C'est ce qu'Assieh lui avait vendu, soit disant pour lancer son « cousin » (l'étudiant en journalisme), lui promettant en échange une interview exclusive de Clarence Faran quand la star honorerait sa promesse de visiter la maison Jaquin.

L'intervention était astucieuse dans son montage mais fragile dans son exécution, elle reposait entièrement sur la capacité des bonimenteurs à s'assurer que les deux mensonges ne se télescopent pas. C'est précisément ce qui conférait un caractère d'urgence à la résolution du malaise qui était en train de monter sur le deuxième plateau.

« Eh merde, ça devrait pas être fermé, ici. »

Thibault s'acharnait sur la porte coupe-feu qui ne vibrait pas d'un millimètre sous ses coups.

« C'est complètement dément. Attends. »

Il se retourna vers le couloir qu'ils avaient traversé au pas de charge.

« Suis-moi. »

Ils repartirent en courant vers un escalier de service qui descendait au sous-sol. Thibault se précipita et Stan le vit partir dans un vol plané. Dans la semi-pénombre des éclairages défaillants, Stan constata qu'une couche visqueuse recouvrait les marches. Sa gorge se serra, l'odeur était épouvantable.

« Il y a une remontée d'égouts, on dirait. »

Thibault se massait la cheville en jurant.

« Tu te l'es foulée ? lui demanda Stan, inquiet.

— Je ne sais pas mais je ne peux pas prendre le risque. Continue sans moi et va calmer Ribeaudeau avant que les filles ne fassent un scandale. »

Il lui expliqua le chemin et entreprit de remonter en claudiquant. Stan s'arrima solidement à la rampe et se mit en marche. La deuxième porte coupe-feu résista un peu mais il atteignit rapidement la coursive. Il trouva l'interrupteur. Il ne fonctionnait pas. Les lueurs vertes des blocs autonomes de sécurité ne suffisaient pas pour s'orienter. Il sortit son portable et le régla en mode torche. Il lui restait trente pour cent de batterie, ça devrait aller.

Il avance prudemment. Ici le sol est sec mais des cartons traînent un peu partout. Sur le mur serpente la tuyauterie et il lui semble que s'en dégage une chaleur excessive. Des gouttes glacées lui coulent dans le dos. Ça commence à le démanger au niveau des omoplates, un picotement très désagréable. Il résiste à la tentation d'accélérer. Stan redoute de trébucher et d'avoir à se rattraper en posant la main sur les tuyaux qu'il devine brûlants. Un son renforce son intuition, une stridulation irrégulière. Il frissonne, les picotements ont gagné sa nuque et il s'ébroue. Quelque chose glisse vers ses reins sous sa chemise. Stan bondit, sort les pans de chemise glissés de son pantalon, et fait tomber son téléphone. Il pousse un cri terrorisé en sentant qu'une masse grouillante lui dévale dessus. Il trépigne et arrache sa chemise pour l'agiter frénétiquement dans le vide. Il ramasse son téléphone qui continue à projeter son faisceau de lumière. En refermant la main dessus, il comprend qu'il a mal interprété la nature de la stridulation. Sa chemise, comme le bas de son pantalon, comme tout le sol autour de lui sont couverts par un épais tapis mouvant de cafards. Ils déferlent de l'autre bout du couloir, une marée brune se propageant à une vitesse stupéfiante. Stan se met à courir de toutes ses forces, claquant ses flancs nus avec sa chemise pour freiner la progression des insectes sur son corps. Il parvient enfin en vue d'une porte et se jette dessus. La porte s'ouvre. Il la referme derrière lui, en observe le seuil : les bêtes se glissent dans le minuscule jour laissé par le calfeutrage mais le déferlement est ralenti. Stan fait quelques pas en arrière puis embrasse du regard la vaste salle de chargement qui ouvre sur le parking souterrain. Sur la plateforme de manutention traînent des caisses et des palettes, un chariot d'élévation et un treuil dont les chaînes pendent du plafond comme une liane métallique. Le large espace est éclairé grâce à des vasistas situés à une dizaine de mètres en hauteur. Stanislas reprend le contrôle de sa respiration. Les cafards se dispersent en longues lignes qui évoquent la forme d'une main sur le ciment. Stan gravit les marches de la plateforme et appuie sur le bouton du rideau de fer. Deux secondes de silence. Le grouillement s'intensifie derrière lui. Stan se met à frapper le bouton du poing comme si sa vie en dépendait. Un crissement, enfin, le rideau commence à se lever. Dès que l'espace est suffisant, Stan roule sous le volet et bondit pour le refermer. Cette fois, le moteur est obéissant et Stan se retrouve enfin séparé du cauchemar par un mur de tôle solide. En revanche, il est à nouveau plongé dans la pénombre après n'avoir eu que très peu de temps pour distinguer la taille, la forme et la disposition de la réserve. Au moins a-t-il repéré tout au fond l'escalier métallique en colimaçon derrière d'immenses panneaux peints, décors échoués dans la cathédrale de poussière. Stan enfile sa chemise, vérifie la batterie de son téléphone : quinze pour cent. Un pas après l'autre, il se faufile entre les tréteaux, les panneaux, rouleaux et meubles entreposés. Un craquement de bois. Il retient son souffle. Rien. Il avance, hurle. Il vient de se déchirer le mollet sur un clou. Il éclaire la caisse d'où le métal ressort comme une griffe. Sur le bas de son jean, une tache de sang fleurit. Il avance. Un craquement. Il se méfie, éclaire avec attention autour de lui. Bonne initiative, il distingue un linteau de porte en équilibre précaire et lui aussi bardé de crocs de métal. Il avance. Tend l'oreille. Silence. Il avance. Devant lui une forêt de portants chargés de costumes. Il écarte de lourds manteaux, les cintres crissent. Il passe une première rangée, son pied se prend dans une cape, il se rattrape à une redingote. Son téléphone tombe pour la deuxième fois, écran contre le sol, le plongeant dans le noir. Stan se penche au ralenti pour se mettre à quatre pattes, il tâtonne autour de lui. Au moment où sa main se pose sur la coque du portable, un manteau de fourrure tombe sur ses épaules. Il expire lentement pour ne pas paniquer. Son autre main trouve le barreau d'un portant. Il s'en aide pour se redresser et c'est une montagne de vêtements qui l'ensevelît. Il a l'impression d'être enterré vivant, pousse avec les bras pour se dégager mais la masse de textiles est beaucoup trop lourde. La chaleur est terrible et il lui semble que l'air se raréfie déjà. Il avale des poignées de poussière à chaque inspiration. Il plie les genoux à l'équerre pour se ménager une petite bulle de survie. S'il se débat, il va vite perdre ses forces. Stan commence à ramper, utilisant coudes et genoux, comme dans les cours de gym au primaire. L'effort est titanesque. Il se heurte bientôt à un deuxième pied de portant et dans un chuintement, de nouvelles couches de vêtements s'écroulent souplement sur lui. Il rampe encore, tousse, s'étrangle à la recherche d'un peu d'air. Quand sa main finit par s'extraire du piège, il pousse un gémissement, soulagé. À la lumière de son téléphone il découvre qu'il vient de survivre à plus d'un mètre d'épaisseur de fripes. Dans le noir, cela ressemble plus à une coulée de boue qu'à un tas de vêtements. L'écran affiche trois pour cent de batterie. Ça baisse beaucoup trop vite. En mode torche, il lui reste sans doute moins d'une minute pour gagner l'escalier.

Alors il ignore sa blessure et grimpe sur une énorme malle devant lui. Il est presque arrivé mais… Le téléphone vient de rendre l'âme. Il se sent tellement bête et tellement seul debout sur cette malle, dans cette immense réserve plongée dans l'obscurité. Tout à coup, l'image de la marée de cafards se réimpose à lui. Son ventre se tord, il vomit violemment et bascule, traversant un canevas, se cognant la tête à un linteau de bois. Il demeure là un instant, étourdi et blessé. Puis il parvient à s'accroupir et cherche une prise dans le noir pour se stabiliser. Se pourrait-il… ? Il tâte la marche, froide sous sa paume, il s'appuie et se redresse, il cherche la rampe, la trouve. L'escalier est là, il grimpe le plus vite possible. Il monte, monte. En haut, la porte. La serrure est défoncée et de l'autre côté, il débouche enfin dans un couloir qui ressemble à un endroit normal, dans un monde normal, avec de la lumière et un sol sec, sans armée d'insectes, sans clous, sans danger.

Stan, titubant, atteint une porte ouverte d'où s'échappe le vacarme d'une altercation. Plus que quelques pas. Dans le monde normal, ça pue donc aussi. Au moment d'entrer dans les vestiaires, il se rend compte que l'odeur vient de lui. Deux jeunes danseurs le dévisagent épouvantés, un caméraman et un perchiste ouvrent grand la bouche à son approche. Seul Ribeaudeau ne se retourne pas, il est en train d'engueuler une fille très dénudée.

« J'ai vingt ans de métier, jeune fille, quand je dis qu'un plan est important, il est important. Je suis là pour produire de l'image, moi, pas du discours.

— Je ne vais pas dans cette putain de douche », lui crie-t-elle au visage avant que son regard ne tombe sur Stan.

Ribeaudeau suit le mouvement et grimace d'horreur.

« Mon dieu ! mais qu'est-ce que… »

Dodelinant de fatigue, Stan tourne la tête vers un miroir et pouffe : il est couvert de carcasses écrasées, de poussière, de vomi, maculé du sang coulant de son front et de sa cuisse. Débarque une jeune femme qui lui semble familière. À sa vue, il sourit. Et tombe dans les pommes.

Dans le taxi, il comprit que sa tête reposait sur l'épaule d'Assieh. Thibault, paniqué par la tension entre Ribeaudeau et la troupe, l'avait appelée pour lui demander conseil. Elle débarquait dans les vestiaires en espérant calmer les ardeurs de l'obsédé quand elle avait trouvé Stan.

Stan se laissa conduire dans une semi-torpeur. Il dut grimper six étages d'un escalier en bois qui conduisait à un studio sous les toits. Assieh le poussa gentiment à l'intérieur. L'endroit était charmant bien qu'exigu. Stan, toujours groggy, s'étonna de la décoration minimaliste. Il aurait imaginé Assieh dans un capharnaüm bohème. C'est en se faisant cette réflexion qu'il se rendit compte de la singularité de l'événement : il était chez elle ! Il se tenait immobile au milieu du salon. Elle lui tendit un cocktail.

« Allez, tu as besoin d'un remontant. »

C'était alcoolisé mais doux.

« Et maintenant, on va te nettoyer. »

Le temps de prononcer cette phrase, elle l'avait guidé dans la salle de bains. Le temps qu'il en saisisse les implications, elle l'avait presque entièrement déshabillé.

« Là, là. Laisse-toi faire. Je vais m'occuper de toi. »

Il ne résista pas quand elle fit glisser son caleçon. Elle le fit entrer dans la cabine de douche, régla la température du jet et le lava lentement de la tête aux pieds. Stan se laissa complètement aller, s'étonnant lui-même que sa pudeur cède aussi naturellement face à la douceur. Elle le sécha en l'entourant comme un enfant dans une grande serviette, désinfecta ses deux plaies par chance superficielles et y appliqua des sparadraps. Puis elle lui prit la main et le conduisit sur le lit. Elle s'allongea à côté de lui, le prit dans ses bras, calant son visage sur son épaule et posant sa joue contre son sein. Stan sentait la dentelle du soutien gorge à travers le tee-shirt qui lui grattait un peu le nez. Assieh lui caressa les cheveux d'une main et passa l'autre tendrement dans son dos. Il s'endormit, un peu trop vite à son goût.

66.

Dernier acte. Dans les bois, les sortilèges se sont dissipés et les amants ont accordé leurs élans sur des échanges plus harmonieux. Obéron et Titania se sont réconciliés. La magie de Puck a créé le chaos, et dans le chaos et la magie, la cité s'est découvert une envie de fin heureuse. Au palais, Thésée et sa belle amazone se préparent à la noce en discutant de l'étrange aventure qui s'achève. Sur la scène du théâtre, sur ma scène, j'observais cette première répétition générale qui s'achèverait bientôt par mon monologue. Nous avions joué la pièce. Nous l'avions jouée, avec de nombreuses hésitations, quelques blancs, des maladresses, mais nous l'avions jouée, et soudain je me figeai quand Thésée affirma à sa fiancée :

« *Tels sont les jeux d'une imagination puissante ; si elle conçoit un sentiment de joie, elle crée aussitôt un être, messager de cette joie : ou si, dans la nuit, elle se forge quelque terreur, avec quelle facilité un buisson devient un ours !* »

Je cherchai des yeux David, il était là, au premier rang, en pleine extase. C'était la première fois qu'il nous voyait porter ses costumes. À son côté, Nooshin paraissait tout aussi émerveillée. Debout sur les marches qui menaient de la salle à la scène, en grande tenue moi aussi, j'avais l'intuition qu'une vérité venait de m'être dévoilée. Et Hippolyta répondit à son fiancé :

« *Mais toute l'histoire qu'ils ont racontée de ce qui s'est passé cette nuit, leurs idées ainsi transformées, tout cela annonce plus que les illusions de l'imagination, et présente quelque chose de réel, mais de toute façon, d'admirable et d'étrange.* »

Cette fois, c'est David qui me regarda. L'air de dire : « Tu vois ? » Je commençais à comprendre. Il était temps. Après tout, c'est moi qui jouais Puck.

Le dénouement s'annonçait, Philostrate essayait de convaincre Thésée de ne pas laisser les artisans jouer leur farce malhabile, ces « *acteurs aux mains calleuses* » ne méritaient pas son attention. Hippolyta était tout aussi réticente mais pour des raisons plus généreuses : « *Je n'ai pas de plaisir à voir des malheureux échouer…* » Le duc la rassura : « *Là où la bonne volonté échoue, un noble cœur considère l'intention, non le mérite de l'action.* »

La troupe des artisans fit son entrée et joua sa partition calamiteuse. Je n'essayais même pas de discipliner les fous rires qui gagnaient mes acteurs. Je me sentais si reconnaissant. Cette joie possédait une grâce particulière, car elle était née d'un effort dont aucun de nous ne se serait cru capable. Et dans ce rire, je trouvais l'intuition de notre force et de notre grandeur. Mais arrivait la scène deux, et je récitai ma première tirade, puis me rejoignirent Obéron et Titania. Jenny dans son costume était plus belle que jamais. Je savais qu'après la répétition elle filerait rejoindre Julien pour essayer de percer les secrets du Castel Taranis. Jenny était une reine dans *les bois*, une guerrière dans *la cité*. Jenny allait prendre des risques pour que notre *Songe* triomphe du cauchemar, et c'est un autre bras que le mien qui tenterait de la protéger dans cette aventure. Depuis le premier rapport sur son infiltration chez Cambrieux, j'avais compris que je l'avais perdue. Vint le moment de ma tirade finale, magnifique, espiègle, douloureusement à propos. Je la dédiai à Jenny et me lançai. Nos rares spectateurs nous applaudirent à tout rompre. Mes acteurs se congratulèrent bruyamment. Je retrouvai David et Daniel, il nous restait beaucoup de travail. Il nous faudrait intégrer les indications de Stan pour le grand soir. Je peinais encore à croire qu'il réussirait à tenir toutes ses promesses. Jenny s'était déjà changée, Nooshin et deux de ses camarades récupérèrent les costumes. J'étais triste, un peu. J'avais aussi férocement envie de gagner la bataille. J'avais le goût du sang et de l'acier. « *L'enfer est vide, tous les démons sont ici.* » Mais nous aussi, nous étions ici. Et après les doutes, la terreur, les espoirs déçus, le déni, les joies furtives et surtout, surtout, tant de travail, je crois pouvoir dire que nous étions prêts.

67.

Il restait deux semaines avant la Fête du fleuve. L'enquête sur les crimes n'avait pas été résolue. L'incident du parc était resté un mystère. Le carnage était encore dans tous les esprits. Cette fête promise par le maire à ses administrés malgré Sentinelle prenait des allures de plus en plus sinistres. Martinez ne se faisait aucune illusion, sa carrière s'achèverait pendant l'été, quand son départ passerait suffisamment inaperçu pour ne pas être politisé. Il ne trouvait pas cela injuste. Il avait échoué sur tous les fronts. Et comme dans une ultime moquerie, ce matin même, le site du *slap challenge* avait annoncé le vainqueur de son concours sur les réseaux sociaux. La vidéo était un coup fatal : on y voyait un jeune homme portant un masque de Guy Fawkes gifler le père de famille, celui qui était devenu fou pendant la manifestation et qui attendait son jugement. L'indignation et la nausée inondaient les rues, les bars, les terrasses, les écrans connectés, avec pour objet de fixation et de haine sa propre jeunesse. Martinez avait à l'esprit le célèbre tableau de Goya, *Saturne dévorant un de ses fils*. Voilà l'image qui préfigurait leur futur. C'était allé trop loin. Quelque chose de sombre s'abattrait bientôt sur la ville, quelque chose d'irrémédiable.

Il se gara devant le café de Momo, coupa le moteur, ouvrit la fenêtre, sortit un paquet de cigarettes de sa poche, c'était un bon jour pour se remettre à fumer. Sayif l'avait convoqué en urgence, mais il présumait que ce rendez-vous apporterait lui aussi son lot de mauvaises nouvelles. Le caïd avait raison d'être inquiet. La soif de vengeance de la ville l'engloutirait comme un tsunami. C'était inévitable et peut-être une bonne chose. Sayif, lui, le maire, tous les apôtres des compromis et des petits arrangements, des zones grises, de la morale approximative comme instrument du bien public, ils seraient balayés. Martinez espérait seulement qu'ils pourraient œuvrer une dernière fois à ce qu'un nombre limité d'innocents soit emporté avec eux. Il attendit que meure l'aria du catalogue de *Don Juan*, puis trouva le courage de s'extraire de l'habitacle. Il n'y avait pas grand monde dans le café. Il salua Momo, prit la porte derrière le bar et gagna la salle privée. Sayif l'y attendait en compagnie de deux adolescents, sans doute des jeunes soldats de son organisation. Martinez se fit la remarque que Sayif recrutait à présent dans toutes les couches sociales, ces deux-là avaient tout l'air d'enfants de l'intramuros.

« Je suis pressé, demandez à vos jeunes amis de nous laisser et commençons.

— Manuel, ce sont eux qui ont des choses à vous dire ; pas moi. »

Martinez n'avait pas de temps à perdre aujourd'hui. Avant qu'il ne s'en plaigne, Stanislas prit la parole.

« Monsieur Martinez, je sais de source sûre que Marc-Henri Cambrieux et les Taranis sont à l'origine de la vidéo de ce matin.

— De source sûre…

— Cela fait partie d'un plan plus large de Cambrieux pour plonger la ville dans la folie. Il est persuadé qu'il passera pour un prophète et une sorte de solution aux prochaines élections.

— Et vous savez cela… *de source sûre*, naturellement.

— Oui, mais ce n'est pas le pire.

— Naturellement.

— Cambrieux veut incendier la ville, littéralement, le soir de la Fête du fleuve.

— Et cela aussi vous le tenez *de source sûre*.

— Oui. »

Martinez se sentait nauséeux. Il jeta un regard assassin à Sayif, se leva de sa chaise et se contrôla pour ne pas laisser exploser sa colère.

« Eh bien, jeune homme, si vous croisez votre *source sûre*, demandez-lui de passer me voir au commissariat. En attendant…

— Ce ne sera pas nécessaire », fit l'autre adolescent.

Il était très beau ce garçon, et il lui rappelait quelqu'un ou quelque chose. Il avait pourtant l'air moins sûr de lui que son ami.

« Je m'appelle Julien Vachet, je crois que vous connaissez mon frère. »

Martinez se figea. Tous ses sens venaient de se mettre en éveil. Vachet, sans attendre, lui raconta son histoire, comment il était devenu un Taranis, l'affaire du graffiti, la fresque, les allusions de Mounette, le travail du bureau des Omens pour répandre des *fake news*, l'invention du *slap challenge* pour exacerber la haine contre les jeunes des quartiers, le plan autour du masque de Fawkes pour donner un visage symbolique au bouc émissaire, et finalement il lui raconta ce que Cambrieux lui avait avoué, après l'avoir convoqué un soir dans son bureau, le point d'orgue, la « grande bascule » comme il l'appelait, l'idée simple, ancestrale, biblique : mettre le feu à la ville, le soir où elle célébrait son histoire, pour la contaminer, pour que ses habitants se tournent vers lui et le portent à la mairie. Martinez était horrifié. Il se souvint avoir cru voir Aurélien dans la foule le jour de la manifestation. Une voix intérieure lui criait que les éléments s'emboîtaient en une logique parfaite. Une autre le rappela vite à la raison.

« Même si je prends votre déposition, c'est la parole d'un mineur contre un notable, et vos accusations sont si fantasques qu'on vous rira au nez. »

Sayif intervint :

« J'ai un gamin de chez moi prêt à témoigner que les Taranis ont organisé la distribution des masques. »

Martinez gémit d'agacement.

« Et alors ? Mais qu'est-ce que vous croyez ? Cambrieux est puissant. Et vous me demandez d'ouvrir une enquête sur la base du témoignage d'un petit skin et d'un dealer ? »

Sayif haussa le ton.

« J'ai dit un jeune du quartier et vous parlez d'un dealer ?

— Oh, pas de morale ! hurla Martinez. Vous êtes quoi, vous ? Vous vous prenez pour un homme respectable parce qu'on se parle de temps en temps ? Et vous avez la prétention de me donner des leçons de politique ? Sayif, redescendez sur terre. Vous n'êtes pas mon ami. Vous êtes juste mon putain d'indic. »

Le visage du caïd s'était fermé comme un poing et Stan s'attendait à ce qu'il sorte une arme et tire à bout portant sur le flic. Le silence qui s'étira avait un goût de compte à rebours. C'est Julien qui l'interrompit d'une voix calme :

« Il a des bombes. »

L'attention du policier et du caïd se reporta sur lui.

« Des bombes incendiaires. Il m'a dit qu'il en avait assez pour faire embraser les postes, l'ancien palais de justice, la trésorerie, tout ce qui ressemble à des bâtiments publics. Il veut que ça ait l'air d'une attaque en règle contre les symboles de l'État. Que les gens s'imaginent qu'une guerre civile a commencé. »

Martinez sentit de longs frissons lui glacer l'échine. Sayif ajouta :

« Ce sont des bombes au phosphore blanc, aussi simples à manier que des grenades. Il y a eu une vente l'année dernière, par des Tchétchènes que je surveillais. Je pensais que c'était une intox, pour nous mettre la pression. »

Martinez s'effondra sur sa chaise. « Vous vous rendez compte que personne ne me croira ? On va me demander d'où je tiens l'info. Je n'obtiendrai jamais un mandat de perquisition. Ils vont juste me saquer plus vite que prévu. »

Stan attendait ce moment. Il fallait que le calme soit revenu et que l'idée ait fait son chemin. Il fallait que le commissaire se sente acculé, à juste titre, et qu'il soit convaincu de son impuissance à empêcher le pire.

« Monsieur ? Et si on vous apportait la preuve ?

— Mais de quoi tu parles, mon garçon ?

— Si on pouvait prouver que Cambrieux a les bombes ? Une photo, une vidéo ? »

Martinez sentit un picotement dans son ventre, et son sang qui pulsait plus vite dans ses veines. C'était l'amorce d'un espoir.

« Vous le pouvez ? »

Sayif savait ce qui allait suivre et il éprouva un profond sentiment d'admiration pour Stanislas. Ce gamin était en train de réaliser le deal de sa vie avec un sens du tempo et de la vente incroyable. Stan sourit timidement, fixa le policier droit dans les yeux et sans trembler, joua sa main.

« Je le peux, oui. Et je m'y engage. Mais pour y arriver, j'ai besoin que vous me rendiez des services. De gros services… Ça peut vous coûter votre place si on rate. Mais dans ce cas, ce sera le cadet de vos soucis. En revanche, si on réussit… Eh bien, commissaire Martinez, je crois que vous deviendrez, à juste titre, le héros de cette ville. »

68.

On savait que cela arriverait. Et quand c'est arrivé, on a compris ce que ça voulait dire vraiment. Pas pour lui. Ça c'était impossible. Mais pour nous, oui. Le jour où les téléphones ont sonné, où on a tout abandonné pour filer à l'hôpital, ce jour-là, devant le lit, alors qu'on faisait des efforts pour cacher à Évariste et Coumba l'horreur que nous inspirait la scène, on a compris que, d'une certaine façon, on était finis nous aussi. Pas comme lui, qui n'était presque plus là. Mais ce corps agile dont j'ai déjà parlé, ce corps que nous animions depuis si longtemps ensemble, notre bande, notre adolescence, il faudrait lui dire adieu. Nous l'avons tous perçu en même temps, je n'en ai aucun doute. Stan a posé sa main sur celle de Dan, il a pris la mienne, j'ai saisi celle de David qui a attrapé la main de Jenny. Les parents de Daniel ont compris aussi, et je sais qu'ils ne nous en ont pas voulu de ne pas les inclure. D'ailleurs Évariste a essayé de nous remonter le moral. Selon les médecins, on aurait le temps de lui faire nos au revoir. Coumba nous a appris que Dan avait décidé d'arrêter la chimio à Noël mais qu'il avait préféré ne pas nous le dire. C'est pour ça qu'il avait semblé regagner des forces pendant quelques mois. Coumba nous a demandé de ne pas lui en vouloir pour ce secret, Daniel avait voulu profiter de nous jusqu'au bout. Les deux ont quand même fondu en larmes quand ils nous ont remerciés pour la petite séance de vélo. C'était un truc important pour eux apparemment, un moment heureux qu'ils se reprochaient de ne pas lui avoir offert plus tôt. À partir de maintenant, on devait s'attendre à de courtes périodes d'éveil et de lucidité arrachées à la morphine. On était les bienvenus tout le temps, On nous laisserait des moments sans présence des adultes.

Chaque page de ce récit est le fragment d'une promesse plus large faite au gros garçon mourant dans ces draps trop fins : transformer un linceul en un manteau tissé dans l'étoffe du rêve, un manteau si majestueux que tout le monde voudrait s'en vêtir. Mais que Daniel me pardonne, il me faut payer sa part à la hyène que j'ai croisée ce jour-là dans cette chambre. La mort est d'une extrême laideur, c'est la seule surprise qu'elle nous réserve. On croit connaître tout d'elle, on croit la préférer à l'agonie et puis, un jour elle s'empare de quelqu'un qu'on aime et elle ravage toute beauté. Le visage de Dan avait gardé ses rondeurs mais il semblait aspiré par quelque chose à l'intérieur, comme si une version plus étriquée tirait sur les coutures de sa peau, ses orbites et ses joues étaient particulièrement marquées par cette effraction. Et des reflets verdâtres ou violacés, selon les ombres dessinées par les lumières cruelles de cette chambre d'hôpital, glissaient à la surface de sa peau, témoins des lézardes qui le fissuraient de l'intérieur. Je crois que chacun de nous redoutait de voir ses paupières s'ouvrir et de trouver dans ses pupilles une preuve supplémentaire de l'effondrement de son être.

Pardon Daniel pour ce portrait, mais si je cède tout au réel ici, c'est parce que devant ta nature presque morte, notre résolution s'est aguerrie. Nous avons compris que tout art se nourrit du refus de cette laideur, nous avons été rassurés sur la légitimité de notre entreprise, nous avons été lavés de la fatigue, nous avons été gagnés par la fureur.

Jenny a rompu le silence.

« Stan ? Comment s'appelle la fille du salon de coiffure qui travaille sur le film ?

— Céline.

— Je veux qu'elle vienne le maquiller tous les matins. Tu peux faire ça ?

— Oui.

— Et je veux que le flic soit dans une voiture, devant le Castel, tous les soirs, prêt à intervenir dès que j'aurai trouvé sa putain de preuve. Tu peux faire ça ?

— C'est déjà fait.

— David ? Il lui faut un costume pour la Fête du fleuve. Tu as une semaine avec Nooshin. Quelque chose de spectaculaire. Tu peux faire ça ?

— Oui.

— Moh ? Tu te débrouilles comme tu veux, mais tu doubles les répétitions. Trouve un moyen pour avoir le théâtre en journée et demande à la troupe de sécher tous les après-midi de la semaine prochaine. Tu peux faire ça ?

— Oui. »

Évariste et Coumba sont revenus dans la chambre. Ils se donnaient du mal pour nous sourire. C'était une autre façon de se battre. Je préférais la nôtre.

Daniel, jusqu'à ce que la laideur m'emporte moi aussi, je nourrirai la rage que tu m'as offerte ce jour-là, et je te promets que je ne partirai pas soumis. À l'époque, je ne connaissais pas les vers de Dylan Thomas, je n'ai pas pu les réciter comme une incantation à ton chevet, mais j'invoque ici un peu de magie. Et puisque le roman est l'un des terrains de bataille contre l'extinction du genre humain, je m'avance vers toi en réécrivant la scène, pose ma main sur ton front, approche ma bouche de ton oreille et te murmure d'une voix assurée : « *N'entre pas dans cette bonne nuit sans violence. Rage, enrage contre la mort de la lumière.* »

Quand je te quitte, tu n'es pas seul dans la chambre, tu ouvres les yeux et, avec un sourire moqueur, tu confies à Cassia :

« Ils sont formidables, mes potes, mais là ils versent un peu dans le mélo, non ? »

Cassia t'administre une tape sur la main.

« T'es jamais content, toi.

— Je cabotine parce que j'ai le trac.

— Ta grande scène approche. Tu as intérêt à être à la hauteur.

— Je compte bien être inoubliable. »

69.

Au Castel, la tension était palpable. Le bureau des Omens tournait à plein régime. Cambrieux avait exigé un pilonnage systématique des réseaux la semaine précédant la fête. Un fait divers toutes les heures, avec pour thème l'envahissement de l'espace public. Julien n'avait pas eu de mal à obtenir les détails de son plan pyromane. C'était simple et génial. Pendant que presque toutes les forces de police seraient concentrées sur les lieux de festivité, six Taranis en deux-roues et sous des masques de Fawkes se chargeraient de jeter leurs bombes de l'autre côté de la ville. C'était la seule partie risquée du plan, aucun ne devait se faire arrêter. Ils avaient répété les parcours et les itinéraires facilitant la fuite en cas de poursuite. Cambrieux doutait que la municipalité ait gardé des effectifs pour surveiller des bâtiments publics vides la nuit tombée. Il ne se prenait pas pour Néron, et espérait bien que tous les départs de feu seraient contenus par les pompiers sans qu'aucune victime ne soit à déplorer. Le symbole serait suffisant pour allumer le grand feu auquel il aspirait. Le timing était parfait, son livre paraîtrait trois mois plus tard. Entre-temps, ses troupes se répandraient dans les rues pour protéger les vieux, se porter bénévoles aux soupes populaires, porter les courses des dames, etc.

Cambrieux faisait une confiance totale à Julien. Il en avait même fait son dauphin. Il aimait le fait qu'il ne se vante jamais, qu'il ne soit pas grivois, qu'il ait du talent et du charisme. Et la raison sublime pour laquelle il ne doutait pas un instant de sa dévotion à la cause ? La raison magnifique qui le rendait aveugle à cette simple possibilité ? Son nom de famille. Julien était un Vachet, et pour les gens comme Cambrieux, le sang primait tout. Jenny aussi était bien acceptée, elle était très blanche, très blonde, et son côté russe jouait en sa faveur – après tout, le nouveau héros du monde blanc, c'était Poutine. Les Taranis ne lui racontaient pas leurs activités mais la mettait à l'aise à table et au coin du feu. Seule Mounette ne semblait pas conquise. Elle ne disait rien mais gardait toujours un œil sur les tourtereaux.

Julien prétendait travailler à sa fresque, seul moyen de ménager des plages sans surveillance avec Jenny. Ils avaient envisagé que les bombes aient été cachées dans le jardin, mais la pelouse ne présentait aucune trace d'excavation. La porte de la petite remise à outils n'était même pas protégée par un cadenas. Le garage était ouvert en permanence et il avait été facile de l'inspecter sans se faire pincer. Leurs soupçons s'étaient portés vers l'intérieur de la maison. Il y avait une possibilité pour que les bombes ne soient pas cachées au Castel. Mais ils refusaient d'y croire. Parce que dans ce cas, ils étaient foutus. Dans la maison, donc. Le problème se résumait à deux escaliers, celui qui montait vers la chambre et le bureau de Cambrieux, celui qui descendait vers les quartiers souterrains de Mounette. Les deux accès étaient tacitement interdits aux Taranis et on ne pouvait les emprunter que sous le regard de tout le monde dans la pièce commune. L'un était tout de même un peu plus prometteur que l'autre. Quand Cambrieux gagnait ses quartiers, on ne l'entendait pas verrouiller la porte en haut de l'escalier, tandis que Mounette était maniaque avec la sienne. Jenny avait remarqué aussi que la vieille portait une collation en fin d'après-midi à son fils, du café et des gâteaux. Peut-être y avait-il là une opportunité à saisir. Le temps filait vite et ils ne pouvaient plus se permettre d'attendre. Depuis son introduction spectaculaire au Castel, Jenny jouait un vrai rôle de composition et se félicitait d'avoir travaillé sur *Le Songe*. Elle avait fait un pari gagnant en misant sur la misogynie de son nouvel environnement. Elle avait interprété la servante enjouée et les Taranis se réjouissaient qu'une si chouette fille papillonne autour d'eux pour remplir leurs verres, débarrasser leurs couverts, nettoyer leur table, veiller au confort de chacun. Pour Jenny, c'était une bonne façon de jeter des regards furtifs aux écrans des ordinateurs sans risquer de se faire prendre. Les Taranis s'habituaient bien à sa présence, et même la vieille sorcière semblait apprécier ses efforts domestiques. Jenny avait l'intelligence de ne pas en rajouter avec elle, mais guettait toutes les occasions de lui rendre la tâche plus facile. Lorsque la vieille l'avait appelée en cuisine et lui avait demandé d'éplucher des légumes, Jenny avait feint un profond désarroi.

« Je ne sais rien faire, vous savez, madame.

— Appelle-moi Mounette comme tout le monde. Et c'est pas ta faute, Rossignol, c'est ta génération. Plus personne ne sait éduquer des filles.

— Vous savez Mounette ? Mes parents, je les adore, mais j'aurais préféré que ma mère soit plus comme vous, qu'elle m'apprenne la cuisine, et à m'habiller comme une femme, des trucs de fille… Au lieu de ça mon père m'a juste appris à me battre.

— Petite chérie, ton père a bien eu raison. Mon père aussi il m'a appris à me battre, et j'ai jamais tremblé quand il fallait donner un bon coup de fusil. Ma mère aussi elle m'a beaucoup appris, les arts des femmes, le vrai pouvoir. Et la cuisine en fait partie. On peut transformer les choses, tu sais. Les hommes, dans le meilleur des cas, ce sont des couteaux bien aiguisés dans nos mains. Mais la plupart du temps, c'est juste des torchons. Il est bien ton Julien. Prometteur si tu le gardes sur la bonne voie. Tu verras, c'est un travail de chaque instant. Les hommes, ça demande qu'à s'endormir. Toi tu dois être le feu sous la fonte. »

Elle partit dans un de ses rires ignobles qui donnaient l'impression que tout s'écroulait dans sa bouche. Jenny ne se faisait pas d'illusion, après cet adoubement, la surveillance de la vieille ne se relâcherait pas. Elle avait juste gagné un peu de légitimité dans le regard des autres. Si elle avait eu du temps devant elle, elle aurait travaillé Mounette sur son point faible, elle sentait chez la vieille une envie de transmettre quelque chose. Quelque chose de sombre, de féminin et de puissant. Et même si elle était répugnante, il y avait une certaine séduction dans ses yeux délavés, le frisson de se sentir proche d'un animal dangereux, capable de vous enseigner un secret de prédateur. Mais le compte à rebours obligeait à des mouvements plus audacieux. Si Martinez avait respecté sa promesse, il se tenait en alerte, prêt à intervenir à la moindre photo. Comme elle ne pouvait en être certaine, Jenny avait pris une précaution supplémentaire qui la rassurait un peu face au danger physique qu'elle courait en cette compagnie. Deux jours plus tôt, devant le lit d'hôpital où se mourait Dan, elle s'était sentie rattrapée par l'imminence des enjeux et l'horrible regret de ne pas pouvoir remonter le temps. La mort rappelait à chacun que le plan ambitieux pour lequel ils avaient tant sacrifié arrivait à son terme. À dire vrai, elle n'avait peur que de cela, du temps qui passe trop vite. Se faire prendre, tabasser, peut-être pire ? Elle prenait le risque sans hésiter. Le courage n'était pas une nouveauté pour elle mais il ne lui échappait pas qu'une certaine dose d'euphorie s'était mélangée à l'adrénaline pour créer ce cocktail qui la plongeait dans une ébriété bravache. Jamais elle n'avait soupçonné la force du sentiment amoureux. Aucun film, aucun roman, aucune intuition ne l'avait préparée à la puissance de cet élan. Elle avait toujours vaguement cru que l'amour était, dans le meilleur des cas, une forme d'alliance sacrée comme chez ses parents, un serment, un idéal esthétique et moral dont les exercices étaient la patience, le respect et la générosité. Ce qu'elle croyait être un chemin vers l'autre ressemblait davantage à un arrachement de soi. Et elle adorait ça. L'inévitabilité de la chose, sa brutalité. Le désir de Julien la déterminait enfin. Et cela n'avait rien à voir avec une flatterie, un besoin d'épanouissement, une quête de complétude, ce qui était éblouissant pour Jenny, c'était la violence tellurique de l'échange. D'abord, Julien était beau. Si beau que sa présence décapait de nombreux faux-semblants. Julien était une idée parfaite de l'homme, un fragment d'harmonie, et cette beauté produisait quelque chose, comme le soleil produit la vitamine D. Mais la puissance de cette attraction était encore ailleurs. Ce qui faisait chavirer Jenny, c'était l'évidence de son désir. Quand il l'embrassait, quand il la cherchait du regard dans la pièce, Jenny percevait une envie sans réserve. Le désir de Julien ne connaissait ni la retenue, ni la condition, ni le doute. Julien n'avait pas peur d'être éconduit et encore moins de décevoir.

Là, dans la grange, dans ses bras, Julien la sentait bouleversée. Ils n'avaient jamais discuté de ce qui se passait entre eux, ils n'avaient pas mis de mots dessus. Quand Jenny semblait débordée par les doutes et les sentiments comme maintenant, Julien lui apportait la seule réponse qu'il connaissait, une réponse de garçon qui se méfie des chemins qu'on emprunte quand on suit un mot après l'autre. Il se rapprocha d'elle, la serra fort dans ses bras, caressa ses cheveux, ses joues, ses pommettes, ses lèvres, puis il l'embrassa. Jenny remercia le ciel pour les garçons méfiants. Elle se déprit de son étreinte, une idée et une urgence en tête.

« Le four à pain ! »

Julien se tint à l'entrée du bâtiment pour vérifier si des Taranis rôdaient dans le jardin, puis ils marchèrent jusqu'au large dôme en brique. Il était fermé par une plaque de fonte. Julien la fit coulisser pour en inspecter l'intérieur. Vide.

« Vous cherchez une pizza ? » fit Mounette.

Ils ne purent s'empêcher de sursauter. Elle se tenait derrière eux, bien droite, mains croisées sur son tablier, le regard froid et humide.

« Je me demandais comment ça marche.

— Vraiment ? Ce n'est pas bien compliqué. On fait du feu. La chaleur monte. On cuit quelque chose. D'autres questions ? »

Mounette ne feignait pas de cacher sa désapprobation.

« Vous nous en ferez une un jour ? demanda Jenny d'une voix d'enfant.

— Une quoi.

— Une pizza ? Je vous aiderai bien sûr. »

Mounette ne changea pas d'expression mais son corps se détendit un peu.

« Peut-être. Allez. Filez. On ferme le Castel ce soir. Allez fureter ailleurs. J'ai besoin d'un peu de clame et de tranquillité avec mon fils. »

Jenny et Julien rentrèrent docilement dans la maison. La grande salle commune était déjà vide. Ils la traversèrent sous le regard glacial de la vieille et se retrouvèrent rapidement dehors.

« Il ne nous reste que deux jours. »

Jenny était désespérée. Elle chercha en vain la voiture où aurait pu se tenir Martinez mais ne le trouva pas. Elle trouva en revanche l'autre présence qui la rassurait un peu mais qui ne pouvait rien contre le compte à rebours.

Julien posa une main sur son épaule.

« Demain, alors. On fouille le premier et la cave.

— Mais comment veux-tu qu'on fasse ? Il y a toujours du monde dans cette pièce, on n'arrivera jamais à passer inaperçus, c'est impossible. »

Un étrange sourire se dessina sur le visage de Julien.

« Eh bien, si on renonce à l'idée de passer inaperçus, ça redevient possible, non ?

— Julien, ils sont toujours une douzaine là-dedans, ils ont des battes de baseball, sans doute des armes. »

Son sourire s'élargit.

« Moi, j'ai une Baranov. »

Jenny rigola. Elle lut une interrogation dans les sourcils froncés de son amoureux.

« Tu penses à quoi, demanda-t-elle ?

— Non, rien… Enfin si, il y avait des chiens avant. Ça aurait compliqué les choses. Je me demandais juste où étaient passés ces clébards. »

70.

Stan essayait de se détendre mais la station qu'avait choisie Céline vomissait sans pitié sa litanie d'horreurs R'n'B, entrecoupées par la voix d'une caricature de djeun. C'était une torture ce truc, Guantanamo FM… Céline ne devait pas être de cet avis puisqu'elle chantait à tue-tête, tambourinant sur le volant et dodelinant de la tête comme une figurine de chien pour camionneur. Vu le service qu'elle était en train de lui rendre, il n'était pas question pour Stan de laisser transparaître le moindre jugement.

« Alors, t'es dingue d'Assieh ? » lâcha-t-elle entre deux « *ooh baby* ».

Stan s'accrocha à un filament de dignité pour ne pas rougir. Un gros effort pour un piètre résultat. La jeune femme eut l'élégance de ne pas rire devant son désarroi.

« Tu es trop jeune. Mais elle dit que t'es incroyable. Et il en faut beaucoup pour impressionner Assieh. »

Foutu pour foutu, il décida d'en profiter pour éclaircir deux trois choses.

« Qu'est-ce qu'elle trouve à Ribeaudeau ? »

Céline soupira.

« C'est compliqué de t'expliquer ça. Pour Assieh, les hommes c'est à la fois très important et pas du tout. Ribeaudeau, elle le trouve distrayant.

— Mais c'est un gros con !

— Oui, c'est un gros con, mais un gros con distrayant.

— Je ne comprends pas.

— Je sais. »

Elle semblait hésiter et choisir ses mots. Stan la fixa du regard pour qu'elle se sente obligée de poursuivre.

« Bon, tu vois, globalement nous, les filles, dès qu'on est un peu coquettes, un peu jolies, on nous prend vite pour des poupées. C'est macho, chiant, et on a appris à faire avec. Mais il y a une autre forme de machisme, bien intentionnée, qui nous dit : les filles bien doivent rechercher des mecs bien.

— En quoi c'est machiste ?

— Ben, on a le droit de chercher autre chose. En fait on a le droit de chercher tout ce qu'on veut et on a le droit de pas être "des filles bien" à la recherche "de mecs bien". Ribeaudeau par exemple, c'est un menteur, un tricheur, un obsédé, un orgueilleux, mais il est pas chiant.

— C'est aussi simple que ça ? Le mec est une merde, mais il est pas chiant ?

— Non, petit homme vexé, ce n'est pas aussi simple que ça. Ribeaudeau est un type très autocentré mais qui a un talent fou pour rendre les moments un peu spéciaux. Si tu ne te laisses pas avoir, si tu es consciente comme Assieh de son baratin, ce mec est comme une séance de cinéma, tu sais que ce que tu vois à l'écran c'est pas "pour de vrai" mais le temps que ça dure, ça te fait voyager loin. »

Stan n'avait jamais imaginé une seconde qu'on puisse envisager les relations intimes comme un spectacle. Il n'était pas certain d'aimer l'idée mais elle ouvrait des perspectives.

« Je vais te donner un conseil, Stanislas. Dans ta vie future, ne prends jamais les filles pour des victimes. Un jour tu seras vraiment amoureux et aucune règle ne s'appliquera, mais pour toutes les autres fois, quand tu t'embarques dans une aventure, prends la personne en face au sérieux et essaie de remplir la promesse.

— C'est-à-dire ?

— Eh bien, sois aventureux. Si tu vends du rêve, donne-toi du mal pour que ce soit en technicolor.

— T'es en train de me dire que…

— Tu as très bien compris. On t'appelle l'Enchanteur, non ? Eh bien avec les filles, enchante. »

Lui qui était terrifié à l'idée que les femmes signent la fin de ses supercheries entrevit qu'il avait peut-être quelque chose à leur offrir.

« On ne va pas tarder là. Tu fais gaffe, Stan. C'est mon boulot qui est en jeu et l'ambiance est électrique sur le plateau. Je ne sais pas ce que tu as dans cette sacoche mais ça a intérêt à valoir lourd. »

Stan comprit qu'ils étaient arrivés au nombre de fans et de paparazzi devant les grilles du château. Les agents de sécurité saluèrent amicalement Céline et écartèrent la petite foule pour les laisser entrer sans poser de question sur la présence de Stan. En sortant de la voiture Céline lui demanda de l'attendre sagement. Elle trouverait Faran et lui présenterait sa requête. Si elle n'aboutissait pas à une rencontre avec le réalisateur, Stan n'insisterait pas. Elle disparut dans la magnifique bâtisse du XVIIe et Stan alla se poster sous l'ombre d'un chêne. La mine lugubre des membres de l'équipe confirmait les rumeurs sur l'état du film. La presse mondiale nourrissait ses colonnes people du récit de ce désastre. Le couple de stars n'avait rien trouvé de mieux que de choisir le tournage où ils interprétaient un couple pour mettre en scène leur véritable rupture. Une guerre de tranchée s'était installée. Ni les studios, ni les assurances, ni les agents et publicistes n'avaient trouvé les mots et les menaces nécessaires pour les ramener dans le droit chemin. Chacun traduisait sa colère en exigences impossibles à satisfaire. On avait essayé de sauver quelques plans avec des doublures mais rapidement, c'est Kloos, le réalisateur, qui avait fini par perdre la tête, refusant tout compromis qui rabaisserait son film à ce que le scénario semblait pourtant promettre, une comédie sentimentale en costumes dans les vignes.

Kloos était d'autant plus furieux qu'il venait de recevoir les plans tournés par la seconde équipe en Tchéquie. Il n'avait jamais obtenu le permis de tourner en ville, sur le quai des anciens docks où il voulait arrimer une goélette pour une scène majeure. Au début, la mairie avait reçu favorablement la demande, or les choses s'étaient compliquées quand les autorités fluviales et la voirie s'étaient penchées sur les exigences de la production. Le tournage requérait de fermer un tronçon de la rue à la circulation pendant plusieurs semaines et ça, même pour de la publicité *made in Hollywood*, ça coûtait trop cher en râleries de riverains. Kloos avait joué la montre le plus longtemps possible et la production, exaspérée, avait fini par lancer un tournage en bassin sans son accord. Le résultat était tellement moche que Kloos ne savait pas s'il devait hurler de rage ou se réjouir d'avoir eu raison contre les financiers. Les dépassements devenaient tout de même critiques. Les deux stars étant coproducteurs le pire était évité, mais cette grosse équipe qui glandait en attendant que le trio infernal se remette au boulot coûtait chaque jour une petite fortune. Comme à chaque naufrage, les rapaces se régalaient. Le film n'avait plus besoin de bande annonce, il était devenu son propre making of. Il y avait des fuites dans l'équipe et chaque nouvelle crise entre Clarence et Michael s'étalait dans les médias dès le lendemain. Toutes ces informations, Stan les tirait de l'épais dossier que lui avait confié Paulo, agrémenté de l'histoire du permis et du plateau tchèque, la seule gabegie qui n'avait pas encore fuité dans la presse.

Ce dont ce tournage avait besoin, c'était d'un changement radical d'optique, d'un buzz si positif qu'il enterrerait le ridicule, il fallait transformer un concours de railleries en conte de fées. Et c'est là que l'Enchanteur entrait en scène. Grâce à Paulo, grâce à Céline, grâce surtout à Martinez qui avait exaucé toutes ses requêtes.

Céline ne revenait toujours pas. Partout autour de lui, Stan ne voyait que des types abattus et désœuvrés. Il fallait prendre un risque. Il se mit en marche, contourna la bâtisse, passa sous des tentes regorgeant de victuailles que personne ne touchait. Une fois de l'autre côté du bâtiment, il fut saisi par la beauté du spectacle : la grande terrasse donnait de plain-pied sur la vigne qui s'étendait loin dans la vallée. Il descendit l'escalier de pierre, laissant sa paume ouverte glisser sur les feuilles des ceps. Le raisin n'était pas mûr. Il n'essaya pas de le goûter, mais cette odeur d'humus, de bois et de fruit était enivrante. Il avança ainsi, sans plus se préoccuper de sa mission, jusqu'au détour d'un sentier, où il tomba sur un homme planté sur une chaise pliante, tout vêtu de blanc, une casquette blanche sur la tête, qui vidait une bouteille de vin blanc, la troisième à en croire les cadavres qui gisaient à ses pieds. Il semblait perdu dans la contemplation de l'horizon. Stan le reconnut et vint se placer en silence à son côté. Kloos lui jeta un regard distrait et avala une nouvelle gorgée.

« *They say beauty lies in the eye of the beholder. I guess here, it simply doesn't apply.* »

Stan n'avait pas compris mais sourit en réponse. Albert Stuart Kloos s'en foutait.

« *It's fucking beautiful. So fucking beautiful.*

— *It is.* »

Stan reconnut la voix qui venait de résonner dans son dos. Il se retourna et découvrit Clarence Faran accompagnée de Céline. Cette dernière lui adressa un regard furibond. Stan, curieusement, ne se sentait pas angoissé. La scène était prête, le décor sublime, les acteurs réunis, ça valait le coup, quoi qu'il advienne.

« *Albert ?* fit Clarence. *This young man came here today with a strange proposal to save us from this awful mess. I think you'd better hear it, if you're not too drunk yet.*

— *A proposal, right ?* ricana Kloos. *I might be just drunk enough to hear our young saviour. State your intentions, laddie.* »

Stanislas ouvrit lentement sa sacoche et en tira un document qu'il tendit à Kloos.

« Céline, tu traduis ? Dis-lui que ça, c'est pour qu'il comprenne tout de suite qu'il ne perd pas son temps. »

Elle traduisit pendant que Kloos lisait la lettre ; il hurla : « *No fucking way* ! », faillit renverser son verre sur le permis signé par la mairie. Puis il fixa Stanislas, avec fascination.

« *You have my full attention.* »

Et l'Enchanteur déroula la tirade qu'il avait répétée.

71.

La veille de la Fête du fleuve, au matin, on se retrouva pour une dernière répétition générale du *Songe*. On était en place, et très mauvais. Le cœur n'y était pas, l'esprit non plus. Tout le monde disait que les rues de la ville seraient désertes le lendemain, les acteurs de la troupe avaient d'ailleurs des consignes strictes de leurs parents : rentrer directement après le spectacle. C'était même inespéré que personne n'ait été interdit de représentation. Quand je conclus la pièce par les derniers mots de Puck, la troupe me fixa, en attente d'ultimes indications, de consignes. Je les remerciai pour leurs efforts mais je n'avais plus rien à dire. On se quitta anxieux et tristes.

Jenny, David et moi filâmes à l'hôpital rendre notre visite quotidienne à Dan. Coumba et Évariste nous accueillirent gentiment mais ils ne faisaient plus semblant. Daniel n'avait jamais recouvré la conscience. Il lui était arrivé plusieurs fois d'ouvrir les yeux mais, trop faible, trop loin, il n'avait fait que murmurer des phrases sans cohérence, accaparé par la conversation avec son fantôme. C'était le plus triste finalement, de se dire qu'il allait rater cette sortie que nous avions mis un an à lui préparer. Je me demandais pourquoi Stan insistait tant pour que nous ne changions pas nos plans, sans doute s'était-il mis à espérer un véritable miracle. Il nous restait tout de même une tâche que nous pouvions accomplir, et dans notre désespoir, notre résolution ne fléchissait pas. Nous empêcherions Cambrieux d'accomplir son plan. Au chevet de Dan, nous réaffirmions notre détermination et… pourquoi je mens comme ça ? Est-ce que le fait d'écrire ce que je veux me donne ce droit ? Une part de moi à l'instant même où je tape ces mots sur le vieux PC dans l'arrière-boutique de l'Enjolras, sous le regard doux d'Isabelle, une part de moi dit que oui, parce que je l'ai mérité, parce que les centaines d'heures passées coincé entre les souvenirs et le clavier, mes efforts malhabiles mais constants, me donnent droit à quelques approximations, révisions, pour ne pas laisser dans cette histoire une trace de moi trop désagréable. Après tout, j'ai fait ma part, *Le Songe*, ce récit… Et je ris « *Nobles amis ne soyez pas trop durs* »… « *Si votre grâce, imméritée, nous épargne les sifflets.* » En fait, je m'en fous. Je ne suis pas le héros de ce drame, juste un Puck Robin Goodfellow, agitateur, bateleur de foire, témoin peu fiable, conteur facétieux. Alors, un peu plus de vérité ? La vérité ne fait de mal qu'aux méchants et aux amoureux. Je ris toujours en tapant. Quand suis-je devenu si sentencieux ? Je vais relire toutes ces pages pour les corriger et je redoute une expérience épouvantable. Je me soupçonne d'infatuation sévère. Si je peux balancer une phrase comme « la vérité ne fait de mal qu'aux méchants et aux amoureux », à quelles autres boursouflures dois-je me préparer ? Mais pour qui je me prends à la fin ?

La vérité ? Allez… parfois, elle vaut le détour. La vérité c'est qu'en cet instant de recueillement autour du lit de

Daniel, je ne pensais ni à sa mort prochaine, ni au succès ou à l'échec de la pièce, encore moins à la douleur d'Évariste et Coumba. J'étais juste tout entier plein de haine à l'encontre de Jenny qui était venue ici, dans la chambre de notre ami, accompagnée de Julien Vachet, dont elle tenait la main, devant nous, devant moi. Et ce sinistre connard se tenait là, solennel, beau comme un héros grec. Et, en quittant l'hôpital, ils allaient risquer le tout pour le tout au Castel, unis dans la bravoure pour réaliser leur exploit insensé, un exploit qu'il me faudrait raconter, comme si mes souffrances n'étaient pas suffisantes, comme si l'humiliation n'était pas assez cuisante. À la vérité, si Julien prenait un coup de couteau fatal, si une batte de baseball lui défonçait le crâne, je ne serais pas trop dur avec lui. Mais il avait intérêt à crever. Je reprendrais page après page cette histoire pour en faire un personnage grotesque. Mieux encore, je ferais oublier sa beauté. Telle était l'étendue de mon pouvoir. Julien Vachet entrerait dans la légende comme un sale type, brutal et laid. Je jubilais devant le presque cadavre de Daniel. Ma pièce serait grandiose, la participation de Vachet à notre aventure pathétique. J'avais ce pouvoir. Et puis je regardai Jenny. La vérité ne fait de mal qu'aux méchants et aux amoureux. J'étais les deux. Je ne l'embrasserais pas, je ne lui ferais jamais l'amour. Tu parles d'un pouvoir…

72.

Ce n'était pas un plan, c'était un suicide. Le lendemain, Jenny jouait à la servante dans la salle commune et Julien avait annoncé qu'il mettait un point final à sa fresque. Cambrieux était à l'étage dans son bureau et Mounette aux fourneaux. Chacun avait dans sa poche son téléphone avec un numéro enregistré en appel urgent. À dix-sept heures dix, Jenny, le plus naturellement du monde, posa une tasse de thé sur un plateau, quelques gâteaux dans une coupe, et devant cinq Taranis interloqués, monta l'escalier qui menait aux quartiers privés de Cambrieux. Les brutes sentirent la transgression mais ils s'imaginèrent que Jenny avait l'assentiment de Mounette, affairée dans sa cuisine. Quand les cris de Julien retentirent dans le jardin, Jenny avait passé la porte. Elle posa le plateau au sol au début du long couloir. À l'autre bout, une autre porte entrouverte laissait échapper de la musique, et les échos d'une conversation au téléphone. Jenny ouvrit deux portes sur la gauche, une salle de bains, des toilettes, elle n'y entra pas, sur la droite, elle trouva une chambre et s'y précipita. Elle ouvrit les deux grands placards, s'assura que ne traînaient ni caisses ni malles, regarda même sous le lit et ressortit. Dans le jardin, le vacarme s'amplifiait. La musique se tut dans le bureau. Jenny ramassa le plateau et s'avança. Cambrieux apparut dans l'encoignure.

« Mais qu'est-ce que vous faites là ?

— Mounette m'a demandé… »

Elle ne le laissa pas réfléchir et força le passage, feignant de chercher le meilleur endroit pour poser le plateau et en profitant pour scanner les lieux. Rien de suspect, que des étagères bourrées à craquer, pas de coffres, pas d'armoires, rien pour cacher une large caisse. Et Cambrieux vibrant de rage dans son dos.

« Posez ça là, grogna-t-il en montrant une table basse. Et suivez-moi tout de suite. »

Il l'attrapa et la poussa devant lui dans l'escalier. Les cris dehors continuaient de monter. Les Taranis, sous le regard noir de Mounette, achevaient d'éteindre le feu qui dévorait le four à pain, chargé jusqu'à la gueule de branches aspergées d'essence. L'incendie était trop localisé pour menacer de s'étendre à la maison, mais même au jet d'eau, il était dur à combattre (Julien avait aussi aspergé d'essence les briques à l'extérieur).

« Mais qu'est-ce que c'est que ce bordel ? » hurla Cambrieux sans lâcher Jenny.

Julien les avait appelés à l'aide. Il aurait soi-disant essayé de faire cuire des pizzas, comme les pâtes et autres ingrédients étalés au sol voulaient le faire croire. Le ton de la vieille laissait transparaître son scepticisme. Les Taranis rivalisaient pour tenir le tuyau et montrer leur zèle à leurs maîtres ulcérés.

« Et où il est, Julien ?

— Parti chercher l'extincteur », fit Mounette qui, au moment où les mots sortaient de sa bouche, sembla prise par un doute affreux.

Jenny le remarqua et se jeta théâtralement à ses pieds en pleurnichant, s'accrochant à sa robe, c'était son idée les pizzas, pour les remercier de tous leurs bons soins, il ne fallait pas blâmer Julien. Elle répétait en boucle les mêmes phrases incohérentes et entravait la vieille qui cherchait à se décoller. Chaque seconde gagnée était une chance supplémentaire. Jenny s'accrocha de plus belle. Tous l'observaient, impressionnés par cette crise d'hystérie. Seule la vieille commençait à la soupçonner de cacher un motif plus sournois. Cambrieux finit par réagir, saisit la jeune fille par l'épaule et lui administra une violente gifle. Mounette fila à l'intérieur avec deux des brutes. Jenny s'était redressée et reculait vers la grange, hurlant des bordées d'injures au visage de Cambrieux et de ses sbires. Il s'agissait de retenir leur attention le plus longtemps possible. La scène était si frappante que les Taranis mirent un peu de temps à passer de l'incompréhension à la colère. Jenny en profita pour saisir son téléphone dans sa poche et pour appuyer sur la touche d'urgence. Le geste n'échappa pas à Marc-Henri qui vociféra :

« Attrapez cette salope ! »

Les quatre types s'approchèrent d'elle en ligne, poings fermés. Jenny savait qu'elle n'avait aucune chance. Elle se prépara au combat de sa vie.

Julien, lui, avait enfin réussi à casser le cadenas de la porte du sous-sol au burin, et il pénétra dans les quartiers de Mounette. Il fut d'abord saisi par une odeur abominable. Il se trouvait dans une chambre, avec un petit lit, une table, une baignoire sabot en fonte dans un coin de la pièce, éclairée uniquement par la lumière d'un soupirail. Alors que ses yeux s'accoutumaient à la pénombre, il discerna partout des pots, des plantes. Au mur, les étagères étaient encombrées d'une foule de bibelots étranges, des pierres, des mousses, des cristaux, des colifichets, des grigris. Il voulut faire un pas en avant pour gagner une autre porte au fond de la pièce, mais quelque chose le percuta. C'était si violent qu'il faillit tomber. Un chien ? Ses poumons semblaient se rétracter à l'intérieur de son torse, la douleur était atroce. Il pensa : « Du gaz ? » Il devait être empoisonné parce que l'air de la pièce vibrait devant ses yeux. Il y avait un battement, un pouls et, à chaque boum, il recevait un coup. L'air s'opacifiait, le noir dans la pièce fut parcouru de lacérations qui perçaient le vide comme une peau et laissaient entrevoir un noir grésillant bien plus ténébreux encore. Un pas. Une odeur de putréfaction, un poing humide et glacé cherchait à s'enfoncer dans sa gorge pour le cogner de l'intérieur. Un autre pas. La colère lui donnait de la force, quelque chose le combattait, et ça venait de cette porte. Julien ne réfléchissait plus, quelque chose lui infligeait du mal. Il banda ses muscles et fit un pas de plus contre les vagues invisibles. La douleur aiguisait sa fureur. Un sourire mauvais se dessina sur son visage, si cette chose pensait qu'elle pouvait cogner plus fort que son père, causer plus de dégâts que les mille humiliations infligées dans son enfance, si cette chose avait l'audace de croire qu'elle faisait plus mal que les cendriers brisés sur son crâne, les coups de ceinturon claquant sur son dos, alors cette chose se trompait lourdement. Il renversa d'un coup de pied un poêle en fonte, en saisit la chambre à deux mains et dans un rugissement le jeta contre la porte. Le bois se fissura. Il eut l'impression que la main glacée fouillait à présent ses intestins. Il tomba à genoux au sol. Un rat planta ses crocs dans son pouce, il l'écrasa dans son poing dans un horrible concert de couinements. Il trouva la force de se relever, raidit son corps, prit un appui comme pour un cent mètres et, en poussant un cri de guerre, se jeta, épaule en avant, dans la porte qui céda sous le coup et s'abattit au sol, le propulsant dans l'atelier. Sous le choc, il lui fallut quelques secondes pour reprendre son souffle, la bataille avait cessé, mais tous ses sens furent gagnés par une terreur stridente. Il sentait à présent le pouls morbide sur sa gauche. La pièce était un atelier, la porte avait renversé des pots et des flacons au sol où il distinguait aussi des traces de glaise, des clous, des matières immondes qu'il préférait ne pas identifier. Il résista tant qu'il put mais dut se résigner. C'était pour cela qu'il était venu. Pour savoir, pour voir. Il releva la tête et regarda le mur de droite. Il se figea, écrasé de peine et de dégoût, d'épouvante et de tristesse. Il vit le Mal et le Mal était une blessure.

Dans la rue, Martinez s'endormait dans sa voiture. Il vérifia son téléphone. Rien. Mais du coin du regard, il repéra un vieux malfrat tatoué qui courait vers la maison. Le commissaire paniqua en voyant le type escalader le portail plutôt que de l'ouvrir.

Dans le jardin, Jenny fit mine d'avancer vers un des Taranis au centre de la ligne puis bondit sur le côté et attaqua celui à l'extrémité. Il fallait faire vite et mal, elle lui balança un coup de pied au genou. Le gars baissa la tête en jurant, comme elle l'espérait, et elle en profita pour lui fracasser le nez d'un coup de coude. Le grand gaillard tituba en arrière, percuta un de ses acolytes. Ils s'affalèrent au sol dans un bel ensemble, ce qui laissa à Jenny le temps de reculer. Mais les deux autres Taranis, valides et plus aguerris, ne commirent pas l'erreur de la sous-estimer et firent en sorte de lui couper les possibilités de fuite latérale. Pas à pas, ils étaient en train de la coincer dans un angle. Ils devaient faire au moins quatre-vingt-dix kilos chacun. Cette fois c'en était fini. Le grand chauve aux épaules de bodybuilder comprit qu'elle avait capitulé. Il se redressa, mains sur les hanches, et la toisa.

« Maintenant, petite pute, je vais te faire très mal. Et après je vais peut-être jouer un peu avec toi. »

L'autre cracha au sol, avant de darder sa langue dans un ricanement salace.

« On va te faire danser, petite pute. »

Une lueur d'incompréhension s'alluma dans l'œil du plus baraqué. Sous ses injures, Jenny venait de se redresser. Il la sentit bizarrement rassurée. Elle souriait ?

« Si tu crois que tu vas t'en sortir, tu te goures petite pute. On va te faire crier “maman”. »

C'était incompréhensible, la fille se marrait franchement à présent. Elle eut le toupet de leur balancer calmement :

« Si j'étais vous, les gars, j'arrêterais avec les “petites putes”.

— Ah oui ? Parce que tu vas faire quoi ? »

Elle fit un mouvement de la tête qui pointait quelque chose dans leur dos et leur répondit laconiquement :

« Je vais crier “papa”. »

Les deux types eurent le temps de se liquéfier de trouille en voyant Anton Baranov marcher vers eux. Passant devant les deux types à terre, il se baissa et les frappa quatre fois chacun au visage, avec le calme et la résolution d'un type qui fend des bûches à la hache. C'était hypnotisant de voir ce poing se lever et s'abattre, surtout un poing commandé par un visage aussi placide. Puis Baranov avança vers les deux qui avaient cru coincer sa fille. Ils tremblaient de tout leur corps. Ce mec était terrifiant. Il ressemblait à un rhinocéros. Le premier Taranis mit instinctivement ses bras en avant pour se protéger du coup à venir. Anton saisit le poignet du type, lui balança un crochet d'une force stupéfiante dans le haut des côtes qui le fit vaciller, un genou au sol. En lui tordant le bras, Anton fit baisser à son adversaire son épaule au niveau du sol, et il la lui brisa dans un craquement net. L'autre couina littéralement, chercha à reculer. Baranov ramassa une bûche qui traînait et la lui lança au plexus. Le Taranis accusa le coup ; le temps qu'il redresse les bras pour se protéger, Baranov avait ramassé son projectile et s'en servait comme d'un gourdin. Un dernier grand coup sur la tête l'envoya dans les pommes.

« Ça va chérie ? demanda Anton à Jenny.

— Viens ! »

Elle courut vers la maison. Quand la fille et le père atteignirent les quartiers de Mounette, ils furent frappés à leur tour par l'odeur. Dans un même réflexe, ils se prirent la main. Par la porte ouverte, ils distinguaient le noir, et des particules en suspension, la pluie de suie obscurcissait encore davantage l'antre de la vieille. Des silhouettes pétrifiées, silencieuses, étaient absorbées par quelque chose qu'on devinait hideux, contre nature, quelque chose sur un mur. Ils trouvèrent le courage d'avancer ensemble. Les Taranis qu'ils dépassèrent étaient figés, révulsés. De la bouche de l'un d'eux, Aurélien Vachet, s'écoulait de la bave. Devant se tenait Cambrieux, bras écartés, le seul à ne pas regarder la chose mais sa mère qui, du fond de la pièce, tenait en joue Julien, un lourd riot gun en main.

Anton, d'une main, repoussa Jenny dans son dos et murmura : « *Baba Yaga.* »

La vieille fut prise d'un rire mauvais.

« C'est qui ? C'est ton père, mon enfant ? Quoi, vous n'aimez pas mon art ? »

Cette chose au mur, je ne l'ai pas vue de mes propres yeux. Pour me la représenter, je n'ai qu'une description de Jenny. Même avec ses mots, je ne peux prétendre restituer la vision qui marquerait à vie mon amie et tous ceux qui l'entouraient. Au mur, un homme était crucifié, un écorché, comme un cadavre retourné dont les organes auraient été ajoutés, un à un, cloués là. Un assemblage de filaments de cuir humain, de fil de fer et de glaise tenait le tout ensemble. Le corps était surplombé d'un crâne encore recouvert d'une peau moisie, où avait été clouée une langue violette, où avait été cousus des yeux qui pendouillaient hors de leurs orbites. La tête infernale dodelinait en mugissant, et c'étaient des cris de détresse, à vous arracher le cœur. Du corps décomposé et rapiécé, suintaient les spores de suie noire, cette suie dont Jenny se souviendrait comme de pleurs. Le sentiment d'horreur était renforcé par la collection de Mounette sur les étagères. Des bocaux, une centaine de petits bocaux. Certains étaient vides, le contenu des autres permettait de comprendre l'origine des morceaux assemblés sur le monstre crucifié, c'était une collection de bouts d'hommes. Des doigts, des langues, des yeux, des nez et mille autres formes abjectes luisant dans le formol.

À l'évidence, Cambrieux découvrait ce spectacle. Choqué autant que les autres, il gardait néanmoins un calme qui trahissait une certaine familiarité avec la nature de cette abomination.

« Maman, gémit-il. Tu m'avais promis d'arrêter.

— Oh, ta gueule ! fit la vieille. C'est pas le moment de faire ta couille-molle. Aide-moi plutôt, va chercher de la corde. Hé ! Toi ! cria-t-elle à l'intention d'Anton qui avait repris ses esprits et tentait de se glisser dans le dos de Marc-Henri. Toi le Ruskoff, tu fais un pas et je fais un gros trou dans la tête du petit. Je suis vieille mais mon bras ne tremble pas.

— Maman ?

— Marc-Henri, reprends-toi. Tu t'imaginais quoi ? Que tu réussirais sans moi ? Tu n'es rien sans moi, petit. Juste un petit bonhomme avec de grandes phrases. Je t'ai dit que la marée t'emmènerait où tu voudrais. Et la marée, c'est moi. »

La suie semblait se concentrer pour danser autour d'elle, ses pupilles brillaient d'un feu noir, l'acier du canon de son fusil apparaissait et disparaissait dans les zébrures qui fendaient l'air. Elle ouvrit grand la bouche pour produire un râle démoniaque et Jenny reconnut la gueule avide et féroce qu'elle avait vue dans la ruelle, une bouche de bête, une gueule à carnage. Cambrieux hurla à son tour et se jeta sur sa mère pour arracher le fusil. Un coup partit. Marc-Henri tomba à la renverse. La vieille sans frémir réajusta son fusil pour viser de nouveau Julien quand un autre coup retentit, sec et sifflant. Mounette s'effondra comme une poupée désarticulée. Le fusil tinta au sol et ce tintement fut comme un signal. La bête au mur vagit, la suie tourbillonna, l'obscurité parut aspirée comme une trombe chassée par les vents. Et la pièce redevint un endroit de cette terre, un endroit sans vibration, la lumière du vasistas emplit l'espace, la chose au mur cessa de bouger et se tut à jamais. Martinez rengaina son arme de service qu'il venait d'utiliser pour la première fois en trente ans de carrière. Il ordonna à tout le monde de remonter et se pencha sur Cambrieux pour le mettre en position de sécurité. Il avait reçu la balle de sa mère à l'épaule et saignait abondamment mais le commissaire lui trouva un chiffon à presser contre la plaie et se dit qu'il s'en sortirait sans doute. Il appela des renforts en même temps qu'il réunissait les Taranis, les Baranov et Julien dans le jardin. Julien serrait fort Jenny contre lui, il était toujours porté par la colère. Sans demander la permission du commissaire, il fila à la cabane à outils et en ressortit avec une masse.

« Mais qu'est-ce que tu fais ? demanda Jenny.

— Je ne laisserai rien de moi ici. »

Il se précipita dans la grange, Martinez à ses trousses pour vérifier qu'il n'allait pas briser un crâne. La situation était suffisamment complexe et la principale raison de sa présence sur les lieux n'avait pas trouvé de justification crédible. Il jugea inoffensif de laisser le jeune Vachet détruire cette belle fresque, on n'était pas à un acte de vandalisme prêt. Jenny avait de la peine pour Julien et aurait voulu lui dire d'arrêter, détruire son œuvre ne chasserait pas les images atroces. Mais Julien sembla décider de s'interrompre tout seul. Il ressortit de la grange un sourire triomphant aux lèvres, adressa à Jenny un clin d'œil qu'elle jugea surréaliste dans ces circonstances. Le jeune homme s'empara du bras du vieux flic qui se laissa faire, abasourdi par cette audace enjouée. Jenny suivit mécaniquement. Tous entrèrent dans la grange. Le mur fracassé, celui de la fresque, laissait voir une anfractuosité béante, et on n'eut pas de mal à deviner ce que contenaient les deux caisses militaires cachées dans la maçonnerie.

73.

Un matin, donc, je me suis levé, je me suis douché, j'ai pris un petit déjeuner, j'ai couru aux toilettes, j'ai vomi, je suis revenu m'asseoir sur mon lit, j'ai essayé de me relever, je n'ai pas pu, j'ai appelé David. Il a décroché, j'ai prononcé un salut chevrotant, je n'ai pas su quoi dire d'autre, il a écouté mon malaise grésiller dans le silence, il ne s'est pas moqué de moi, je lui ai dit que j'avais mal au ventre et que j'avais perdu l'usage de mes jambes. Il a changé de sujet, nous avons commenté la victoire de Jenny sur les Taranis, les infos du matin se faisaient déjà l'écho de l'arrestation de Cambrieux et du décès de sa mère. Les médias n'avaient pas encore beaucoup de grain à moudre mais le mot « bombes » était lâché. On s'est réjoui que Jenny n'ait pas été blessée, on a parlé du courage de son père. David a eu la délicatesse de ne jamais prononcer le prénom de Julien. Il m'a dit que la pièce allait être sublime. Je lui ai expliqué pourquoi il avait tort. Je l'ai remercié pour les costumes, c'était la seule chose qui remonterait le niveau de notre prestation. Mais qu'est-ce que j'avais cru ? J'ironisais sur le fait qu'on avait de la chance dans notre malheur parce qu'il n'y aurait personne pour assister à la débâcle, peut-être une douzaine de parents des membres de la troupe. Je me lamentais sur le fait qu'on avait fait tout ça pour Daniel et qu'il ne serait pas là pour le voir. Tu parles d'un miracle… J'en voulais un peu à Stanislas d'avoir décidé de maintenir notre performance sur une place qui avait été le théâtre d'un carnage, même moi je n'y serais pas allé si j'avais été simple spectateur. David a écouté tout ça, sans me couper. Et il m'a dit :

« À vrai dire, je ne sais pas comment ça va se passer. Je ne sais pas si les acteurs seront à la hauteur, je ne sais pas s'il y aura quelqu'un pour les regarder. Je ne sais pas non plus si ça valait la peine de faire tout ça puisque Daniel ne sera pas là. Ce que je sais en revanche, c'est que dans dix, vingt, trente ans, tu te souviendras de ce jour comme de l'un des plus importants de ta vie. Ce sera devenu une histoire qui se finit bien, ou une histoire qui se finit mal, mais ce dont tu te souviendras principalement, ce n'est pas la fin, c'est la façon dont tu auras traversé cette journée, sur tes jambes et fier, ou à genoux en train de geindre.

— David ?

— Oui ?

— Tu viens de me faire le speech d'Henri V à la bataille de la Saint-Crépin, là ? »

Il partit d'un rire enfantin.

« Sérieux, David ? Tu m'as enshakespearé ?

— Ben, j'ai lu la pièce la semaine dernière, alors c'était tentant.

— *Le bon vieillard racontera cette histoire à son fils ; et d'aujourd'hui à la fin des siècles, ce jour solennel ne passera jamais sans qu'on se souvienne de nous, de notre petite bande, de notre joyeuse petite bande de frères !* »

Cette fois je me suis levé. La Fête du fleuve pouvait commencer.

J'aimerais pouvoir faire un récit cohérent des heures qui ont suivi mais tout se mélange dans ma tête. On a filé au théâtre, Nooshin et ses ouvrières ont chargé les costumes dans un van pour les porter à l'Opéra. J'ai rassuré comme j'ai pu mes acteurs. Les frères Irazustra ont été extraordinaires. Pour eux, c'était comme un jour de match de rugby, et la nervosité des filles a fondu sous l'assaut de leurs blagues fantasques. Ma troupe était prête et j'ai senti qu'à leur trac se mêlait la fierté du parcours accompli. Stan lui, demeurait sur le qui-vive, virevoltant entre Eugénie Brighelli, les danseurs, Ribeaudeau et ses assistants. Il me redonna une foule de consignes complexes sur les choses à dire afin d'éviter les gaffes qui auraient brisé le fragile édifice de mensonges construit entre ces deux-là. Ribeaudeau râlait comme un putois parce qu'il avait mobilisé trop de matériel pour filmer une place qui serait vide et lugubre. Les rumeurs de la ville qui nous parvenaient étaient effectivement peu encourageantes, personne ne ferait la fête ; après les meurtres, le carnage, cette nouvelle histoire autour de Cambrieux (on parlait d'un attentat déjoué à présent), c'était trop. En passant devant un café, je vis sur un écran de télé qu'on repassait les images de la bousculade. Sur les réseaux sociaux, on titrait sur les Taranis, nouvelle excroissance d'une jeunesse perdue. Dans une brève interview, le maire exhortait ses concitoyens à sortir, il parlait de « rassemblement nécessaire pour guérir les plaies ». Les commentaires n'étaient pas tendres, les montages fleurissaient avec un *mème* du maire proclamant : « *Let's party* », entouré d'incrustations de jeunes encagoulés lançant des cocktails Molotov sur des CRS, de jeunes au masque de Fawkes, de Taranis vociférant…

Stan courait en tous sens, concentré et méticuleux comme si rien dans ses ambitions et ses plans n'avait changé. Il avait même, contre ma suggestion, insisté pour que nous conservions les micros HF lors de la représentation. C'était absurde. Alors qu'on avalait un kebab, David et moi pour le déjeuner, nous saisîmes l'importance de l'implication des événements de la veille au Castel : c'était fini, l'égrégore était dissipé, personne ne le saurait jamais mais nous étions partis à la chasse au monstre et nous en avions triomphé. C'était sans doute trop tard, la ville avait trop souffert, mais quand même… on était un peu des héros, non ? À quinze heures, alors que j'adaptais les placements de la troupe devant le perron de l'Opéra, je découvris une foule de jeunes techniciens qui s'activaient autour de nous. Il y avait l'équipe de tournage de Ribeaudeau, caméraman, éclairagistes, preneurs de son et régie, les amis de Stan de l'école de journalisme, mais aussi des types aux allures de rockers qui installaient une sono impressionnante sur un camion à plateforme. À quinze heures trente, je crus que j'hallucinai en voyant débarquer Bak, sobre et propre, venu faire une balance avec d'autres potes qui trimbalaient leurs instruments. À peu près au même moment, je reconnus Martinez, inhabituellement détendu et souriant qui venait briefer les forces de l'ordre. Tout ça donnait un ballet joyeux malgré les grommèlements incessants de Ribeaudeau, calmé uniquement par les douces réassurances d'Assieh. À seize heures, au milieu de ce bordel total, Jenny vint me trouver. Elle se planta devant moi, m'obligea à la regarder dans les yeux et me dit : « Ce soir, je te promets d'être la meilleure Titania ; pour toi. » À seize heures et cinq minutes, je fus envahi par un sentiment d'euphorie. C'était objectivement un chaos total mais on était des géants. À peu près à ce moment-là, Stanislas vint me trouver avec David pour m'annoncer que Daniel s'était réveillé. Je me retournai et quelque chose attira mon regard au centre de la place. Loin de notre capharnaüm, Maxence et Clarinda s'embrassaient à pleine bouche, c'était puissant comme une statue de Rodin, je sus que tout irait bien.

À dix-sept heures, nous étions tous dans la chambre d'hôpital. Et quand je dis tous… Stan avait rameuté tous nos parents et même Martinez se tenait à son côté. Dan, lui, malheureusement, avait replongé dans le sommeil. Évariste et Coumba nous apprirent que dans un court moment de lucidité il avait demandé de nos nouvelles. Évariste remercia tout le monde d'être venu, s'étonna poliment de la présence du commissaire. Stan prit la parole.

« Il est ici parce que je dois vous raconter une histoire que vous aurez du mal à croire. M. Martinez peut en corroborer une partie. Et c'est très important que vous nous croyiez, surtout vous, Évariste et Coumba, parce que nous avons quelque chose à vous demander. Une chose compliquée que vous ne pouvez pas nous refuser. »

Et Stanislas Danner raconta l'histoire d'une bande qui s'était forgée dans une cour d'école. Un petit Black rond et chauve comme un œuf, une grande fille baraquée et mutique, un feuj fragile au gabarit de fillette et un rebeu malingre, boutonneux et frisé. Il raconta qu'il avait commencé à se construire un monde imaginaire à la mort de son frère, s'était alors découvert un talent pour le mensonge, les fictions qui réparent, et était devenu l'Enchanteur. Quand son ami Daniel avait appris qu'il allait mourir, il lui avait fait promettre une chose insensée. Il dévoila dans quelles circonstances nos efforts pour œuvrer à ce plan fabuleux avaient été télescopés par un grand Mal qui avait gagné la ville. Il le nomma, et il détailla comment nous avions lutté contre cette menace. En bref, tranquillement, affrontant les regards, les cris de surprise, les exclamations réprobatrices, les toux gênées, les sanglots étouffés, Stanislas Danner, l'Enchanteur, raconta l'histoire la plus incroyable jamais entendue, et pour la première fois depuis des années il ne dit que la vérité.

Il était évident que personne n'arrivait à assembler le puzzle que venait de leur soumettre Stan. Les questions fusaient, virant au chahut le plus complet, à tel point qu'une infirmière passa la tête pour nous rappeler à l'ordre. Coumba avait tout ce temps tenu la main de son fils.

« Stanislas, que voulais-tu nous demander ? »

Je savais ce qui allait suivre et je me préparais au pire.

« Madame Larochelle, fit Stan. Dans tout ça, il n'y a qu'une histoire importante. Celle d'un garçon qui aimait tant les comédies musicales qu'il avait rêvé sa mort comme un spectacle. À huit heures, ce soir, sur le perron de l'Opéra, ce spectacle va commencer. J'aimerais que vous l'y conduisiez. »

Évariste tenta de protester mais Coumba le coupa d'un geste de main. Dans un silence tendu, elle regarda son fils, elle regarda Stan et dit :

« C'est beaucoup demander. Je dois réfléchir. Laissez-nous à présent. »

À dix-neuf heures, nous étions prêts. Nous venions de finir les essais de micros. Juchés sur leur camion, les potes de Bak fumaient placidement des joints longs comme des clarinettes à quelques pas de flics qui patrouillaient un peu trop près d'eux pour ne pas en profiter. Un rideau avait été tendu derrière les colonnades pour les changements de costumes. Stan avait fait livrer des bouquets de lys blancs, à je ne sais quel usage, peut-être pour les comédiennes à la fin de la pièce. Et soudain, assis sur les marches à côté de David, je me rendis compte que je n'avais rien à faire. Rien du tout. Cette pensée était si merveilleuse, si inattendue, si bouleversante qu'elle chassa tout trac. Bien sûr que tout allait bien se passer. Il suffisait que Daniel arrive. Son miracle l'attendait.

À vingt heures, les derniers passants détournaient les yeux comme pour éviter le regard d'un mendiant. Les gens étaient pressés de rentrer chez eux. Cet endroit était de loin celui qui dans toute la ville leur rappelait le plus violemment le prix que tous avaient payé. Je cherchai Stan du regard, il me dit : « On attend. » Medhi et Isabelle s'étaient assis sur les marches avec nous. Les Baranov entouraient leur fille. Esther était en grande discussion avec un des musiciens. Une bande arriva. On sentit les flics se raidir mais Martinez les calma. Sayif était là avec une trentaine de jeunes des quartiers. J'en reconnaissais certains du B, beaucoup d'autres m'étaient familiers. Ils formèrent un rang serré, à quelques mètres du rectangle tracé à la craie qui délimitait notre scène et restèrent entre eux. En comptant les ouvrières, les techniciens, les musiciens, on était une cinquantaine. Ribeaudeau devenait difficile à tenir. Brighelli avait disparu dans son bureau. Au bout de l'avenue qui menait de la place aux quais, on pouvait deviner quelques décorations dans les arbres, les bateaux apprêtés glissaient au loin.

Et puis nous les vîmes traverser la place. Coumba et Évariste, poussant Dan dans un fauteuil roulant. Dan avait les yeux ouverts. Un regard un peu perdu mais le visage détendu. Nous n'osâmes que caresser sa main. Il n'arrivait pas à parler, mais nous étions certains qu'il nous voyait. Notre joie était immense et atrocement douloureuse. On l'escorta jusqu'à la place d'honneur. Nos parents vinrent entourer les Larochelle. Je donnai le signal et toute la troupe se précipita derrière le rideau pour enfiler les costumes, aidés par la bande de Nooshin. Nous avions hâte de commencer. Seul Stan semblait encore tendu. Le temps était magnifique, chaud et balayé d'une brise aimable, les rayons du soleil couleur sucre de canne. Nooshin sortit d'un sac une cape brodée aux motifs de la cité et des bois, c'était une œuvre d'art. Elle vint la porter aux parents de Dan pour qu'ils l'en recouvrent. J'esquissai un geste à la régie pour lancer la musique. Stan me fit signe d'attendre, je ne comprenais pas. À côté de lui, se tenait pourtant une jeune femme maigre et droite, en fuseau carmin, et chaussée de ballerines, je la reconnus à la noirceur de ses cheveux tressés. Qu'attendions-nous encore ? L'agacement me gagna. Dan avait les yeux ouverts, mais que s'imaginait Stanislas ? Que la foule allait tout à coup emplir l'espace ? Dan avait les yeux ouverts ! Mais pour combien de temps ? Au moment où j'allais sortir, dans mon costume de Puck, pour secouer Stan jusqu'à ce qu'il cède, je vis arriver par la ruelle un couple élégant entouré de gardes du corps. La femme fondit sur Stan et l'embrassa. Il leur proposa de s'asseoir sur les marches de l'Opéra, ce qu'ils firent avec joie. Puis Stanislas, en silence, distribua à chacun une fleur.

C'est au premier mouvement de la musique, quand la ballade de Nick Drake, *I Was Made to Love Magic*, retentit, quand Sorina, la jeune Rom, bondit au centre du rectangle et entama son solo magnifique, que je reconnus les élégants sur les marches. Un frisson me traversa, comment avait-il réussi ce coup-là ? Clarence Faran, vêtue d'un jean et d'un simple tee-shirt, un lys à la main, assise à côté de Michel Vellozi, en bras de chemise… Et comme nous, ils étaient fascinés par cette adolescente dont chacun des mouvements était un sortilège. Puis la musique mourut et les coups de bâton retentirent comme du tonnerre dans les enceintes. Nous entrâmes en scène. Un murmure d'admiration se propagea à la vue des costumes.

Portés par cet accueil, nous avancions dans le palais de Thésée et bientôt le vieil Égée vint se plaindre de l'inconduite de sa fille. La première scène fut traversée par les comédiens plus qu'interprétée mais ils ne se trompèrent pas une fois sur leur texte. La deuxième scène des artisans apprentis acteurs emporta les premiers rires. Juste avant de me lancer moi-même dans le deuxième acte pour que Puck donne la réplique à Obéron, je compris que Stan, aidé de l'étudiant journaliste, était en train diffuser la représentation en direct sur les réseaux, insistant sur la présence du couple de stars sur les marches. Avant même que j'eusse retrouvé Obéron, je constatai que de nombreux curieux convergeaient vers la place. Stan passait parmi eux et les faisaient asseoir par terre, en distribuant un lys à chacun. Pris dans la tension du jeu, je ne compris pas exactement où il voulait en venir. Stan avait imposé un intermède entre la première et la deuxième scène de l'acte deux. La jeune danseuse reprit son élan sur un air de Moondog. Autour de la scène, on aurait dit un jardin de lys. C'était magnifique. L'équipe de Ribeaudeau passait entre les rangs pour filmer, Stan continuait d'abreuver les réseaux. Notre ballerine, transfigurée de bonheur, envoûtait les spectateurs. Eugénie était au premier rang.

Le soleil tombait lentement sur la place, les colonnes de l'Opéra et de l'hôtel de ville se paraient d'or sous ses rayons, le public grossissait à vue d'œil mais dans un flot paisible, chacun venant, sans qu'on ait plus besoin de le guider, s'asseoir et profiter du spectacle, la plupart avait apporté une fleur, pour faire comme sur les images.

Quand on revint au centre de la scène, je sentis clairement qu'on commençait à être bons. J'étais porté par le plaisir, électrisé par cette foule et son regard bienveillant sur notre entreprise. Le troisième acte défila trop vite, Puck y tenait trop d'importance pour que je puisse me rendre compte de ce qui se passait ; mais quand je sortis de scène, je fus stupéfait de trouver sur le perron de l'Opéra le maire et Martinez, une expression de ravissement sur le visage. Le maire m'adressa un « merci ». Je montai quelques marches. La vision me procura un choc aussi violent qu'euphorique : la place tout entière, recouverte de milliers de personnes assises dans le plus grand silence, la paix et le bonheur, et ces milliers de fleurs, prélevées à la va-vite dans les vases, sans doute arrachées dans les bacs publics. La place était le plus beau jardin d'hommes et de femmes qu'aucune ville ait jamais réussi à cultiver.

Ribeaudeau était en feu, il pensait s'être laissé embarquer dans un petit projet foireux et se retrouvait avec un plateau qui aurait rendu jaloux James Cameron. Au début du quatrième acte, je jetai un œil à l'écran de contrôle de la régie, les techniciens retenaient leur souffle. Sur ma gauche, je captai le regard admiratif d'Isabelle et Medhi. Le sourire de mon oncle me rappela la conversation que nous avions eue à l'Enjolras, plusieurs mois auparavant. Pour détruire le monstre, il nous fallait l'écraser sous une autre histoire « plus forte, plus belle, qui prenne sa place dans les mémoires, dans les médias, sur les réseaux ». Et cette histoire se déployait sous mes yeux.

Il ne restait qu'un acte court, une conclusion joyeuse, les artisans allaient faire rire, Thésée les remercieraient de leurs efforts, aussi maladroits eussent-ils été. Leurs efforts, selon le duc, célébraient l'étincelle précieuse qui unit la cité et les bois. Ils illustraient tout simplement la promesse d'essayer de temps en temps, quels que soient ses moyens, quel que soit son talent, de produire un peu d'art, comme une politesse faite au genre humain. Je revins sur scène, croisant Jenny qui la quittait, la plus majestueuse des reines, et avant de prendre place, je m'agenouillai devant Daniel pour lui tenir les mains. Notre ami souriait aux anges. Dans son sourire, je trouvai la force de ralentir un peu le temps et d'apprécier chacune des dernières secondes sur scène. Et pour ce sourire, quand vint le moment de conclure, je me tins seul et adressai à ces milliers de gens l'au revoir de Puck, dont je comprenais enfin la portée de chaque mot : « *Si nous, pauvres ombres…* »

La suite est connue, bien sûr. Les applaudissements retentirent comme un charme qui lava la ville entière. Coumba et Évariste firent monter Daniel sur la plateforme du camion et Bak fit retentir un riff de basse à faire danser tous les anges du ciel. Des colonnes de l'Opéra s'élança la troupe de ballet d'Eugénie Brighelli. Ils avaient répété une sarabande complexe qui s'articulait comme une marche d'honneur devant le camion qui commença à rouler très lentement pour descendre l'avenue. Notre troupe en costume suivit le camion et derrière nous, une procession comme on n'en avait jamais vu. La ville marchait vers son fleuve. Personne ne comprit jamais comment la mairie avait réussi à organiser un mouvement si massif dans un si grand calme. La mairie non plus. Sur le moment, tout le monde s'en foutait, on savait que tout se passerait bien, parce qu'il y avait plus important, parce qu'on sentait bien pour quoi on était là. On était en train de réapprendre à marcher ensemble, et le secret c'était ce rythme endiablé et joyeux, ces guitares qui balançaient des grands riffs de rock sur une samba rebelle. Sur la plateforme, Bak et sa bande enchaînaient les solos, les percus faisaient vibrer l'asphalte. Sur la cabine du camion bondissant se tenait une danseuse black qui semblait faire deux mètres et lancer ses dreads et ses bras aussi loin que les derniers rayons d'un soleil qui nous appelait tous ses enfants. Le temps d'un crépuscule, j'ai vu une foule danser, s'embrasser, s'embraser, une foule couler dans les rues comme le sang dans les veines, le sang d'un dieu rieur et invincible. J'ai vu la joie se répandre comme un incendie se propage. J'ai vu une beauté aussi majestueuse qu'un univers, la beauté du genre humain dans un petit coin du monde, criant, riant, chantant, frappant dans les mains, tapant du pied, roulant des hanches. Et quand nous fûmes arrivés sur les quais, j'ai vu que d'autres milliers de gens encore en noircissaient les berges, mais où avaient-ils trouvé toutes ces fleurs ? Et comment Stan s'était-il débrouillé pour nous dégoter cette magnifique péniche ? Ça n'avait aucune importance, il avait fait tellement plus déjà.

Le silence revint. Bakary souleva Daniel et descendit de la plateforme, accompagné de la danseuse. Stanislas les attendait, on fit cercle autour de lui. Stan se baissa, prit Daniel dans ses bras et le serra longtemps. Cette fois, il lui disait au revoir. Il avait tenu sa promesse. Jenny et David, l'imitèrent. Daniel semblait déjà parti mais la lumière du soir avait chassé le masque de la mort sur son visage. À mon tour je me penchai et le serrai fort. Je ne pleurai pas. J'embrassai ses grosses joues, son front, ses paupières malheureusement déjà closes et je ne pleurai pas, en partie parce que, dans le costume de Puck, je ne pouvais plus concevoir la mort autrement que comme un passage, mais aussi parce que l'intuition me tomba dessus qu'il restait une part du miracle à accomplir et qu'elle dépendrait de moi. Dans quelques pages sans doute, quand j'aurai tenu jusqu'au bout ma promesse, je vais m'effondrer, mais ce soir-là, non, je ne pleurai pas. Bakary et la danseuse embarquèrent Daniel sur la péniche. Nous allions suivre machinalement mais Stan nous fit signe que non. Même Évariste et Coumba restèrent à quai. Et la péniche, lentement, se sépara du quai et entama sa lente remontée du fleuve. À sa proue, un gros garçon prodigieux, dans un fauteuil roulant, faisait un beau voyage vers l'océan. Sur son passage, des milliers de personnes jetaient leurs fleurs dans l'eau. Ils n'eurent pas besoin qu'on leur explique la nature de cette procession. Le miracle était accompli, la ville était guérie. C'est sur un chemin de fleurs que Dan s'enfonça dans la nuit.

74.

Si cela ne tenait qu'à moi, je me serais arrêté là. Tout est dit, n'est-ce pas ? Et la fin est heureuse. Après tout, c'est exactement ce qu'avait voulu Daniel, partir sous les applaudissements. Mais David m'a finalement convaincu de rajouter ces pages. Son argument est assez classique : quand on a passé beaucoup de temps en compagnie de personnages, on aime bien savoir ce qu'ils sont devenus après la résolution du drame qui les a réunis en premier lieu. Je cède donc. Un peu à contrecœur. Tant pis pour la fin heureuse.

Pour écrire cette histoire, il m'a fallu d'abord la comprendre, c'est-à-dire lui chercher un sens au-delà des contours du rôle que j'y avais tenu. Alors, pendant des mois, j'ai interrogé tous ses protagonistes, j'ai passé des centaines d'heures à écouter mes amis, nos parents, nos profs, Sayif, Assieh, le commissaire, Paulo, tout le monde, même Ribeaudeau… et c'est là que j'ai découvert ce que savaient Shakespeare et Stanislas Danner : la vérité a tout à voir avec les intentions. Si j'avais retranscrit les témoignages que j'ai accumulés, si je les avais apposés comme dans un procès-verbal, le résultat aurait été la preuve de la folie des hommes. Je me souviens avoir pensé, à un certain stade de ma collecte, que c'était un miracle si nous étions capables de coexister, de nous parler, de nous embarquer dans des projets communs, tant la somme de nos incompréhensions échoue à dire quoi que ce soit d'intelligible sur ce que nous sommes ensemble. Je n'ai jamais été tenté d'abandonner, mais j'ai mis longtemps à trouver comment faire le premier pas. Ce qui m'a finalement mis sur la voie, c'est la facilité avec laquelle tout ceux que j'ai interviewés se sont pliés à l'exercice. Je ne pouvais plus les arrêter. J'ai dit je crois, dans une autre part de ce récit que vivre une catastrophe collective, c'est faire l'expérience d'une collision. Il en va de même de toutes les grandes aventures partagées. Les psys diront qu'il n'y a rien d'étonnant à ce que tous les acteurs de ce drame aient éprouvé le besoin de se confier. Ils réduiront cette pulsion à une étape nécessaire du deuil. Je ne leur donne pas tort. Ce livre est mon deuil. Aujourd'hui, je pleure chaque fois que me revient l'image de l'ami que la mort m'a enlevé. C'est une douleur que je porte jalousement, que personne ni rien ne me dérobera, c'est une peine qui me fait, me détermine, aussi sûrement que la couleur de ma peau, la mort de mes parents, l'odeur de vieux papier et de tabac froid que j'associe à mon enfance. Mais je crois avoir entraperçu autre chose dans les interstices de ces témoignages contradictoires, quelque chose d'une grandeur, d'une majesté qui m'a serré la gorge et plongé dans un état de stupeur émerveillée. Je ne suis pas devenu sage, je n'ai pas appris à philosopher et je ne peux donc nommer cette chose. Ce que je peux faire, c'est tisser avec tous ces fils une image en espérant qu'elle restitue un peu de la gloire entrevue. Cette image est une fresque, elle est offerte aux yeux de tous à présent. En prenant le parti d'y rajouter des détails concernant ce que nous sommes devenus après la Fête du fleuve, je prends le risque d'en changer toute la composition. Mais il serait mensonger de prétendre que je ne le fais que pour satisfaire David. Une part de moi demeure en quête de sens et je ne veux rien avoir à regretter plus tard, j'ai trop conscience des pièges de la mémoire, j'ai trop peur de laisser s'estomper un motif que j'aurais négligé par manque de discernement.

Ce que nous sommes devenus ? Je soupçonne qu'il est trop tôt pour le savoir. Quelques faits, pour peu qu'une telle chose existe, peuvent être rapportés. L'Enchanteur est mort avec Daniel. Stan, que tout le monde appelle Stanislas maintenant, est un adolescent ordinaire, souriant et apprécié. Il ne se préoccupe plus des histoires des autres ; les siennes sont assez banales, des histoires de filles, de soirées, de vacances. On a beaucoup parlé de tout ce qui nous est arrivé pendant les interviews, mais jamais en dehors. Il est heureux, je pense, plus léger c'est certain, moins brillant je l'avoue. Parfois, quand je le vois au bras d'une fille, à la terrasse d'un bar, à la fin d'une fête, il arrive que l'espace d'une seconde, alors qu'il détache sa bouche d'un baiser, éloigne sa main d'une hanche, je croie saisir dans son regard une flamme qui me glace, comme un cri déchirant poussé sur une fréquence à peine perceptible. Dans ces instants j'entends le manque et la souffrance aiguë d'un homme qui a vécu trop d'absolu trop jeune et ne peut totalement se résoudre à l'ennui. Dans certaines de ses confidences, il m'a semblé comprendre que le désir qu'il avait éprouvé pour Assieh l'avait blessé autant que la perte de Daniel. J'espère qu'un jour il éprouvera un désir d'une telle intensité pour une autre femme, je le lui souhaite même si cela devait le blesser. Personne ne supporte de voir l'étoile de ses héros pâlir.

David va bien, lui. Formidablement bien. David et moi sommes les vétérans du bâtiment B, tueurs de monstres, réparateurs de torts, franchement on a des histoires pour une vie. Ce qui nous distingue de Stan, c'est qu'avec ces histoires tout commence pour nous ; David sera artiste, je serai écrivain. Nous avons accumulé une énergie considérable tandis que Stan se consumait.

Qui d'autre ? Pour faire plaisir à David, alors, et rapidement… Tout s'est bien fini pour Nooshin. Faran a rendu visite à l'atelier Jaquin, les caméras de Ribeaudeau étaient là, le maire aussi, les ouvrières ont gagné un nouveau souffle. Ah, et Ribeaudeau est toujours avec Assieh. Je sais c'est déprimant mais je suis certain qu'elle le rend dingue… Je croise de temps en temps les Larochelle. Ils vont bien eux aussi, ils se tiennent tout le temps la main, on dirait des petits vieux. Comme mon oncle et ma tante. Martinez n'a pas été viré et il a même reçu une médaille. Le maire a été réélu, la vidéo de la Fête du fleuve a fait des millions de vues sur Youtube, on parle du plus gros flashmob de tous les temps. Oui, notre histoire a été réduite à un flashmob, mais ce n'est pas grave, il ne faut pas injurier les habits scintillants de la modernité, cette vidéo a guéri notre ville. Personne ne la comprend vraiment, David et moi éclatons de rire quand dans les commentaires nous lisons que le gros chauve en fauteuil à la proue du bateau était un symbole magnifique de la lutte pour la cause des handicapés. Cambrieux est déjà oublié. Même son procès n'a pas fait la une des journaux, les gens voulaient passer à autre chose. Céline est partie à Hollywood pour maquiller des stars. Marie-Rose danse toujours autour des bacs du salon de coiffure. Paulo enchaîne une grosse journée d'enculés après l'autre. Sayif règne toujours sur l'extramuros. Idriss bosse pour lui maintenant. Bak n'est jamais revenu. On n'a plus jamais entendu parler de la petite Rom.

Jenny est toujours notre amie, bien sûr. On la voit souvent. Quand elle n'est pas avec Julien. Lui a quitté le domicile parental pour vivre chez les Baranov. Il file un coup de main à Anton à la salle. Rien ne m'aura été épargné. Elle a changé, Jenny. On aurait pu croire qu'elle ne pouvait pas changer en mieux mais si. De plus en plus belle, de plus en plus forte, heureuse, joyeuse et fière. Bien sûr je la déteste, mais il suffit qu'elle pose ses fesses à côté de moi dans un bar pour que je recommence à l'adorer. Je l'adore, oui. Même si je l'aime encore.

Et moi ? Après la Fête du fleuve, notre pièce s'est jouée à guichets fermés pour dix représentations dans le petit théâtre. Un triomphe ! On a parlé de prolongations, de tournée même, et puis quelqu'un dans un bureau a découvert un vice de forme dans l'attribution du lieu et d'autres associations ont réussi à faire valoir leur droit à l'occuper, et tout le monde a protesté, mais pas longtemps. Ma troupe était contente de partir en vacances de toute façon. Et je l'avoue, je n'étais pas fâché que cela se termine. C'était beau, mais c'était déjà du passé. Et une autre tâche m'attendait.

J'aimerais pourvoir dire quelque chose de profond et de définitif, je n'ai que ceci à offrir : pendant des mois, nous avons marché à la lisière des *bois* et de *la cité*. Nous étions une bande de frères, nous avons traversé des épreuves, et ensemble nous avons trouvé la force de créer un peu de beauté. Je n'ai que cela à offrir mais j'ai l'intuition que ça ne tient qu'à cela. Nous sommes tous enrôlés au premier jour comme *des acteurs aux mains calleuses*, mais nous pouvons rêver, au cours d'un acte, pour une tirade ou toute une scène, de faire vibrer le théâtre.

Je ne regrette pas d'avoir écouté les conseils de David. Je l'imagine dans quelque temps, en train de lire ces pages. Il sera le premier, et quand il arrivera à ces lignes, je veux lui dire : « Tu le savais, n'est-ce pas ? Tu l'avais deviné ? Qu'il n'y avait qu'une fin possible, depuis le premier mot. Tourne la page, mon ami, et vois comme tu avais raison. »

PUCK, *aux spectateurs.*

Si nous, pauvres ombres, vous avons offensés
Considérez ceci pour mieux nous pardonner :
C'est en sommeil que vous nous avez rejoints,
En rêve que ces chimères vous sont apparues.
Notre thème, si faible et vain,
Valait un songe, rien de plus.
Nobles amis, ne soyez pas trop durs
Pardonnez, nous ferons mieux, c'est sûr.
Aussi sûr que Puck est bon !
Si votre grâce, imméritée,
Nous épargne les sifflets,
Nous ferons mieux, j'en réponds !
(Ou… traitez Puck de menteur.)
Sur ce, bonsoir, il est l'heure.
Si vous me tendez la main.
Robin vous le rendra bien.

(Puck sort.)

À ma bande pour le soutien, l'amour et la joie. Semper fidelis.

À tous ceux qui, chez PKJ, UP et Interforum, ont travaillé sur ce roman. Et plus particulièrement à Bénédicte Gimenez qui m'a conduit à mon estimé éditeur Xavier D'Almeida.

Ouvrage composé par
PCA – 44400 Rezé

Imprimé en Allemagne
par GGP Media GmbH
à Pößneck
S29011/01

PKJ• www.pocketjeunesse.fr
POCKET JEUNESSE

FSC www.fsc.org
MIXTE
Papier issu de sources responsables
FSC® C003309

Pocket Jeunesse, une marque d'Univers Poche,
est un éditeur qui s'engage pour
la préservation de son environnement
et qui utilise du papier fabriqué à partir
de bois provenant de forêts gérées
de manière responsable.